JN229394

転生侯爵令嬢奮闘記
わたし、立派にざまぁされてみせます！

登場人物紹介

ユリアンヌの義弟。
とある事情から、
ゲッスール侯爵家に
無理矢理引き取られた。
ユリアンヌとは
犬猿の仲。

サーシャ

ユリアンヌの妹で絶世の美女。
しかし、極度の人見知りなので
社交に苦手意識がある。
自信がなく、常に控えめ。

アルフレッド

ユリアンヌの婚約者で
ルデルヴァ王国の王太子。
役立たずの王に代わり、
執政に追われている。
実直で硬派な美青年。

ユリアンヌ

十八歳の時に病死したのち、
ゲスい侯爵令嬢に転生する。
前世の記憶を取り戻してからは、
ざまぁされるための準備に奔走中。
ダイエットに大成功した元おデブで、
趣味は大相撲鑑賞。

ダーヴィット
ルデルヴァ王国の隣国、
グライフ公国の大公様。
女癖の悪さに定評がある。
アマリア
大きな権力を持つ
ラストン公爵家のご令嬢。
王太子妃の座を
狙っている。
バート
ゲッスール侯爵家の料理長。
厳つい見た目で
ヤンキーのように振る舞うが、
心は乙女。
ハゲーザー
ユリアンヌの父で、
四代目ゲッスール侯爵。
ゲスい性格だが、
実は妻を
一途に愛している。
デビュリア
ユリアンヌの母。
太っているが、そこそこ美人。
ユリアンヌを溺愛し、
ひたすら甘やかす。

序章

王子様はきっと「すごい」という顔をして、わたしを見るはずだ。

だって、お金さえあれば誰であっても思い通りに操(あやつ)れるんだから。わたしの意思で、いくらでも世界を変えることができるんだから。

「オーホッホ、わたくしがユリアンヌ・ゲッスールですわ！　わたくしと婚約したら、アルフレッド殿下の幸福は約束されますのっ！　とてつもない贅沢(ぜいたく)も思うがまま、まさに我が世の春、人生をエネルギッシュに謳歌(おうか)させて差し上げますわっ‼」

わたしがそう言うと、王子様のアーモンド形の綺麗な目が、猫のようにすうっと細められた。

リアクションが薄すぎる。

わたしがいぶかしんでいると、王子様は口をへの字に結んで「俺はそんなものいらない」と吐き捨てた。

◆　◆　◆

「なんですって？　また会えないですってっ!?」

ごうっと火炎を噴き出すように、わたしは金切り声を上げた。だが威圧的に睨みつけたところで、面白くない答えばかりが返ってくるのはわかっていた。

「申し訳ございません、ユリアンヌ嬢。アルフレッド殿下は、可及的速やかに対処する必要のある執務がございまして……」

案の定、アルフレッド様付きの側近ジョルジュ・マカリスターは、即座に、かつ慣れた様子で言い訳を口にする。

「そのセリフ、この数か月で聞き飽きましてよ。婚約者のご機嫌取りに心血を注ぐような王太子というのも、そりゃあ情けなくはあるけれど。誰が王家の窮状を救って差し上げたか、わかっていらっしゃらないのではなくて？」

あんまりイライラして、普段はほのめかす程度のことを、ついはっきりと口にしてしまう。

侯爵令嬢であるわたし、ユリアンヌ・ゲッスールが、このルデルヴァ王国の王太子アルフレッド・ルデルヴァ様と婚約したのは、今からおよそ十年前のことだ。

王宮で月に一回、親交を深めるためのお茶会を開くことは、婚約時に交わされた大切な約束事のはずなのに。

「殿下におかれましても、不測の事態でございまして。ユリアンヌ嬢にはどうかご理解頂きたく……」

ジョルジュはわたしを歓待はしても歓迎はしていない様子で、半笑いだ。

ジョルジュはマカリスター公爵家の嫡男で、アルフレッド様と同じ十九歳。家柄がゲッスール家より格上だからとか、わたしよりひとつ年上だからとか、そんなことでは説明のつかない「上から目線」の顔つきだった。

馬鹿にしてる。火がついたように頰が熱くなる。

「わたくし、来年の寄付についてアルフレッド様と話を詰めてくるように、と父から言いつかっておりますのよ？」

わたしはひとつ咳払いをしてから、教え諭すような口調だけれども、居丈高な声で言った。

（人をこけにして。ゲッスール家が今までどのくらい、王家に寄付してやったと思ってんの。これからだって、まだまだ我が家の財力が必要なくせに）

大国であるルデルヴァの王太子妃は、これまで他国の皇女や王女、または公爵家の娘と相場が決まっていた。しかし今の王家に、最高ランクの淑女を満足させるだけの財力はない。端的に言えば、困窮している。

そこで王家は、歴史が浅い上に身分の差もあるけれど、ゲッスール侯爵家の娘であるわたしを王太子妃に迎えることにした。

そう、財力こそが、我がゲッスール家最大の、そして唯一の切り札なのだ。

「来年は、第八王女レオーネ様がダグリン王国へお嫁に行かれますし。持参金以外にも、目もあやな宝石や絵画などをたくさん――」

「申し訳ありませんが、今はその件よりも優先すべき事項が山のようにございまして」

「なんですってっ⁉」

わたしは怒りのあまり思わず椅子から立ち上がった。耳にぶら下げている大ぶりのイヤリングが激しく揺れ、セットの首飾りもジャラジャラと音を立てる。

(どういうこと？　王家にとって、我が家からの寄付ほど重要なものはないはずよっ⁉)

視界のすみっこで、わたしに背を向け、応接室の扉へ向かって歩いていくジョルジュを認める。混乱が蛇のように身体を這い上がってきて声が出せなかった。

「ユ、ユリアンヌ様。あの、殿下は本当にお忙しくていらっしゃるのです。お茶会の欠席は、きっと殿下も残念に思われて……」

王宮の使用人たちにまで、そっと気遣われている。これ以上の屈辱があるだろうか。

「うるさいわね！　四の五の言っている暇があったら、わたしがアルフレッド様に会えるように協力くらいしたらどうなのっ！　王宮の使用人のくせにまともな歓待ひとつできないで、いったいどこまで無能なのかしらっ‼」

「も、申し訳ございませんっ！　ユリアンヌ様の意に添えず、大変、大変申し訳ございませんでしたっ！」

使用人たちが揃って頭を下げる。その道のプロのような謝罪っぷりが、今日はやけに胸に突き刺さった。使用人たちをいたぶりたい感情が、急激に小さくなっていく。なんとも言えない沈黙が部屋中に広がり、満ちた。

「――帰るわ」

え、と年かさの侍女が小さく驚いた。若い執事も目を見開いている。

「何をぼうっとしているの。さっさと馬車の用意をさせなさい」

とく、とく、と胸が嫌に騒いでいて、ふんっと鼻を鳴らしてみせるのが精いっぱいだった。

「は、はい！　かしこまりましたっ！」

執事が急いで外へ走っていく。

（とにかく、早く屋敷に戻って情報収集をしなければ）

アルフレッド様とのお茶会のためだけに仕立てたド派手なドレスが、なんだか砂を入れたように重い。

どっさりレースや宝石のついた、バーンとしてキラキラッとしたややこしいデザインのドレス。他の貴族令嬢たちから頭ひとつ飛びぬけたいという野心満載のそれを、ずるずると引きずって歩いた。王族やそれに準ずるものしか使えない玄関までたどり着くと、わたしはまだ準備の終わらない馬車に倒れ込むように乗る。

さすがに婚約者から半年近くも放置プレイとなると、「いつか罰が当たるんだからっ！」と声高に喚き散らす気力も失われていた。

ぼんやりとしていると、馬車は王都の一角にある、ひときわ大きな屋敷に着いた。ここがわたしの家だ。

「ふーん。その様子だと、今日もアルフレッド様には会えなかったっぽいな」

屋敷に戻ると、義理の弟であるカイル・ゲッスールのクスクス笑いが、わたしを出迎えた。

わたしよりひとつ年下の十七歳で、涼やかな目元といい高く繊細な鼻梁といい、透明感がありつつも飛びぬけて華やかな顔立ちをしている。

緩やかな癖のある色の薄い金髪も、妖しく輝く紫の瞳も、いかにもチャラくてこちらを舐め腐っていて、視界に入るだけで癇に障るったらない。

「せっかくクソほど金かけて着飾ったってのになあ」

カイルは廊下の壁に寄りかかって、はっきり嘲りとわかる笑い方をしていた。

「お黙り。養子の分際で、わたしに話しかけるなんて百万年早いわ」

わたしはそのままスルーして居間に向かおうとした。だが、カイルはすれ違いざまに「いいこと教えてやろうか」と含み笑いとともに囁く。

「アルフレッド様、義姉さんと婚約破棄したいんじゃないかって噂が出てるぜ」

耳を疑った。まさか、と呟く自分の唇がぶるぶると震えているのが悔しくて、わたしはカイルを睨みつける。

「いい加減な——」

「あの硬派な人が、王宮中で『若い娘を喜ばせるには、何を贈ればいい』って聞いて回ってるらしいんだよな。婚約者の誕生日には、毎年そっけないカード一枚と花束で済ませてるってのに」

カイルは少し曲げた人差し指の背を顎に当て、ニヤッと片方の口の端を引き上げた。

「なんたってアルフレッド様は、愚鈍な国王陛下と贅沢三昧の王妃殿下のせいで、金持ってるだけが取り柄の娘を押しつけられた、そりゃあお可哀想なお方だからな。容姿だけじゃなく、能力にも特に優れたところはない婚約者に、いよいよ嫌気がさしたんじゃないかって」

あん？　というふうに、わたしは顎を上げた。歯を食いしばり、首を突き出し、白目を剥かんばかりにカイルを睨む。

そのとき廊下の向こうで扉が開く音がして、清潔な輝きを放つ娘が現れた。ひとつ年下の妹のサーシャだ。

美しさと儚さが相まって、歯噛みするほど愛らしいサーシャは、わたしたちの姿を認めると彫像のように固まった。

「サーシャ。わたしがいるときに、その貧相で暗い顔を見せるなと言ったはずよ？」

わたしはサーシャを鋭く見遣り言葉を放った。「ごめんなさいお姉様」という小さな声が耳に届いて、強烈な不快感が腹の底で揺れる。

「王家のご希望通りにあっちにしておけばなあ。アルフレッド様だって、ここまで淡白に接することはなかったろうに」

どこか薄幸な雰囲気もあるサーシャを指さしながら、鼻息を漏らすようにカイルは続けた。

「ま、信じてくれていいと思うぜ。俺は義姉さんや、義父さん義母さんに嫌われてるおかげで？　ゲッスール家を蛇蝎のごとく嫌ってるラストン公爵やオルドリッジ公爵とも繋がりがあるんでね。

義姉さんたちが贅沢三昧している間に、抜かりなく情報を集めてたってワケ」

カイルが生意気な顔を向けてくるので、わたしは一切動じてない素振りを見せる。

「そうなの、情報をありがとう——とでも言うと思った？　わたしは愚か者のささいな言動など気にかけないわ」

「それはそれは、さすがは未来の王太子妃だ！」

ひゅうっとカイルは口笛を吹いた。そしてクスクス笑ったあと、再び口を開く。

「それじゃあ、ラストン公爵家のアマリア嬢が、頻繁に王宮に出入りしてるって噂も義姉さんの耳に入れる必要はないな。さすがは由緒正しい公爵家のご令嬢、お美しくて博識で、生まれながらの王妃の器だって王宮中から褒めそやされてるらしいぜ。ああそうだ、他にも、外交を担当してるオルドリッジ公爵が、妖精みたいに可憐などっかの国の王女を招いたとか——」

「だから黙れって言ってんのよっ!!」

わたしはそばにあった花瓶を引っ掴み、カイルに活けてあった花ごと水をぶっかけた。サーシャと、こっちを遠巻きに眺めていた使用人たちの口から、ほとんど同時に「ひ」と悲鳴が漏れる。

「……そうそう、これまたどっかの国で、王太子の婚約者が断罪されたらしいぜ。きっと汚いことをしたんだろうな。王太子か新しい婚約者になった女、まあどっちもの恨みを買ったんだろうが、一族郎党皆殺しだってさ。我がゲッスール家はそんなことにならないよう、せいぜい頑張ってくれよ、義姉さん」

ぽたぽたと髪の毛から水滴を垂らしながら、カイルは低い笑い声を響かせる。

「名ばかり男爵家の息子はやっぱり可哀想ね。せっかく侯爵家の養子になれたのに、いつまで経っても愚であり鈍だわ」

わたしはカッと目を見開いて言い捨てた。ついでに花瓶も投げ捨てた。とんでもなく値が張ったせいか、それは割れずに廊下を転がる。

「ゲッスール家の財産には、何もやましいところはないの。何も恐れるものはないの。我が領地には無限の資源があるんだから、汚いことなんてする必要はないの」

そう言うわたしに対し、カイルがはっきりと表情を曇らせ、唾を吐くように言葉を発した。

「資源ってのは、永遠に湧き出てくるわけじゃないんだぜ。それでなくても、うちは領民に重税を課しすぎだ。せいぜい、寝首をかかれないように気を付けるんだな」

「なあぁんですってぇぇっ!!」

カイルの態度は目に余るのを通り越して、完璧にわたしを舐め腐っていた。わたしの全身を怒りが貫く。これはビンタのひとつもお見舞いしてやらねばと足を踏み出した——と思ったら、足先が浮いた。

「義姉さんっ!?」

つま先が空を蹴る。花瓶の水で足を滑らせたのだとわかって他人事のように失笑が漏れた次の瞬間、わたしは後頭部から思いっきり床に叩きつけられた。

頭の中で、お祭りみたいな太鼓の音が鳴っていた。てんてんててん、てんててん。それに続いて、乾いた音がリズムを刻む。

目を凝らすと、ほとんど裸の太った身体に〝まわし〟を締めた男たちが〝テレビ〟の向こうでバチンバチンと肉をぶつけ合い、筋肉を躍動させて戦っていた。

みんなものすごいおデブさんで、冗談みたいに腿にも背中にも筋肉がついていた。大相撲、横綱、千秋楽と、知らないはずの言葉が頭の中を駆け巡る。

（ああ、テレビだ。懐かしいなあ。あれって、どのくらい遠くにあるのかわからない〝向こう側〟が、すぐ近くに見える魔法のような箱だよね）

奇妙なことに、実に奇妙なことに、わたしは今見えている白くて四角い部屋が〝病室〟だと知っていた。

見舞い客もいない、海の底のように静かな個室。そこにはベッドに寝そべってテレビを眺めている女の子がいた。わたしはその子に、なぜか「お久しぶり」と言いたくなった。

あの子は十八歳で、おそらくもうすぐ死ぬから、享年も十八歳のはず。

中学生のときに事故で両親を亡くしていて、他に血縁者らしき人もいなくて、わりと難病で、おまけに治る見込みが皆無ときている。

楽しみといえばテレビで大相撲を見ることと、ベッドの上でできる手芸と、ボランティアさんが差し入れてくれるファンタジー小説を読み漁ることだけ。

(ああ、あなたは〝わたし〟なのねー……)

どっちが虚像でどっちが実像なのか、嘘なのか本当なのか、偽物なのか本物なのか、空想なのか現実なのか、そんなことで悩む必要性も感じない。あの子はユリアンヌ・ゲッスールの前世だという確信が、すとん、とわたしの中に降りてきた。そして、かつての記憶も鮮明に蘇る。

(そうか。前世があんまり不幸すぎて、来世では好き放題したいって願うあまりに、こんな女に仕上がっちゃったのかー)

手あたり次第っていうか、もう世の中ごとすべてって勢いで、綺麗なものや素晴らしいものを丸ごと手に入れられなけりゃ嫌だった、我慢できなかった。その原因が、よもや前世にあったとは。

(シリアスなのか、コミカルなのか、どっちなんだこれ。いや、ぐうの音も出ないほどコメディだな)

前世の自分を眺めながら、わたしは笑いたいのか泣きたいのか判然としない気持ちで身をよじり、手で顔を覆った。

てんてんててん、てんててん。大相撲の寄せ太鼓がまた響く。

第1章

「ユリアンヌ、ユリアンヌしっかりして頂戴！　ああなんてことなのっ！　カイルあなた、このままユリアンヌが目覚めなかったら、いったいどうしてくれるというのっ⁉」

目を閉じているせいで、鼓動が響くのをよけいに強く感じた。こめかみもどっくん、どっくんと脈打っている。心がざわざわとして、いっときも静まらない。

「ん、んー……聞こえてるってば。もう、うるっさいなあー」

瞼を開けると、なるべくデブの気配を薄めるよう配慮を重ねたドレスを身にまとった、しかしはっきりデブとわかるおばさんが目に飛び込んできた。

「おおユリアンヌ、気が付いたか！　カイル、貴様ワシらが家を空けている間、いったいユリアンヌに何をしおったのだっ！　ことと次第によっては、ただじゃおかんぞっ‼」

柔らかな光沢を放つハゲも見事な、脂ぎっていて小柄なおっさんが、カイルの首根っこを下から引っ掴んで叫ぶ。カイルはかなり長身だから、なんだかコントみたいに見える光景だった。

デブなおばさんとハゲなおっさんは、ちょっとどころではなくゲスい侯爵家の、心根が腐りまくった当主夫妻である。そして、わたし――クズ極まりないご令嬢、ユリアンヌ・ゲッスールの両親だ。

(さっぱりわけがわからないけど。どうやらわたし、前世の記憶を取り戻したっぽいなー……)

「ど、どうしたユリアンヌ。カイルにいったい何をされた？　ほら、いつものように正直に言うてみろ。この父が、たわけを成敗してやるぞ？」

ハゲたおっさん改め、父のハゲーザーが心配しているような、勘ぐるような声で言った。

こいつは自分の懐を潤すことだけに夢中で領民から思いっきり嫌われている。後頭部に残った髪を往生際悪く伸ばし、両サイドに汚く散らかしているハゲなので、あだ名はもちろんハゲだ。

廊下でひっくり返っていたわたしは、むっくりと起き上がって口を開く。

「お父様、カイルから手を離してあげてー。わたしがひとりで勝手に転んで、その拍子に花瓶もひっくり返ってカイルに水がかかったの。カイルはむしろ被害者なんだからねー」

いてて、と後頭部にできたたんこぶをさすると、カイルが大きく目を見開いたのが見えた。

「そ、そうなの？　でもやっぱり、カイルがユリアンヌを脅かすか何かしたんじゃなくって？」

頬に手を当てて首をかしげる母、デビュリアに、わたしは「違うから」とひらひらと手のひらを振ってみせた。

こいつは王家の血をちょこっと引いていて、我がゲッスール家では最も高貴なのだが超絶デブだ。だからもちろんあだ名はデブ。

(うーん、朱に交われば赤くなるって本当なんだなあ。こりゃ、わたしがいまさら真人間になったところで、誰も信じないわー)

「うぬぬぬ、何をボーッとしておる、カイル！　ユリアンヌのために、さっさと医者を呼んでこいっ！」

お父様は傲慢さを言葉のはしばしに滲ませ、唾を飛ばして吐き捨てる。

（あぁー。こりゃ救いようがないわー）

こいつらは金に汚いし、性格の悪さが顔に滲み出ちゃってるし、ハゲてるし、だらしなく太ってる。

いつだって自慢話か人をこき下ろすことしかしないけど、それでもわたしの両親だ。そう、前世と違って十八歳になっても血の繋がった両親が健在なのだ。ここはまあ、喜ぶべきところだろう。

「あー、お医者様はいらないわー。ただのたんこぶだから、冷やせば済むし。それよりカイル、あなたさっさと着替えてきなさい。昔は頻繁に風邪をひくタイプのお子様だったでしょ、用心するに越したことはないわ」

わたしが言うと、カイルがまた目を剥いた。もう極限っていう見開きっぷりなのに、美貌が崩れないってすごいなあ。

「それからお父様ってば顔色が悪いわよー。ちゃんと寝てるの？　そういえばここのところ、朝から疲れてだるいとか言ってなかったっけ」

「お？　おお、そうだな。ここのところ、少し眠りが浅いな」

「あのね、はっきり言って飲みすぎだと思うの。肝臓ってのは沈黙の臓器だけど、ちゃんとメッセージを送ってんのよ。眠りが浅いのも倦怠感も、たぶん飲みすぎのせいね。いいこと？　しばらくお酒飲まずに休肝するのよー」

お父様は、わたしの勢いに押されてうん、とうなずいた。

「それからお母様、むくみが酷いわー。更年期とかもあるけど、そもそも運動不足。あと太りたくないって水すら控えるのはかえって逆効果。夜遅くに食べるのもよくないし、野菜嫌いもダメダメねー」

お母様は「え、え」と戸惑ったような声を上げる。

「それとサーシャ、そのポカンとした口はやめなさい。呼吸は鼻、鼻でするの！」

カイルの後ろでおろおろしていたサーシャが、目をまん丸くさせた。その金色の長い睫毛が震えている。

スッピンだろうに白く輝く肌、血色のいい頬、宝石みたいな青い瞳、黄金の髪はピッカピカ。目が、目があ！　サーシャの美しさで目がつぶれそう！

「あなた、超絶美人なのに唇だけカッサカサなのは、口で息してるからなのよー。口呼吸だと風邪もひきやすくなるし。まあ、あなたってば見た目のわりに丈夫だけど。油断してるといつか大風邪ひくわよ」

「は、はあ」

「口の中が乾燥すると虫歯になりやすいし、あと唇が開きっぱなしだと馬鹿っぽく見えるじゃないのー。まさに、百害あって一利なし」

戸惑ったように目玉を忙しく動かしている家族たちから目をそらし、わたしは廊下にかけられている大鏡を見た。デブとハゲの間に生まれた、黒髪黒目の滑稽なデブスがいてめまいがした。まあ、さすがにハゲてはいないが。

身にあまる贅沢をしすぎてぱっつぱつに膨らんだ頬、一重の小さな目、ニキビだらけのぬめぬめした肌。

（ぐうの音も出ないほどのデブスだわー。よくこれで、王太子様の婚約者やってんな）

デブ特有の荒い息づかいを繰り返しながら、わたしはひそやかではない吐息を漏らした。

（妹のサーシャを苛めまくって、美しさに嫉妬して家に閉じ込めて。分家から無理やり養子にしたカイルもこてんぱんに痛めつけて。そんでもってアルフレッド様からは羽虫以下の存在と思われてるっぽいのに、しつこくしつっこく絡みまくって。これじゃ、小説に出てきた悪役令嬢そのものじゃないのーっ!!）

わたしはもう一度鏡の中の自分を見る。狡さと卑屈さと傲慢さとが嫌な感じにブレンドされた、なんともふてぶてしい面構えだった。

前世で読み漁ったファンタジー系恋愛小説の中で、悪役令嬢ってのはよい味つけになってたし、場合によってはヒロインポジションだったけど。今のわたしは、どの小説の中の悪役令嬢よりゲスいかもしれない。

これまた悪役らしく、我がゲッスール侯爵家は超絶お金持ちときている。いやゲッスールってゲスだけに？　みたいなツッコミを胸の中でしながら、わたしはふらふらと立ち上がった。

「ちょっと疲れちゃったから、部屋で休むわー……」

ごてごてしたドレスの裾をうんせと抱え、驚き固まっている家族と使用人たちを肩で押しのけ、わたしはよろよろと廊下を歩き出した。

「ユリアンヌ、やっぱりお医者様に診(み)て頂いた方が」

背中にお母様の声が被さる。わたしはまたひらひらと手のひらを振った。

「いらないってばー。医療費がもったいないし、ちょっと寝たら治るし。あー、カイルは着替えたらあとでわたしの部屋に来なさい。そうね、一時間後くらいに頼むわー」

「お、おお」

つんのめるようなカイルの声が返ってくる。後ろからついてこようとするお母様や侍女の気配を感じたので、「ひとりにしといて」と緩くかぶりを振って拒絶した。

（こういうときって、本当に膝が笑うんだなー）

十八年間、どこに行くにもこの廊下を歩いたはずなのに。やましさや恥ずかしさが一気に襲ってきて、どうにもこうにも足元が頼りなく感じた。ずぶずぶ、ずぶずぶ、めり込んでいくみたいだ。

ようやく自分の部屋にたどり着くと、壁際でびくびく肩を震わせているわたし付きの侍女たちをみんな追い出す。

「オーホッホ、あなたたちみんな邪魔なのよー。着替え？　そんなもんひとりでやるわよ。風呂？　あー、そういや着替えのたびにあなたたちに身体洗わせてたっけ。そんなのもう後回しでいいから、全員でサーシャの部屋の掃除でもしてきなさいっ！」

侍女たちは一斉に目を剥(む)いて、「正気ですか？」みたいな顔で出ていった。

よーし傲慢(ごうまん)で居丈高(いたけだか)、高圧的でぶっきらぼうな感じはキープできた。わたしがいきなり前世のような真人間に豹変したんじゃ、みんな驚きのあまり心臓発作とか起こしかねないもんね。

「よーし。まずは現状の把握だ」

机に積み上げてあった本の山から、わたしは一冊のノートを引っ張り出した。薄くて大きなそれを机の上に広げ、胸をざわつかせている要素を書き込んでいく。

○ユリアンヌ・ゲッスール（十八歳）
ゲッスール侯爵家の長女。王太子アルフレッド様の婚約者。

もっさりしたデブス。分不相応で見栄っ張り、贅沢病。

○ハゲーザー・ゲッスール（五十四歳）
四代目ゲッスール侯爵。国一番のお金持ち。

私腹を肥やすことが大好き。ハゲ。生活習慣病の権化。

○デビュリア・ゲッスール（五十三歳）
ゲッスール侯爵夫人。社交界の嫌われ者。

王家の血がちょびっと混じってる。デブ。生活習慣病の化身。結婚十五年目で待望の子ども（ユリアンヌ）を出産。

たったこれだけ書いただけで「救いようがねえ」と頭を抱えそうになった。

ちなみに、なんでゲッスール家に金があるかというと、領地に鉱山がいっぱいあるからだ。あっちこっちから宝石とか燃料とかがザックザク出てくる。

三代前に戦功を立てて男爵家から侯爵家に引き上げられたご先祖様は、最初はただ広大なだけの未墾(みこん)の大地を押しつけられたと憤(いきどお)ったが、掘ってみたらびっくり仰天の大逆転劇で笑いが止まらなかったらしい。

「それで調子に乗って、わたしをまったく相応(ふさわ)しくない地位に上らせようと、ハゲとデブが画策しちゃったんだよね。まあ、わたしも積極的に加担したけどもー」

わたしはまたペンを走らせた。

○アルフレッド・ルデルヴァ（十九歳）
伝統ある大国、ルデルヴァ王国の王太子様でユリアンヌの婚約者。

黙ってても女が寄ってくる、冷たいほどの硬質な美貌の持ち主。中身は硬派な堅物(かたぶつ)で、お勉強大好き。バランスの取れた堂々たる体躯(たいく)の持ち主で、剣も体術も得意。

○ルデルヴァ王国
大陸東部から北部にかけて広大な領土を持つ強国であり、ユリアンヌ以下ゲッスール家の面々が暮らす国。

わたしは頭の中が煮えるほど、血管が詰まりそうなほど、前世で読んだファンタジー小説について思い返してみた。

「うーん。ルデルヴァっていう国が舞台で、ヒーローがアルフレッドっていう小説には心当たりがないなー」

わたしは腕組みをし、むうっと唸(うな)った。ボランティアさんに貸してもらった小説はどれも最低三回は読み返したから、間違いはないはずだ。

「十八歳の若さで死ぬんだから、小説みたいに異世界転生のひとつでもさせろやって思ってはいたけど。まさか、本当に異世界に転生したってこと……？　斬新なのはいいけど、自分の身に降(ふ)りかかると恐ろしさで総毛立つわ」

泥臭い叩き上げの侯爵家の、意地悪で好き放題やりまくりのご令嬢。おまけに不細工極まりないあたりが、悪役度をぐんと高めている。客観的に見て、わたしがこの世界の〝悪役令嬢〟であることは間違いないだろう。

せめてここが、わたしが胸躍(むねおど)らせながら読み漁(あさ)った小説の世界だったらよかったのに。それならこれから起きることがわかるから、あの手この手で対策を練ることができるのに。

「ひとまず次いこう、次」

○サーシャ・ゲッスール（十七歳）

ゲッスール侯爵家の次女。

金髪碧眼、並外れた美貌の持ち主。美しい曲線を描くブロンドは流れるように艶やか。小さな顔、桜貝みたいな耳、滑らかな肌は透けるよう。身も心も美しいまさに「別格」の存在。

夢のように美しいサーシャの美貌について書き連ねていると、深く、暗い穴ぼこに落ちていくような気分になった。

「うわー、マジで正反対。もう、ズバッと対照的」

わたしときたら太りすぎで、真っ黒い髪の毛はパサついていて、ニキビだらけで。

無理やり結い上げててっぺんでお団子にした髪はこんもりと膨らんでいて巨大。サーシャとは違う意味で人目をひく。振り向かれ、驚かれる。

わたしの口から声にならない嘆息が漏れ、すぐに失笑に変わった。

きっと誰からも好意的に受け入れられ、認められるに違いない世にも稀な美少女と。婚約者から嫌悪され、避けられているわたし。どっちが王太子妃に相応しいかなんて、わかりきっているではないか。

わたしは椅子から立ち上がって、自分の姿を鏡で確認した。痛いったらなかった。目が馬鹿になりそうだ。

「ここまで太ったのはこの一年くらいだけど、やっぱストレスかな。認めたくなかったけど、王太子妃の器じゃなかったんだよねー。お母様はわりと美人なのに、なんで頑張ってしまったのだハゲーザーの遺伝子」

目立ちたいばかりに、アルフレッド様に群がる女たちから少しでも抜きん出たいばかりに、けばけばしいショッキングピンクやらグリーンやらが目に突き刺さる、奇抜なドレスを着てたわたし、滑稽だけど、わりと不憫じゃない？

うちのハゲが王家にバカスカ寄付してるから、金づるとしての価値はあるけど。それ以外で、わたしがアルフレッド様の婚約者として認められる要素ってあった？

「ないないないー、悲しいくらいないー」

思わずため息をついてしまう。

「まぁ、これだけわたしとサーシャが違ってるのは、そもそもサーシャが養子だからなんだけどさー」

サーシャは実はハゲーザーの弟の娘で、生後すぐに両親を亡くしている。なので実際は従姉妹。

ユリアンヌがひとりっ子では可哀想、というハゲーザーとデビュリアの親心から、ゲッスール家の第二子として届け出ることにしたらしい。

わたしは席に戻り、サーシャの続きにこう書き加えた。

王家側（アルフレッド様が含まれるかは不明）は、当初サーシャを婚約者として指名（あるいは希望）していた。

ああ、なんかもう。胸の中で呟くと、スカスカした笑いが込み上げた。

客観性というものが微塵もないころは、サーシャの美貌を勝手に僻んで、怒って、傷ついて、ひたすら妬んで。サーシャに酷い言葉を投げつけて、身の回りのものを取り上げたり隠したり。

（あまつさえ、わたしってば積極的に能動的に、とんでもないものを取り上げちゃってんじゃないのー……）

ルデルヴァ王家は、ただ今絶賛貧乏中だ。アルフレッド様には七人も姉がいて、四人も妹がいる。上の王女様たちはみんな外交のため、よその国にお嫁に行った。そして下の王女様たちも、それぞれ違う国との縁組が決まっている。

国王様と王妃様はかなり見栄っ張りで、諸外国の使者に恥ずかしくないようにと、王宮を新築したからさあ大変。娘たちに持たせる持参金や衣装を用意するとなると、国庫はアップアップで溺死寸前。そこにつけ込んだのがゲッスール家というわけだ。

歴史の長いルデルヴァでは、王太子妃は他国の皇女か王女、または国内の公爵家から迎えることが慣例化している。

それにもかかわらず、莫大な持参金と毎年の寄付を餌に、歴史の浅い侯爵家から王太子妃を出そうという両親の目論見は成功した。だが、大成功というわけじゃなかった。

（長女は婿を取って家を継がにゃならんだろうって、指摘を受けたんだよね。つまり、遠回しにサーシャの方が相応しいって言われたわけだー）

サーシャのことなんて頭の片隅にもなかった両親は慌てふためき、わたしは癇癪大爆発。サーシャは病弱を理由に社交の場から遠ざけられることと相成った。

もう指に力が入らず、なかなか上手にペンを掴めない。

それでもわたしは大きく、深く息をついてから、最後にとっておいたカイルについて記した。

○カイル・ゲッスール（十七歳）

ゲッスール侯爵家の嫡男。

繊細で優美な美貌には、女性的な色香さえ漂う。ユリアンヌに対しては、基本薄笑いの表情を崩さない。

三代前に分家となった男爵家から、大急ぎで、ほとんど攫われるようにして、七歳のとき養子に迎えられた。長女ユリアンヌが婿を取らないで済むように。


（そりゃ、カイルに恨まれるはずだわ。家の存続のために、いずれ婿を取るか養子を迎える必要はあったとはいえ。自分が王太子妃になりたいばっかりに、男爵と男爵夫人の顔を札束で叩いて、七歳児を無理やり家族から引き離したんじゃー……）

まさしく悪役令嬢だ、と自覚せずにはいられなかった。胸が空っぽで、それでいて膿んだようにじくじくと痛んで、思わずべそをかきそうになった。

正直、弟妹たちにはスライディング土下座をかましたい。しかし、いきなり謝られてもカイルもサーシャも困るだろう。

「第一、謝ったところで許してもらえるわけがないよー。わたしってば、それくらいのことをしちゃってる。サーシャとカイルに償いたいけど、いったいどうやって償えばいいの？　ここが小説の世界だったら、ごく自然に〝ざまぁ〟されるんだろうけどー……」

悪役令嬢にざまぁを！　きっちりとざまぁを！　といきり立つ前世の自分の姿が目に見えるようだった。

わたしはやや歯を食いしばり、ノートを何枚かめくって真っ白いページを開いた。

●【ざまぁ】

「様を見ろ」が語源。人の失敗や不運に対して、心の中で愉快だと思いながら発する罵り言葉。小説やゲームの中では、悪役のキャラが因果応報で酷い目にあったり、不幸になったりすることを指して使われることがある。

短く、何度もうなずいた。

これほどの悪行を積んできた〝悪役令嬢〟のわたしには、確実に四方八方から〝ざまぁ〟の矢印が向いている。それだけは間違いなかろう。

「あの女の名前を書くのは、はなはだ不愉快だけどー……」

わたしはノートのページを戻り、カイルの次に少しの間をあけて、違う人物の名前を書き込んだ。

○アマリア・ラストン（十八歳）
ラストン公爵家のひとり娘。

家柄と年齢、容姿や才学などの面から、王太子妃の第一候補とみなされていた。しかし、方々に金をばらまいて裏街道を突っ走ったユリアンヌにその座を奪われた。

このところ、頻繁に王宮に出入りしているらしい？


三度の飯より噂話が大好き、というお母様似のわたしは、どんなに小さな茶会でも顔を出してきた。そして、アルフレッド様の婚約者として威張り散らしてきた。

（自分が特別であることを信じきってたからなー。おべっかとかごますりしてくる子分はいっぱいいたし、噂話も自動的に収集できてたんだけど。アマリアの噂は、耳に届いてなかったなー）

わたしは椅子にふんぞり返って顎を上げ、ふんっと鼻から息を吐き出した。

昔からあのアマリアという女には、せせら笑われていた。取り澄ましたお上品な顔が大っ嫌いすぎて、アマリアのところだけ不揃いな文字になり、雑になってしまった。

しかしアマリアの容姿にはヒロインっぽさがあるし、王太子妃の資質もありまくりだ。今の状況から予想するに、わたしのライバル的なポジションにいるのはアマリアで間違いないだろう。あの女のことだ、たいそう本格的なざまぁプランを練っているに違いない。

「とにかく、ラストン公爵とアマリアの動向について、カイルから聞き出さないことにはねー。当面は不信感を抱かれないように、悪役らしさは失わずにいよう」

　そのとき、ノックの音がした。わたしは口の端をじわりと持ち上げ「お入りなさい」と答える。

「ああ……って、なんで侍女がひとりもいないんだ？」

　カイルは扉の外から部屋の中を覗いて、心持ち眉を上げた。

「あなたが浮かれてご注進に及んだからでしょ。聞かれて困る話だろうから、人払いをしてあげたのよ。家督を継げる十八歳まであと半年近くあるくせに、ラストン公爵やオルドリッジ公爵との繋がりをわたしに暴露したのは、下策だったわね」

　やや長めの前髪を掻き上げて、カイルはわざとらしい苦笑を浮かべた。その申し分のない美貌に向かって、わたしはふんっと鼻を鳴らす。

「大方、わたしが王宮に突撃して醜態を晒すとでも思ったんでしょう。でもお生憎ね、そこまで馬鹿じゃないわ。そうそう、ラストン公爵家とオルドリッジ公爵家、あそこは一枚岩じゃないから。どっちにもいい顔してると、痛い目を見るわよー」

　つい釘を刺す、という口ぶりになった。カイルが汚いものを見るみたいな目になる。言葉にされない分、よけいに強く嫌悪感が伝わってくるようだ。

「それで？　やっぱり義父さんに言いつけて懲らしめてもらうって？　そんなの、義姉さんがいつもやってる――」

「いいからお入りなさいなー、立ち話も疲れるでしょう」

　カイルが舌を鳴らした。かなりの大股で部屋の中に入ってくる。背丈に比して手足が長いところが、アルフレッド様と似ている。

　どさりとソファに腰を下ろしたカイルは、この屋敷で一番広くて一番豪華な部屋を眺め回した。

「……あれ、全部読んだのか？」

　カイルの視線を追って、わたしも床から天井まである、壁一面を埋め尽くす本棚に目を向けた。

「おかしなことを聞くわねー。本って、読むために買うものでしょ？」

　まあ、アルフレッド様との話題作りのために読んでた面もあるけど。古文書とか学術書とか希少本とか、かなりつぎ込んじゃったしなあ。カイルはわたしの無駄遣いが気に食わないんだろうなあ。

「それはそうと。わたしを追い込むならもうちょっと上手にやることね。こっちも貴族社会のどす黒い部分には、首までどっぷり浸かってるのよ」

　芝居がかった声で、脅かすように言ってやった。

「そりゃあ、わたしへの称賛の眼差しも、褒め言葉も、万雷の拍手もすべて〝お金〟の力よ？　そして、その力があれば、邪魔なものも案外労せず取り除くことができるの。十八歳になるまでは、わたしに逆らうべきではないと思うけどー？」

　わずかの間、カイルは押し黙った。こいつめ、やっぱりラストン公爵にそそのかされて、わたしを自爆させようとしてやがったな。

　まあ、記憶が戻る前なら確実に王宮に乗り込んで、喉も裂けよとばかりに咆哮し、誰彼構わずアルフレッド様とアマリアとの関係を問いただしたと思うけど。

　カイルは下唇を軽く噛んだあと「で？」と首をかしげた。

「さしもの義姉さんも、格上の公爵家までは取り除けないだろうさ。ここのところアルフレッド様から避けられてるってのは事実なんだろ。俺が動かなくとも、面白くない事態になるんじゃないか？」

不快感を言葉のはしばしに滲ませ、カイルは薄笑いを浮かべた。

「まあ、そうなるでしょうね」

わたしはあっさりうなずく。カイルはそこまで驚く必要はなかろうってくらいに、目と口をぱっくり開いた。

「ひとつ聞くわ。面白くない事態が始まろうとしているのか、始まってしまったのか、どっち？」

「……それは。よく、わからない。アマリア嬢が王宮に出入りしてるってのも、他国の王女の件も、ラストン公爵やオルドリッジ公爵が言ってるだけだし。アルフレッド様が本当に会ったのかどうかまでは……。でも、アルフレッド様が若い娘の好みを聞いて回ってるって噂は、俺の友人も耳にしてる」

「もー、ほんと頼りないわねー。繋がりがあるって、ただわたしを怒らせるための駒に使われただけじゃない。威張るなら、もっとちゃんと情報取ってきてからにしてよねー」

カイルの顔が真っ赤に染まった。

「それにしても、あの硬派なアルフレッド様が若い娘に興味を持つなんて。ついに色事に目覚めたってことかしらー……」

つまり、アルフレッド様がわたしに「俺の胸の中で未来を考えろ」とか「すべての過去を忘れ、何もかも捨て去って愛だけに生きろ」とか言ってくれる可能性は、どう考えてもゼロってことだ。

今から思えば、アルフレッド様と初めて顔合わせをした日からしくじっていたのだ。そして、そのまま十年もしくじりを重ねてしまったと。

わたしはノートのページをめくり、再びペンを走らせる。

「……それ、何語だ？」

立ち上がったカイルが覗き込んできた。

「オーホッホ、わたしくらいになると超難解な言語もスラスラなのよー」

正直に「日本語」って答えると悪魔祓いとかされかねない。

●【ざまぁの前提条件】
①カイルとサーシャが幸せになること。
②ハゲとデブの命があること。
③ゲッスール家が存続すること。

これらはどの方向からの、誰からのざまぁになるかで、方法が大きく違ってくるだろう。

婚約破棄、断罪、国外追放、処刑、爵位の剥奪――起こりうる未来を、ファンタジー小説で先取り学習していてよかった。

頭の中で、これからやるべきことが具体的な像を描いていく。わたしがざまぁされるのが確定っぽいのは苦々しく思うが、それはもう仕方がない。だが、いままで酷い仕打ちをしてきたカイルとサーシャを巻き込むわけにはいかない。

具体的なざまぁの詳細はまだわからないが、恐怖におののいている場合じゃない。なんとしても、どんなことをしても、カイルとサーシャに及ぶ被害が最小限で済む道を模索しなくては。

そして絶対、必ず、間違いなく、これまで迷惑をかけてきた人たちへの〝罪滅ぼし〟とか〝恩返し〟もしなければならないだろう。ていうか、それに向かって邁進したい。

それが、悪役令嬢であるわたしにできる、唯一の償いだから。

（小説の世界だとしても、筋書きがまるでわからないし。チートできるほどの知識も経験もないからなー。さぐりさぐり、やっていくしかない）

そんなことを考えていると、カイルが小さくくしゃみをした。

「やだ、やっぱりさっきの花瓶の水で身体が冷えちゃった？　それでなくても今の時期は風邪が流行ってるから、二十分に一回くらい紅茶を飲みなさい。そしたら風邪の菌が洗い流されるらしいし、お腹の中でも戦ってくれるからー」

「あ？　ああ」

カイルの間抜けな返事を聞きながらも、わたしはノートから目を上げないままで、最後にこう書き加えた。

●【到達目標】

サーシャを王太子妃に、カイルをゲッスール侯爵にすること。

これが、ふたりにとって最も幸せな道だろう。

（とりあえず、確実にわたしに恨みがあるのはカイルとサーシャ、クソいけ好かないアマリア。アルフレッド様はどう思っているのかわからないけど……ヒロインのアマリアのために、悪役令嬢のわたしとの婚約を破棄するのは小説の定石だよね）

わたしは多方面からざまぁの矢印を向けられているだろうから、誰に断罪されることになるかは不明。サーシャやカイルからというケースも想定しなければならないが、最も厄介なのはアマリアだ。アマリアは王太子妃の座を狙っているし、きっとわたしがざまぁされたあとは、ラストン公爵家が目障りなゲッスール侯爵家をつぶしにかかるはず。それは絶対に阻止したい。でも、今わたしが派手に動き回ったら、ラストン公爵一派の思うつぼだ。

わたしは考えをまとめつつ、こめかみあたりのくぼみ、目頭のすぐ内側、眉毛の内側の端にあるくぼみ、目の下の骨の中央を順番にぐりぐり押した。

「……何してるんだ？」

「ん？　ここらへんを押すと、眼精疲労に効果があるのよー。あなたも領地経営のことで細かい数字とか読むでしょ、目が疲れたらやってごらんなさい」

まあ、わたしの場合は記憶が戻ってから、目に映るものがハゲとデブとブスと、筆舌に尽くしがたい美男美女って振り幅が大きすぎるせいなんだけど。おまけに目に突き刺さるド派手なドレス着てるもんだから、もう眼球がストライキ起こしそうなんだよね。

「カイル。悪いんだけど、うちの領地の収支報告書を持ってきて」

「はぁっ!?」

「いいでしょー別に。何も、あなたがお父様に内緒でつけてる裏の帳簿を持ってこいって言ってるわけじゃなし」

カイルが息を呑んだ。軽くカマかけただけなのに、わかりやすい。わかりやすすぎるぞ、カイル。ハゲのやつ、カイルに対して自分に都合よく動く〝駒〟を作ろう感がすごかったしなあ。カイルも表面上はハゲに従ってるけど、やっぱクーデター起こす気マンマンだったか。

「お、女のくせに帳簿が読めるわけが……」

「オーホッホ、わたしを誰だと思ってんのー」

なんせ十年も王太子様の婚約者っつー立場にあるわたしである。

やらされてたんじゃなくて自主的にやってた、と言った方が正しいが、金にあかして一流の講師陣を呼びまくって、セルフお妃教育受けてたしな。

(今思えば、変なファイトが湧いてたよなー。この十年、お勉強系は唯一アルフレッド様と盛り上がる話題だったたし。でもやりすぎたのかな。可愛くない知識まで身につけちゃったから、嫌われたのかな)

そんなことを考えていたら、カイルがわたしに探りを入れる目を向けてきた。

「ちゃっちゃと行って頂戴なー、はいダッシュ！」

わたしはぽっちゃりした手をパンッと合わせて、高らかに号令をかける。

カイルはちっと舌打ちをすると、肩を怒らせ足を踏み鳴らして部屋を出ていった。すぐに戻ってくると、鼻息荒く帳簿を机に叩きつける。

「はーい、ありがとう。もう戻っていいわよ」

「はぁ!?」

カイルは疑うような目を向けてきたが、問いただすのを諦めたのか、やがてわたしの部屋から足音高く出ていった。


「うーん、やっぱこれしかないなー」

夜を徹してカイルが持ってきた収支報告書を読み込んだわたしは、腹の底から唸るように独白したあと、ノートを広げた。

●【喫緊の課題】
ハゲとデブに節約させること。

「贅沢三昧しすぎて領地の運営資金にまで手をつけてるって、かんっぺきにアウトだわ。よそに比べて税の負担が重いのは、領民の収入が多いからって面もあるけど……とにかく公共施設が貧弱すぎるわねー。豊かなわりに病院や学校が少なすぎるから、領民の不満もたまってるはずだわ」

カイルが言っていた通り、資源というのは無限に湧(わ)き出(で)てくるものじゃない。まだ余裕があるうちに税制改革や街の整備をして、人材育成にもお金を投じなければ、ざまぁされなくてもゲッスール家は没落するだろう。

「いずれ資源が枯渇(こかつ)したときのことも考えないとなー。手つかずになってる土地がたくさんあるから、寒冷地でもできる農法を取り入れれば……」

収支報告書の最後のページに、カイルが書いたであろう手書きの報告書が挟(はさ)まっていた。

「畑作ではムギ、ダイズ、ジャガイモ、牧草などの飼料作物、果樹ではリンゴやサクランボなどが適しており、農業を営む者に計画的な支援を……また羊、牛、豚などの畜産業を……」

わたしは思わず胸の前で手を合わせた。カイルってば、チャラい見た目のわりにやるじゃない。

報告書にバッテンがついているところを見ると、おそらく目先の利益しか考えてないハゲに却下されたのだろう。

「うん、あの子やっぱり地頭がいいわー。ゲッスール侯爵家への憎しみで目が曇って、自棄(やけ)を起こさせるのはあまりにもったいない」

何より、このまま順調にクーデターを起こして、大罪である親殺しなどさせようものなら、ラストン公爵やオルドリッジ公爵は嬉々としてゲッスール家を取りつぶす方向に動くだろう。だからカイルからのざまぁで、わたしたちが殺されることは避けたい。

「でもたしかに、あのハゲにいつまでも侯爵させてちゃ駄目だよねー。カイルが新侯爵になれる十八歳まであと半年、下手な暴走をしないように気を配って、その間にサーシャにうまいこと婚約者ポジションをスライドさせれば……」

王太子妃の座は、もとをただせばサーシャのものだったのだから、サーシャに返すのは当たり前のこと。わたしが進むべき道はこれしかない。

よし。なんとかなりそうな気がする。ただ、やはり障害になるのはアマリアの存在だ。

おそらくアマリアは、理不尽に王太子妃の座をわたしに奪われたと思っているのだろう。

この十年、アマリアと社交の場で顔を合わせるたびに「なぜにおまえが」という視線を向けられ続けたし、ときには陰口も言われた。いやまあね、なんせ金持ってるだけのデブでブスだしね。

しかし、わたしは売られた喧嘩は買うタチなのだ。せこく、陰湿に、きっちりとやり返した。しつこくやった。必要以上にやった。だからアマリアが王太子妃になった場合、断罪からの一家まとめて処刑という、最悪のルートへと突き進む可能性が高い。

サーシャが王太子妃になれば、とりあえずデブとハゲの命は助かるはずだ。結婚を機に酷い目にあわされたゲッスール家をざまぁするにしても、親殺しってのは外聞が悪すぎるから、おそらく国外追放くらいで済むだろう。

「アマリアがどの程度食い込んでるかは、手下どもに情報収集させるとして。まずわたしが考えるべきは、いかに素早くサーシャを王太子妃にできるかってことだよねー」

壁の時計を見上げると、とっくに朝食の時間を過ぎていた。うーん、やっぱひとりくらいは侍女がいた方がいいかなあ。

「いくらデブスな婚約者が嫌になったからって、王家にはゲッスール家のこれまでの功績、功労まで忘れてもらっちゃ困るのよねー。サーシャはアルフレッド様と対になるような美人なんだから、アマリアなんざ足元にも及ばないわ。オーホッホ、一回会わせりゃあの堅物だってイチコロよー」

王太子妃になったサーシャの姿が脳裏をよぎり、その光の差すような美しさまで想像して、わたしは盛大に高笑いをした。

「わたしはとにかくハゲとデブのために命乞いのテクを磨かないとなー。新侯爵や王太子妃に、あんなクズい両親がいちゃダメだよね。やつらの老後は、わたしが背負わねば！」

爵位を剥奪されて市井に放り出されたとして、あの人たちにいまさら庶民以下の暮らしができるはずがない。カイルとサーシャの未来のために節約して、その中からちょびっとだけ、生活費を確保させてもらいたい。

自分でもちょっと甘いかな、とは思う。でもだいぶ年取った両親だし、方向性はまったく間違ってたけどわたしは可愛がってもらっちゃったし。やっぱり、恩は返したい。

周囲の大多数にとっては邪悪なハゲとデブだが、わたしには優しい親の顔を見せてくれたあの人たちを、どうして切り捨てることができようか。

「とりあえず、着替えるかー」

わたしは勢いよくクローゼットの扉を開け、そこに毒々しくてけばけばしいドレスばっかりかかっているのを見て、速攻で閉めた。

「なんだこの趣味の悪さ。いくらルデルヴァで派手に着飾るのが流行してるからって、これじゃチンドン屋さんだよー」

これらをロマンチックでありながらセクシーさの香る、お姫様ムード満点のドレスだと信じ込んでいたのだから始末が悪い。こんなの着た傲慢なデブは、さぞかし滑稽だったことだろう。

「お母様のとこ行ってドレス借りてくっか。よその親より高齢なだけあって、普段はわりとシンプルなの着てるし」

前世ではひとりっ子だったから、姉妹で洋服の貸し借りとか憧れてたんだけどなあ。

でも非道な姉すぎて、今サーシャに近づいたら逃げられるか泣かれるかのどっちかな気がする。

それ以前にサーシャは細いから、とてもじゃないがサイズが合わない。

「お母様、ドレス貸して。あと地味めの靴とかも」

お母様の部屋を訪ねると、デブではあるがそこそこ美人なお母様は「おほほ」と軽やかに笑った。

「まあユリアンヌったら、どういう風の吹き回し？　昨日は少し様子が変だったけど、もう元気になったのかしら？」

「あー平気平気。ちょっと気分転換？　みたいな感じだから、気にしないで。あ、この水色のドレスいいね、お上品」

「まあまあ、もしかしてアルフレッド様の趣味が変わったの？」

「いやー。まあ、そんな感じかなー」

お宅の娘さん、アルフレッド様に思いっきり嫌われてますがね。昨日だって執務が忙しいってんで会ってもらえませんでしたけどね。

「じゃあ、これ借りていくね。ありがとう」

「やだわユリアンヌったら、レディが軽々しくお礼なんて言わなくていいのよ」

いや、普通のレディはお礼くらい言いますし。お母様の教育方針謎だらけですし。

「……ところで。お父様は朝っぱらから、どうしてお酒を召し上がっているのかしら？」

わたしは顎をしゃくって、ご機嫌に酔っぱらっているハゲを睨みつけた。ゲスい性格同士で気が合うのか、こいつらはどっちかの部屋で一緒に過ごしていることが多い。

「おおユリアンヌ。おまえも飲みなさい、東洋の神秘の酒だよ」

頭皮トラブル抱えまくりのハゲめ、またクッソ高い酒飲みやがって。

「やだー、お父様おっくれってるぅ。ご存じないの？　我が国が誇る赤ワインには発毛効果があるのよ？」

カイルとサーシャのためにも、これ以上散財されてたまるかと、わたしはお父様の手からグラスを取り上げた。

「そ、それは本当か？　本当にそうなのか？」

「ほんとほんと。飲んでよし塗ってよし。そんな高いお酒なんか飲むから、毛根がびっくりして死ぬのよー」

何しろ我が国はブドウの産地。ワインはめっちゃ安く手に入る。急にやめられないならまずは酒代を減らして、そのあとで酒量を減らしていこう。

それに、発毛効果がありますーみたいな記事、前世で読んだ気がするからたぶん生えるだろう。信じるものは救われる、それいけプラシーボ効果！

「お、おいおまえ、早速赤ワインを買ってこい。ワシに相応しい最高級のやつだ！」

わたしは慌てて出ていこうとする執事を呼び止める。

「渋くてえぐみがある方がハゲには効くからー、安いやつ買ってきてー」

「そ、そうなのか。ならば一番安いワインを買い占めてこい！」

まあ備蓄はあってもいいしな。わたしは執事に、違うワイナリーを回って五本くらい買ってくるようにと付け加えた。安くても飲み比べりゃお気に入りも見つかるだろう。

「そうだわユリアンヌ、元気になったのなら楽団でも呼びましょうか？」

「あー、遠慮しとく。なんか外出疲れっていうか、部屋の掃除とかもしたいから」

「まああユリアンヌ、どうしちゃったの。そんなの使用人にやらせればいいのよ」

「やだー、お母様もおっくれってるぅ。時代はロハスよ、ロハス。身も心も健康で美しくなきゃレディとは言えないわ」

「ロ、ロハス？」

「簡単に言えば、粗食で健康！　身体を動かしてさらに健康！　いらないものは整理して内面から美しくってことね。よその国で流行ってるんですって。知らなきゃ最先端とは言えないわよ？」

「あら、そうなの？　じゃあ、ちょっとクローゼットの整理でもしようかしら」

「さすがお母様だわ、最先端！　もう着ないドレスはじゃんじゃか出しちゃって！」

散財しまくりのお母様のクローゼットからは、きっと金目のものがザクザク出てくるだろう。

（老後資金確保のためにも、売れるものはみんな売らなきゃ。でも、貴族の持ち物を売り払えるフ

リマとか、お気軽なリサイクルショップはさすがにないだろうなあ。どうしたもんかなあ）

箱入りで育ってしまったせいで、市井のことはイマイチよくわからない。そこらへんも、どうにかする必要があるだろう。

わたしは自分の部屋に戻り、わりと地味めな水色のドレスに着替えた。

「やっぱり、手足となって動いてくれる人材が必要ねー。何人か脅す……いや面接してみようかしらー」

うーん、とわたしは頭を掻く。ぬるっとしているのにざらつくという謎の手触りに、口がへの字になった。

「ああもう。お風呂入りたいけど、高い金払って買った洗髪剤も石鹸も、まるで効き目がないしなー。まてよ、たしか蜂蜜でシャンプーが作れるんじゃなかったっけ？」

前世で患者仲間だったオーガニック大好きお姉さんが、アレコレ教えてくれたよな。試してみる価値はありそうだ。

いまさら美しくなったところで、わたしが迎える結末はめでたいものじゃないんだけど。とはいえ腐っても侯爵令嬢としては、みっともない姿は見せたくないじゃないか。せめて散り際くらいは美しくありたいじゃないか。

わたしは机に置かれた蜂蜜の瓶に手を伸ばした。こんなところにお気軽に蜂蜜が置かれているのは、デブなわたしが紅茶に大量投入していたせいである。

「うちの領地で採れた蜂蜜は上質で混ぜ物一切なしだし。これとぬるま湯と、あと重曹があれば、ツヤ髪効果のあるシャンプーが作れるはず。たしか、蜂蜜(はちみつ)をダイレクトに顔に塗ってもよかったような……」

ゲッスール家の領地は北の方にあるため陰気で寒いのだが、短い春から夏にかけて、ほぼ手つかずの土地に咲きっぱなしの花々やクローバーのおかげで、それは美味しい蜂蜜(はちみつ)が採れるのだ。

「患者仲間におばあちゃんの知恵的なものも、いっぱい聞いたもんなー。ドクダミとかハーブとか、そんなのが庭に生(は)えてないかな。無料で口に入れられるものは、なんでも活用しなきゃ」

時間は有限、ここはさくさく進めないと。わたしは本棚から図鑑を取り出して、意気揚々(いきようよう)と庭へ出た。

さすがに金持ってるだけあって、我が家の敷地は無駄に広い。今まで散策なんかしたことなかったから、図鑑片手にあちこち彷徨(さまよ)ってると、まったく予想外の展開になった。

「あなたたち、我が家の裏庭で乳繰り合うとは度胸あるわねー……」

「ひいっ！　どうかどうかお許しをーっ！」

ジャックというらしい下働きの男が、地べたに額をこすりつけんばかりに謝り倒す。

「えーっと、すみませんでしたぁ」

新人侍女であるらしいリズがにへらっと笑った。うーむ、怒(いか)れるわたしを前にしてのこの態度、おぬしなかなかやりおるな。

ジャックとリズは、あろうことか裏庭の一角でくんずほぐれつしていやがったのだ。それを見つけたときのわたしこそ「ひいっ」ってなもんである。

我が家では、使用人同士の交際は〝風紀が乱れる〟という理由で許可されていない。

ちなみに前世の記憶が戻る前、わたしは絶好調の恋人同士がひたすら憎かったので、見つけ次第クビにしていた。

「そうねー、あなたたちがわたしの言うことをなんでも聞くっていうのなら、許してあげないこともないわ。もちろん、うちの家族にも他の使用人にも、すべて極秘よ。王都は不景気、就職難の今、うちをクビにされるのは困るわよねー？」

　ジャックとリズはうんうんとうなずいた。やった、侍女となんでも屋ゲットだぜ。

「ちょうどよかったわー。さっき気分転換にあっちらへんを彷徨ってたら、お母様専用の物置小屋を見つけたのよ。でも、みっちみちに詰まってて中に入れなかったの。たぶん若いころのドレスとか、買ってはみたものの秒で飽きたダイエット器具とかが詰め込まれてると思うんだけど。ジャック、整理しといてー」

「了解です！　俺、力だけは自信あるんで速攻で終わらせますよっ！」

　わりとモブっぽい顔でジャックは笑った。髪も瞳もグレーでこれまたモブっぽいが、のんびりした雰囲気はまさに癒し系男子。いや、癒し系は裏庭で乳繰り合わないか。

「じゃあ、リズはわたしについてきて。よさげな野草を見つけたから、摘むのを手伝ってほしいの」

「はぁーい」

　リズがチャーミングな笑顔を輝かせた。ウェーブのかかった赤毛を侍女らしくまとめてるけど、両サイドにふわふわっとおくれ毛が出てる。ヘーゼルの瞳がとろけるように緩いっていうか、激烈な色気のある娘さんだ。

「あなた、最近うちに入ったのよね？　誰付きになりたいとか、このポジションにつきたいとか、そういった目標とかあるの？」

「目標ですかぁ？　えーっと、婚活です！」

「潔(いさぎよ)いな。気に入ったわ」

度胸ありそうだし、昨日までのわたしをあんまり知らないだろうし、この子ならそばに置いといても気が楽だ。

「お嬢様ぁ、あっちの草も食べられますよ。食べてよし、塗ってよし、煎(せん)じて飲んでもよしですぅ。あ、あそこのじめっとしたところに生(は)えてるキノコ、あれも美味しいですよぉ」

「へー、詳しいのねー」

「ちっちゃいころに親が死んじゃってぇ。親戚中をたらい回しにされながら育ったんですけど、ご飯にありつけない日が多かったんですよねぇ。だから早くあたたかい家庭を作りたくて、ここでお金貯めるついでに相手探そうと思って！」

「可愛いじゃねえかこんちくしょううっ！」

リズと一緒にあれもこれもと摘(つ)んで回ると予想外に大量だったので、リズの侍女服のエプロンをびよーんと伸ばして全部載せた。

「これをさー、なんとか調理して飲んだり食べたりしたいんだけど。うちにいる料理人で、そういうのが得意な人っているかなー」

何しろ我が家の食卓ときたら、朝から晩まで贅沢三昧だ。好きなものを好きなだけ食べられるのは豊かな行為だと思っていたけれど、このままでは健康にも家計にもよろしくない。

採れたてのヘルシーな食材を調理してもらう方がよほど贅沢だし、いかにもロハスっぽくて身体にもいいだろう。さらには節約にもなって一石二鳥。

「ズバッと料理長さんに相談したらどうですかぁ？　この時間なら、きっと畑にいると思いますぅ」

「それもそうだよねー。ところで料理長ってどんな人？　わたし、自分で台所に行ったことなくてさー」

「えーと。すごく男らしいっていうか、『半端なヤンチャはしねえぜ』みたいな人ですねぇ」

なるほどわけわからん、と首をひねりながらしばらく歩くと、やがて家庭菜園的なものが見えてきた。

『立ち入り禁止（入ったら殺す）』と書かれた札が見えたが、なんたってわたしなのでそんなもん気にするわけがない。この屋敷にわたしを殺せる人間は、まだ今のところいないはずだし。

「うふふ、インゲン豆ちゃんもオクラちゃんも立派に育ったわねえ。待っててね、アタシが美味しく調理してあげるわよ」

リズと一緒に背の高い野菜やら花やらを掻き分けていると、野太い声が耳に届いた。緑のカーテンの隙間から覗くと、硬そうな茶髪の毛を強風に煽られたように逆立てた偉丈夫が、しゃがみ込んで土をいじっている。こちらの気配に気付いたのか、はっとしたように顔を上げた。

「やだわ、また野豚が入ってきたのかしら。んもう、困っちゃうわねえ。捕まえてローストポークにしようっと」

焼き豚にされてはたまらないので、わたしは緑の向こう側にぐっと顔を突き出す。

「オーホッホ、野豚ことユリアンヌ・ゲッスールよー」

「ユリアンヌお嬢様っ!?」

立ち上がった料理長の身体には厚みがあり、見るからにたくましい。声だって低くて太いが、ゴリゴリマッチョでも中身が乙女ってことはあるだろう。偏見や差別はよろしくない、てか気にならない。

「仕事中悪いんだけどさー、ちょっと協力してほしいことがあるのよ。あ、性的指向とか性自認とか、そういうので脅すつもりはないから。隠してるなら誰にも言わないし。嫌だったら、断ってくれていいよー」

「え、いや、あの」

「あのさー、そこらへんに生えてる草を飲んだり食べたりしたいの。つまり、節約と健康を両立させた料理が食べたいんだけど、うちの料理人で適任はいるかなー。できたら、口が堅いタイプで」

料理長はゴツイ手を頬に当てて、青い瞳でじっとわたしを見つめていた。そしてしばらくののち、唇をすぼめてうふふと笑った。

「面白そうだし、アタシがやります」

あんまり自然な笑顔だったので、つられてわたしも笑った。やったぜ、料理人ゲットだぜ。

草やらキノコやらを料理長に託してリズと一緒に部屋に戻ると、お母様が部屋をノックしてきた。

扉の向こうから、心配げな声がする。

「ユリアンヌ、ちょっといいかしら。あなた、侍女たちをみんな追い出したそうじゃないの。いったいどうしちゃったの？」

いや、単に未来の王太子妃たるサーシャにこそ、たくさんの侍女の手が必要ってだけですけど？

しかし掛け値なしの思いとはいえ、今の段階でお母様に知られるわけにもいくまい。

「ハアハア……た、体調が悪くて……しばらく、静かに過ごしたいのよ。侍女なら、ひとり、いるから」

わたしは扉を開けずに、とりあえず切羽詰まった声でそう答えた。ブリッジしながら。これ、マジでつらそうな声が出せるのでオススメ。

「まああユリアンヌ!?　とても苦しそうよ、すぐにお医者様を呼ぶわ！」

「だ、だいじょぶ、寝てれば治る、から。ハアハア、しばらく、ゆっくりさせて。他の侍女たちには、サーシャの身の回りの世話を、させておいて」

「で、でも」

「ただ飯食わせるのは、もったいない、でしょ」

「ユリアンヌがそう言うなら……。じゃあ、目が覚めたら必ずお医者様に診て頂くのよ？」

「わ、わかっ、わかったわ」

ブリッジ、うまくできなくても問題ナッシング。何せ、下手なほどリアルに苦しそうな声が出せるから。

それに、デブは普通にしてても肉で喉が圧迫されてるからな。ブリッジなんかしたら、もうカッスカスの声しか出ない。たぶん、優勝決定戦直後の力士の方がもうちょっとまともに喋れると思う。

お母様の足音が遠ざかっていくのを確認して、わたしは仰向けに寝転んだ。

「ふー。ブリッジとか、このダルダルの身体にはキツすぎたわ。マジで疲れたわ。しかし休んでいる暇はない。さあリズ、まずはお風呂よ！」

はぁーい、と大変いいお返事が返ってきた。

普通ならわたしの心理状態を把握しきれず戸惑う場面だろうに、リズは勝手にソファに腰掛けてくつろいでいた。こいつ、強い。

溺愛されまくりの我儘娘なので、風呂とトイレは部屋に隣接している。リズに早速風呂の準備をさせて、ぬるま湯に溶かした蜂蜜で丁寧に髪を洗ってもらった。うーん、超気持ちいい。

「ねえ、リズ。使い道のない不要品をこっそり売りさばける店とか、知ってたりしないかしらー？わたしってば詮索されるのが嫌いだから、貴族に気付かれたくないのよね。ていうか、カイルに知られるのだけは、わたしの傲慢なプライドが許さないというかー」

食費と美容代の節約はなんとかなりそうだけど、ハゲとデブの老後資金を貯めないといけない。でも、誰かに知られてカイルからのざまぁが早まるのは、絶対に避けたい。

「カイル様にバレずに不要品を売りさばける場所ですかぁ？　たしか、農業組合が毎週青空市場を開いてるから、そこでなら……あ、でもあそこは農産物とか、手作りの工芸品や雑貨を売るところだっけ」

「手作り！　いいじゃない、それっ！」

わたしが庶民に交ざろうとするなんて誰も考えないだろうし、それならバレずに粛々とやれそうだ。しかし、派手すぎるドレスはそのままじゃ確実に売れないだろうし、なんとか工夫ができないものか。

そうだ、目に痛い毒々しい色の布地を切り裂いて、パッチワークにしてあれこれ小物を作るのはどうだろう。何しろ前世のわたしは長期入院のプロ。ベッドの上でできる裁縫は趣味のひとつだった。

「リズ、あなたお裁縫はできる？」

「できますよぉ。裁縫も掃除も洗濯も料理も、ぜーんぶ得意ですぅ」

「頼もしいわー。お母様の古いドレスも、リメイクして着たいのよねー。あ、そうだ。お風呂から上がったら、早速運動着を作るの手伝ってくれない？」

「了解ですぅ」

お風呂から上がって、わたしはうっとりと息を吐き出した。リズに洗ってもらった髪も身体も、一皮剥けたみたいにつるんと綺麗になった気がする。

肌があたたまって柔らかくなっているうちに顔面蜂蜜パックも終え、わたしはウキウキしながら裁縫箱を開いた。淑女のたしなみとして買い与えられてはいたが、一度も開けたことのなかったものだ。

「まずは針に慣れるつもりで、簡単な小物を作ってみましょうか」

「はぁーい」

わたしとリズはしばらくの間裁縫に熱中し、シュシュやらリボンやらマスコットやらを量産した。元がドギツイ色のドレスなもんだから、当然眼球に突き刺さる出来栄えだった。

「リズって見かけによらず、仕事が丁寧よねー。ちょっと地味っつーか守りに入ってるデザインだけど、そのシュシュすごく可愛い」

「お嬢様のマスコットは奇抜ですねぇ、可愛いの前にキモとかブサとかダサがつくカンジ」

失敬な、とは思ったが、その通りなので言い返せなかった。

「これが売れたら、ちゃんと取り分は渡すからね」

「わぁい、ユリアンヌお嬢様付きになれてラッキー。やりがいありますぅ」

（オーホッホ、わりあい計画通りに進みそうじゃない？　そりゃ不安の種はあるけど、おおむね順調だわー）

つい顔中でニヤニヤと笑っていたら、リズが不思議そうな表情になって話しかけてきた。

「でもお嬢様ぁ、もう社交シーズンが始まってますけど、こんなことしてていいんですかぁ？」

「うーん、まあ大丈夫でしょ。しばらく病気療養を理由に引きこもるつもりだから、よろしく頼むわー」

そんなこんなでドレスをリメイクして運動着も作り、まずは自分で着て動いてみることにした。

揺れる二の腕、セルフでぶつかり合う腹の肉。デブなので身体は重いが、動きはまあまあ軽やかだった。わたしってばわりと動けるデブだったのだな。

（よかったー、これならざまぁ後の肉体労働もなんとかこなせそう！　それに、運動したら健康的に痩せられるもんね。周囲の鼻を明かしてやりたいっていうより、単純にデブってることに嫌気がさしたわー）

不摂生と贅沢で蓄えた肉など、なんの役にも立たない。万が一ざまぁされて棺桶に入るとき、だらしなく太った身体を無理やりぎゅうぎゅう詰めにされるのはプライドが許さない。病気を理由に引きこもるなら、なおさら痩せるべきだし。

とにかく、次のお茶会までは子分たちにアルフレッド様の動向を探らせよう。その間はサーシャをわたしの名代にして方々に出かけさせ、社交界にとんでもねえ美人がいるって噂を流す。

（オーホッホ、そしてわたしはその間、ひっそりとハゲとデブの老後資金を稼ぐのよー。とにかく、目の前のことを猛烈に頑張らなきゃねっ！）

そして、瞬く間に三週間が過ぎた。

リズと一緒に裁縫しまくって、ジャックや料理長に指示を出しつつ子分どもが集めた情報を精査し、反復横跳びなどに勤しんでいれば、三週間などあっという間だった。

料理長が運んできてくれる料理と野草茶のおかげで、ひと回りもふた回りも痩せた。蜂蜜効果とリズの頭皮マッサージで髪質も変わったし、たくさんあったニキビもほとんどなくなった。

「おおおー、わりとクレオパトラみがあるかも？」

いま、わたしは鏡の前で蹲踞のポーズを取っている。ちなみに蹲踞とは、お相撲さんが土俵でしゃがむときのポーズである。

「わたしって、デビュリア遺伝子ちゃんと持ってたんだなー」

ハゲーザー遺伝子頑張りすぎ、と世の不平等を恨んでいたが、痩せてみるとわたしはちゃんとお母様にも似ていた。

まあ、もちろんひと目でお父様の娘だなーってわかるレベルだけど。でも今お母様と並ぶと、わりと共通点を見つけられると思う。

毛先の傷みはどうしようもなかったので、リズに頼んで、肩につかないくらいで切り揃えてもらった。

「そうは言ってもブスー。やっぱりブスー」

痩せたら激烈に美しくなりました、なんてのは幻想。あるわけなかった。

鏡の中のわたしは、ハゲーザーとデビュリアが残念なカンジに混ざってしまっている。鼻とか口元はハッキリクッキリなのに、目が一重なのが惜しすぎた。まあ、エキゾチックと言い張れないこともないだろうが。

ジャックが物置から取ってきて、リズと一緒にリメイクしたお母様のドレスを着る。部屋の中では運動着か、または病人らしく寝間着で過ごしていたので、ちゃんとしたドレスを着るのは久しぶりだ。

そして、両親を部屋に招き入れる。

「ままあ、なんて綺麗なのユリアンヌ！　わたくしの若いころみたい！　アルフレッド様もきっとびっくりなさるわ!!」

「おお、女神様も霞むほどの美しさだ！　さすがワシの愛娘だなあ！」

　という親馬鹿全開な言葉はすべて聞き流した。しかしまあ、かなりのデブは激流を下るように痩せるらしい。ふたりが感激するのも、当然っちゃ当然か。

「あ、お父様。顔色がよくなったわねー。それに、うっすら産毛みたいなのが生えてるわよ。これは赤ワイン効果かしら。お母様も、ちょっとだけど痩せたんじゃない？」

　ハゲとデブに関しては、徐々にロハスに移行しないと暴動を起こしそうだったので、料理長に頼んで少しずつ健康メニューを取り入れている。いつまでも血液ドロドロでいられたんじゃ、ざまぁ後すぐに介護生活が始まっちゃうかもしれないしね。

（それにしても、まさか本当に生えるとはねー）

　前世で患者仲間のおばちゃんに、「昔は卵の殻の内側にある薄い皮を洗って乾燥させて、焼酎に入れて育毛剤にしてた」って聞いた記憶があったから、赤ワインに突っ込んでみたんだけど。

（あとビワとかイチョウの葉とかドクダミとか、こっちの世界にも普通にあったから全部混ぜ込んだんだよねー。よかったー、これでハゲが垂れ流してた育毛剤代が浮いたわー）

　わたしは手をパンッと合わせて、高らかに号令をかけた。

「じゃあ、今からわたしと一緒に運動しましょう。お父様とお母様のために、もっと髪が生えてもっと痩せる体操を編み出したの。ほら、わたしが動かぬ証拠でしょ？」

くびれのできたウエストに手を当て、オーホッホと高笑いをして見せる。両親の喉がごくりと鳴った。リズがすかさず、前世の体操着とハーフパンツをイメージして作った運動着を差し出す。

「はいお父様、お母様。腕を前から上にあげて大きく背伸びの運動よー」

「こ、これを続ければ本当にもっと髪が生えるのだな？」

「ハアハア、お、お腹周りの肉も落ちるのよね？」

「ほんとほんとー。暗闇を抜け出すための唯一の方法、それはやり抜くことよー。信じる者しか救われないのよー」

生活習慣病の権化もしくは化身である両親のために、わたしが選んだ運動は、かの有名なラジオを聞きながらする体操の第一。老若男女問わず〝誰にでもできること〟にポイントを置いているから、棺桶につま先を入れてる年齢のふたりにぴったりだ。

「はい、次は身体を斜め下に曲げ、正面で胸をそらす運動ー！」

「ふぅ、ふぅ、き、きついな」

「ハアハア、お、お腹周りの肉が、落ちてる、気が、するわね」

「すべての動きを身体に叩き込むのよー、そして毎朝自分の部屋でやるのよー」

ふぅふぅ、ハアハアと言いながらも、ハゲとデブは懸命に食らいついてくる。

「か、髪が、髪がもっと生えるなら、ワシはどんなことだって、するぞぉ」

「わ、わたくしも、痩せるためなら、なんだって、するわぁ」

「その意気よー、はい次は両足を揃えて、跳ぶ！」

ぼよんぼよんとお母様の腹肉が揺れる。お母様、わたしと同じでわりと動けるデブだった。

「はい深呼吸ー」

ふぅふぅ、ハアハアしながらも、ふたりは爽やかな笑顔で汗をぬぐっている。ああ、これぞまさしく新しい朝、希望の朝。わたし今、喜びに胸を開いて大空を仰ぎたい。

わたしがこのタイミングで両親を呼んだのは、カイルが今、ハゲの指示で王都から領地に戻っているためだ。もちろん、裏から手を回したのはわたしである。ラストン公爵やオルドリッジ公爵から、いったん引き離すべきだと判断したからだ。

（カイルに釘は刺したけど、油断は禁物だものねー。公爵たちにそそのかされてわたしへのざまぁが早まるようなことになれば、せっかく立てた計画がすべておじゃんになっちゃうし）

カイルがいると、わたしが何かしようとしていると勘づかれるかもしれないけど、今はハゲとデブと一緒に何をやろうが自由。日本で全国的に有名だった体操だろうが盆踊りだろうが、やりたい放題なのだ。

この三週間、わたしが無駄遣いを一切やめたからかなりの節約にはなったが、ここからは本格的にこのふたりにロハスを叩き込まなくては。

「それにしてもユリアンヌ。それだけ元気になったんだからそろそろ社交に」

「あーっ！　あったま痛いわー！　社交って言葉聞くと心臓がバクバクするわー！」

「あ、あなた。ユリアンヌがまだ嫌だって言ってるんだから、無理強いは駄目よ」

わざとらしく胸を押さえて身悶えるわたしを、両親はおろおろしながら見ていた。

どうしてわたしが三週間も引きこもりに近い生活を送れたかというと、ジャックに侍医の弱みを調べさせ〝後発思春期〟などというもっともらしい病名をつけてもらうことに成功したからだ。

普通、十八歳なら思春期はだいたい終わっている。しかし心がざわざわして、もやもやして、わたしは今外に出られない、という設定だ。

まあ遅れてきた中二病みたいなもんだからしばらく好きにさせとけ、という医者の言葉を両親はまるっと信じた。正直、扱いがチョロすぎて心配になるレベルだ。

「それにしても、サーシャは大丈夫であろうか。あれはまだ社交の場に出られるほどの娘では」

「そうねえ、華やかさも派手さもないし」

サーシャにはわたしの名代として、今日初めて気軽なお茶会に出かけさせた。お父様の姉、つまり伯母様の嫁ぎ先の伯爵家が主催しているものだから、難易度はかなり低い。

本当はもっと早く社交界デビューさせたかったけど、両親の説得に時間がかかったのと、意外なことにサーシャ自身が渋ったのだ。我が家にも何度も遊びに来ている伯母様のお茶会だからと言い聞かせて、なんとか出かけさせた。

心配そうな両親に、わたしは胸を張って言う。

「だーいじょうぶ！　ラリッサとステファニーをつけてるから、心配いらないわよー。いつまでも家にいられるより、さっさと片付いてもらった方がいいに決まってるんだからー」

ラリッサ・クラメントは出っ歯がキュートな伯爵令嬢、ステファニー・エベンも同じく伯爵令嬢で、驚異的な猫背の持ち主だ。

このふたりはわたしの手下その一とその二である。内心でどう思っているかは知らないが、わたしの言うことならばなんでも聞く。

例えるならば、横綱土俵入りで左右にひかえる露払いと太刀持ち。あるいは、本体にダメージを与えるためには先に倒さなければならない左右の雑魚みたいなやつ。

「とはいえ、あまりに長く閉じこもっているとアルフレッド様が心配なさるのでは」

「気鬱はつらいでしょうけど、社交界にユリアンヌが元気がないって噂が出回るのはねぇ」

「だーいじょうぶ！　ちゃんと手紙書いてるから！」

嘘だけど。ラリッサとステファニーの情報によれば、アルフレッド様も王宮に引きこもったままだ。

もちろん必要最低限の宮廷外交はこなしているようだが、相変わらず鼻毛ほどもわたしを気にかけないその態度、いっそ清々しい。

意外だったのは、アマリアの動きも大人しいことだ。

たしかに押しが強すぎるとアルフレッド様から嫌われる可能性があるが、淑女としてはプロフェッショナルなあの女なら、もっと距離を縮めていてもおかしくないと思ったのに。

公爵家というのは、どこも多かれ少なかれ王家の血を引いている。アマリアはわりと濃い方だし、王女様方とも仲がいいから、王宮にいてもおかしくない娘ではある。だが、少なくともこの三週間は出入りしていないようだ。

もしかしたらアルフレッド様が結婚したいのはアマリアではなく、招待したという他国の王女なのかと思ったが、彼女とは公の場で立ち話をしたのみ、との事実も確認できた。

ふたりの他にそれらしい女性はいないようだ。そうなると、あえてアマリアとの接触を控えている可能性が高い。

小説だと出だしから婚約破棄のケースが多いけど、アルフレッド様は真面目だ。そこに向かうためにすべき支度、段取り、そういう具体的なあれこれをすっ飛ばすことができる性格じゃない。きっと、水面下でひっそりと計画しているのだろう。

とりあえずわたしはもっと痩せて、気鬱を理由に婚約者の座を降りよう。でもって、これまでの功績を盾に婚約者をサーシャにチェンジする。寄付はこれまで通り続けるとなれば、アルフレッド様はともかく国王様と王妃様は必ず食いつくはずだ。

「じゃ、お父様お母様、明日から毎日この体操をするのよー。ユリアンヌとのお・や・く・そ・くー」

「わ、わかったわ」

「ユリアンヌの言うことに間違いはないからな！」

うーん、相変わらずチョロい。いや、もとからわたしの我儘は許されまくってきたけど、何しろ今は実績がございますからなあ！

ハゲとデブを部屋から追い出し、残ったわたしはリズが見守る中、反復横跳びから腹筋、腕立て伏せなどのメニューをこなした。

「ユリアンヌお嬢様ぁ、サーシャ様の馬車が戻ってきましたよぉ」

「え？　早くない？」

肩で息をしながら窓の外を見ると、サーシャを乗せた馬車が戻ってくるのが見えた。予定よりもかなり早い帰宅だ。

大急ぎで汗をぬぐい、病人という設定を貫くために、マタニティ服みたいな寝間着を着込むと、リズと一緒に玄関へと走った。

「ど、どうしたっていうの」

サーシャとお目付け役のラリッサとステファニーは、瀕死の負傷兵とそれを支える衛生兵のごとき有様だった。

「それが、サーシャ様があまりにお美し、いえ人目を引くお姿なので、会場中の視線が集中してしまって」

「別にいいわよ、実際お美しいんだから。で、お美しいサーシャが注目を浴びたのね？　予定通りじゃない。どうしてこんな有様なのよ」

出っ歯をきらめかせるラリッサが戸惑い気味の表情を見せる。まあな、わかるよ。ほんの三週間前まで、わたしの前でサーシャを褒めることは厳禁だったからな。

「その、サーシャ様はどうやら、極度の人見知りのようで」

おずおずと言ったのは猫背のステファニーだ。

「人見知りですって？」

わたしは眉をひそめた。居間のソファに崩れ落ちるように座ったサーシャは、細い身体を小さく震わせ続けている。

「お、お姉様。わたしは駄目です、わたしには無理です。あんなにたくさんの人から見られるなんて、耐えられませんっ！」

「だーっ！　何を甘ったれたことを！　あなた侯爵令嬢なのよ、それが人前に出られません、じゃ、嫁に行き遅れるでしょうが！　わたしに恥かかせる気なの？」

「だって、だって、怖いんですもん!!」

サーシャは手で顔を覆って、わっと泣き出してしまった。

なんてこった。わたしが社交界デビューを邪魔しまくり、屋敷に閉じ込めていたせいで、こやつすっかり人見知りになってしまっている。

「ま、まあ焦ることはないわ。要するに慣れよ、慣れ。今回はカジュアルなパーティーとはいえ人が多すぎたのね。次は、小規模なお茶会にしましょう」

「わ、わたしには、お姉様のような立派な振る舞いはできませんわ。あんな冷たい、尖った視線にさらされて、真っ直ぐ前を向いているなんてこと」

「いや別に立派だった覚えはミジンコほどもないけど」

「え？」

「オーホッホ、そりゃあなたごときとは比べものになりませんことよ？」

罪悪感で心臓がきゅうっと縮んだが、わたしは悪役っぽく高笑いをした。

「いいこと？　女はいつだって内心で争っているの。足を引っ張り合っているの。目立つことは悪じゃない、女の本能よ。あなたせっかく素材はいいんだから、どんな男だろうが恋のキューピッドの矢で蜂の巣にしてやるぜ、くらいの気概を持ちなさい！」

　わたしはサーシャの肩を掴み、ガックンガックン揺さぶった。何せ、サーシャには未来の国王をたらし込んでもらわねばならんのだ。これから社交慣れして、いけいけどんどんの精神を習得してほしい。

　まあサーシャの美貌なら、色男と名高い隣国の大公様でさえ、目が合った瞬間にノックアウト間違いなしだけど。

　サーシャを部屋に帰し、ラリッサとステファニーをねぎらったあと、わたしは椅子に腰掛けて居間の天井を仰いだ。

　派閥の者には手厚く報いるのがわたしのモットーだ。しかしもう無駄遣いはできないので、ステファニーには手製の猫背矯正ベルトを、ラリッサには前歯の乾燥を防ぐ手作りマスクを渡した。

　彼女たちは揃って怪訝そうな顔をした。馬鹿め。家に帰ってその効果のほどに驚愕し、感涙にむせぶがいいわ！

「あー。困ったわー。持てる者には持てる者の、持たざる者には持たざる者の悩みがあるということかー。それにしてももったいないわー」

　サーシャの美貌はいわゆる傾城、傾国のレベルだ。もしわたしがあの顔を持っていたら、笑いが止まらないどころの騒ぎではなかっただろう。

「あんなに美人なのに人目が怖いだなんて。わたしってば本当に罪深すぎだわー。どうしよう、あれじゃマジで嫁に行けない。訓練して慣れてくれたらいいけどー……」

　どんなに毒を含んだ視線だろうが、分厚い面の皮で跳ね返せなければ貴族の妻、ましてや王太子妃になんかなれやしねえ。

「サーシャはなあ、それでなくても心が美しすぎて、周りを出し抜く狡さみたいなのがないしな。アルフレッド様の周りには蟻がたかるように女が寄ってくるから、ちょっとは女共を打ち負かすための汚いテクニックも教えないといかんなー」

　王家は一時的に貧乏になってはいるが、ルデルヴァ自体は豊かな国だ。サーシャのように華やかな美貌の娘こそ、王太子妃に相応しいのだ。

（とりあえず、次のアルフレッド様とのお茶会はわたしが行くかー。どうせ会ってもらえないだろうけど、王宮の雰囲気は肌で確認しておきたい）

　それに、サーシャのために地ならしに行くと思えば気分も軽くなる。

　次の次のお茶会でサーシャとの入れ替わりをスムーズにするために、ちょっとだけ不健康さを匂わせてくるのもありだろう。

　あんまりガチな病気だとサーシャやカイルの結婚に支障が出る可能性があるし、アマリアがアップを始めるだろうから、当面はライトな気鬱で押し通すしかないが。

「ねー、リズ。ジャックと一緒に、お母様の物置にある中でもいっちばん地味なドレスを発掘してきて。あと一週間で、大急ぎでリメイクするから」

「はぁーい。じゃあ黒っぽいのとか紺とかがいいですかねぇ。今どきそんな地味なの着てるご令嬢って、ほとんどいないっていうしぃ」

リズが出ていったのを見届けてから、えいっと弾みをつけてわたしは椅子から立ち上がった。ジャックとは本気で結婚を考えているらしいから、いちゃいちゃタイムでしばらく帰ってこないことは織り込み済みだ。

わたしは廊下を歩いて、サーシャの部屋に向かっている。何しろ広い屋敷だし階段もいくつかあるから「どこだっけ」と迷いそうになって、自分とサーシャの遠さを実感した。

物理的な距離だけじゃなくて、心の距離も縮めたいと思う。でも前世の記憶が戻ったとはいえ、やはりわたしはわたしだった。サーシャの前に出ると、条件反射的に悪役モードが出てきてしまう。これはもう、癖みたいなものだ。

「オーホッホ、サーシャ、景気の悪い顔しないで頂戴なー。辛気臭いったらありゃしない」

サーシャの部屋は、侍女たちが次々に出たり入ったりして活気づいていた。すでに懐かしく感じる顔が、わたしを認めて一斉に頭を下げる。

ソファでうなだれていたサーシャがぱっと顔を上げた。

サーシャは清楚で、清純で、清潔そうな美少女だ。身体つきは華奢で、白くて小さい顔に、つぶらな瞳が濡れたようにきらきらと光っている。

これくらい美人だと鼻持ちならない感じになりそうだが、サーシャは逆に怯えたような表情が標準だ。

わたしはドカドカと足を踏み鳴らして部屋に侵入した。サーシャの向かいのソファにどさりと尻を置き、フンっと鼻を鳴らす。

「ラリッサやステファニーは役に立ったかしらー？　あなたの方が立場は上なんだから、手足のようにこき使ってやればいいんだからね」

「え、えっと……とても、よくして頂きました。おふたりとも、本当にお優しかったし……」

「そうなのー。伯母様のパーティーだから、嫌味や当てこすりを言ってくるような女はいなかったとは思うけど。いたら言いなさい、成敗するから」

「ええっと、皆様素敵な方で……意地悪を言われたりとかはしませんでしたけど……」

「じゃあ男どもに何かされなかった？　わざとぶつかられたりとか、足を引っ掛けられたりとか。されたなら言いなさい、天誅を下すから」

「えええっと、皆様紳士的で……ただちょっと、血走ってるっていうか、ギラギラした目で見られるのが怖かっただけで……」

なるほどそれは美人ならではは、とわたしは心中で天を仰いだ。まあ、あれだねと顎に手を当てる。そして、サーシャの気持ちがわかったふりをした。まぁブスが同じ状況になるわけがないんだけど、とりあえずそれは悪意ではない、と。

「とにかく不退転の決意で臨みなさい。それでなくても社交界デビューが一年遅れてるんだし、経験を積んでいる時期は失敗しても恥じゃないわ。だから気楽に、気軽に行っておいでなさい。そのうち、あなたに似合いの幸せが転がり込んでくるから。きっとくるから」

小さなころのサーシャの口癖といえば『お姉様は特別ですもの』だった。

物心ついたころには、サーシャは自分がハゲとデブの実子ではないことに、薄々ではあるが勘づいていたらしい。とはいえちゃんとゲッスール家の血筋なのに、幼いサーシャにいらぬ気を遣わせてしまったのは、わたしが傲慢極まりない女王様だったからに他ならない。

　これからはおまえが特別になるんだよ、と思いながらわたしはサーシャの部屋を見回した。

　複雑な文様のふかふかの絨毯、可愛らしい小花模様が描かれた、ブラックウォールナットの肘掛け椅子に、マホガニーの猫脚ソファ。

　精緻な装飾が施されたコンソールテーブルの上には白磁の花瓶。そこに活けられているのは強香種なのだろう、甘く軽やかな香りを漂わせる大輪の薔薇だ。壁に掛けられた鏡にも振り子時計にも、ため息が出るほど繊細な意匠が凝らされている。

　これらはすべて、わたしの部屋に置かれていた家具だ。お父様もお母様もわたしにしか興味がない人たちだけれど、サーシャの衣食住は貴族としては十分なレベルにあったと思う。でも毎年のように新しい家具に買い替えていたわたしと違って、サーシャが使っていたものはどれも古びていた。

（本当は新しいものを買ってあげたいけどー。でも一生懸命節約して、持参金はたーくさん用意するからね。へそくりもいっぱい持たせるからね。今はこれで、許してね）

　わたしは浅く息をつき、サーシャに向かって手のひらを広げた。

「オーホッホ、不甲斐ない妹のために、お姉様が秘策を授けてあげようじゃないのー。遠い遠い、そりゃあもう、とおーいところにある国に伝わるおまじないよー」

　人、人、人と書いた手のひらを口に当て、ぱくっと呑み込んでみせる。サーシャは目をぱちくりとさせた。わかりやすいようにサーシャの方へと回り込んで、寄り添うように手のひらを見せる。

「こう、こうね。この形を手のひらに三回書くの。これを呑み込めば、もう人に呑まれることはないわ。やってみ、度胸がついて、緊張しなくなるの」

やってみ、と視線を送ると、サーシャはおずおずと指を動かし、手のひらを口に当てた。

「……ほんとだ。心臓がうるさくなくなった気がする……」

こいつ、やっぱわたしに怯えてたか。その心情、超理解できる。

「じゃ、次のお茶会も頑張るのよ。こっからしばらくスパルタ教育するからねー」

邪魔したわね、と小さく手を振って、わたしはサーシャの部屋を出た。

恥。反省。後悔。いずれも前世の記憶が戻ってから、わたしの辞書に追加された言葉だ。

そういう感覚って持っていてしかるべきものだけど、持っているとものすごく生きづらい。しかし知ったからには、無視することなどできなかった。

リズが物置から取ってきたお母様の若いころのドレスは、さすがにいい生地を使っていた。どれも貫禄の出来栄えで、デザインは時代遅れだがクラッシックと言い張れないこともない。

シンプルかつ上品な濃紺のドレスを一週間かけてリメイクし、襟元や袖をちょっとだけ今風にした。

「わぁー、地味ですねぇ。でもすっごくお似合いですぅ」

リズは感じ入ったようにうなずいた。

たしかに地味だが、色合い的に夜の女王のごとき風格がある気がしないでもないでもないでもない。いやどっちだ。

コンコンとノックの音がして、カイルの声が続いた。

「義姉さん、ちょっといいか？」

「あら、ようやく戻ってきたのねー。いいわよ、お入りなさい」

カイルはわたしが前世の記憶を取り戻した数日後から、ずっと領地に帰っていたのだ。ハゲ経由で〝あること〟を領地で実施するように命じておいたので、ずいぶんと忙しかったことだろう。見た目は軽薄だけど仕事は真剣にやるタイプだし。

わずかな扉の隙間から、カイルが顔を覗かせた。

足を踏み入れようかどうしようか迷っているふうなので、わたしはハッと鼻で笑う。

「寒い。あと埃が入る。さっさとお入りなさいなー」

扉が大きく開いた。身体を膨らませて敵を威嚇する猫みたいな顔つきだったカイルの目も、大きく見開かれた。

「……え？　ええ？　もしかして義姉さん？」

カイルは魂を抜かれたような顔をしている。まあな、一か月近くぶりだしな。平均を遥かに上回っていたデブが人並みになったんだから、そりゃ驚くよな。

「な、なななんだ、その格好は。おかしくなったのか？」

「うっさいわねー。『そんなんでアルフレッド様の気を引くつもりか？』とか言いたいんでしょ。放っといてよ」

目立つ必要性など欠片もないので、化粧なんか最低限だ。そもそも、たくさんあったニキビがひとつもなくなったから、塗りたくる必要もないんだけど。

垂らした黒髪だけでは寂しすぎるだろうか。アクセサリーのひとつでもつけようか。いやいやしかし、目立つ必要性がまったくないしなあ。

そんなことを考えながらリズに髪を梳いてもらっていると、鏡に映り込むカイルの頬が妙に紅潮していることに気が付いた。

「やだ、風邪でもひいたの？　領地の方が寒いっていうのに、手洗いうがいをきちんとしなかったでしょー。指輪とかブレスレットは、ちゃんと外して洗ってた？」

カイルはぶんぶんと首を横に振ったり縦に振ったりした。よけいに顔が真っ赤になって、ゼーゼーと肩で息をしている。

「もう王宮からの迎えが来てるんだから、さっさと報告しなさいなー。例の〝宝くじ〟の件、どうなった？」

「あ、ああ。宝くじ……当せん金付証票ってやつな。そんなの誰も聞いたことがないから、理解を得るのに時間がかかったけど。売り上げは学校や病院の建築費用、修繕費用に充てるって形でひとまず小規模に売り出してみた。抽選は公開にして、ちゃんと立会人もつけた。当せん金には税を課さないってのと、気軽に買える金額なのが領民にウケて、思いのほか多くの金が集まったよ」

「そうなのー。のめり込み防止のために、ちゃんと購入金額の上限はつけた？　未成年者が当せんした場合どうするかとか、許可された団体以外が発売することも禁じるとか、決めるべきことが多かったでしょ」

　まあカイルのことだから、そこらへんは抜かりなくやっただろうが。

「それで義姉さんは、この売り上げでどんな贅沢を――」

「気鬱で滅入ってたもんだから、気分転換に『領主ごっこがしたい』なんてお父様におねだりしちゃったけど。なんかもう飽きたから、あとはカイルが代わりにやっといてー。まだ大したことができる金額じゃないだろうけど、やりたいようにやってごらんなさい。宝くじの売り上げに手をつけたら、いよいよ手が後ろに回るわよって、ちゃんとお父様には言っておくから」

　本格的な税制改革などは、カイルが領主になってから取りかかるとして。今は宝くじの売り上げと、節約して余ったお金で領民のためにできることをしなければ。

（ハゲは育毛と体操に夢中だからなー。もっともっと夢中にさせて、しばらくカイルに目がいかないようにしないと）

　カイルはなんか知らんが下顎に力が入ってるらしく、首に筋がみしっと浮き上がっていた。いつの間に、見上げるほどに背が高くなったのだろう。すっかり大人の身体つきになっちゃって。

　しみじみとしていると、カイルはぽつりと呟いた。

「……宝くじなんて、どうやって思いついたんだ？」

「んー？　他国で最近そういうことを始めたとこがあんのよ」

　いやまあ、実際は前世の患者仲間に宝くじ大好きおばさんがいて、わたしも一緒になって抽選日を楽しみにしてたからなんだけど。

蝿(はえ)でも追い払うように、しっしと手を振ると、カイルは黙り込んだあと顔の右半分をことさらに歪(ゆが)め、元気が足りない足取りで出ていった。きっと、領地との往復で疲れたんだろうなあ。

さて、わたしはここからお茶会という名のお仕事だ。サーシャのための情報収集を、ぬかりなくやりおおせなければ。

「じゃ、行ってくるわねー。ねえリズ、料理長に頼んでカイルに疲労回復の健康茶を差し入れてやってくれるー？」

「はぁーい、わかりましたぁ。お気を付けて行ってらっしゃいませぇ」

リズの能天気な声に微笑み返して、わたしは部屋を出た。ゲッスール家の未来はある意味わたしにかかっている。もちろん、不退転の決意で臨むつもりだった。

第2章

王宮に到着して馬車を降りると、出迎えの人々は揃って「誰？」という顔でわたしを見た。

王族と、それに準ずる者のみが使用できる玄関の前で、わたしは威圧感ありまくりな視線で使用人たちを眺め回した。目を見開いて動きを止めている人々全員に聞かせてやるつもりで、厳(おごそ)かに高笑いをしてみせる。

「オーホッホ、いったいいつまで待たせる気かしらー？　あなたたち、職務怠慢(しょくむたいまん)ではなくて？」

首をかしげると、この国ではわりと珍しい黒髪がさらりと流れた。若い執事の頬がなぜか赤く染まる。こいつ、熱があんじゃねえの？

そういや馬車の中でも、御者や後ろに張りついてる従者がちらちら覗き込んできて本当にうざかった。

すると、年かさの侍女が、ぼーっとしている執事に肘鉄砲をかます。

「ちょっとあなた、いつまでも呆けてんじゃないわよ！　申し訳ございませんユリアンヌ様。さあ、こちらへどうぞ」

「いつもありがとう、今日もよろしく頼むわね」

こいつらともう会うことはないのだな、と思うと若干感慨深くなって、ぽろっとお礼の言葉が口から零れた。笑顔も出た。

傲慢な笑みではなく、素敵な淑女だと思われたくて工夫と研究を重ねた芝居がかった笑みでもなく。お父様似の、小筆ですうっと引いたような一重瞼のキツイ目で、ふっくらとしたぬくもりがあるであろう笑みが出た。

「……は、はひ……」

侍女の顔が茹で蛸のようになった。うーん、わたしが微笑をたたえるとか、やっぱ滑稽だったかな。

王宮内で、わたしは我儘で傲慢で不器量な娘という評判で安定していたと思う。来月からはサーシャがここで、持って生まれた超絶美貌を発揮するのだと思うと、なんだか愉快だ。

（そうよユリアンヌ、進むべき道はそれしかないのよー）

それにしても、玄関に集まっている使用人たちの視線がやたらうるさいというか、身体にまとわりついてくる。この地味なドレスと、病人っぽくしようと思ってほとんど化粧をしなかったのが功を奏したようだ。

こんなにびっくりしてもらえるなら、サーシャに首を挿げ替えるのなんてわけないだろう。元からサーシャが望まれてたんだし、気鬱で不健康なカンジにげっそりした娘なんか、王太子妃に相応しくないしね。

（ま、デブスもまったく相応しくなかったけど。まったく親馬鹿って怖いわー）

バカスカ寄付してやってんだ感謝しろって、記憶が戻る前のわたしは常に居丈高だった。肥大した自尊心、マジ恐ろしい。

「し、失礼いたしました。ではユリアンヌ様、どうぞこちらへ」

うむ、とうなずいて歩き出した。ああ、身体が軽い。おまけに無音だ。デブかったときはどんなささいな動作でも、いちいち物音を立ててたもんね。

「ユリアンヌ様、お喜びくださいませ！」

いつもの応接室に入ってわたしが腰を落ち着けるなり、年かさの侍女の顔がくしゃっと笑み崩れた。

「本日は、本日こそは、アルフレッド殿下はお茶会にご出席なさいます！」

「えっ⁉」

わたしは心も身体も硬直し、つい目が泳いでしまった。

（そ、そう来るとは思わなかったーっ！）

お茶飲んでお菓子食べて「アルフレッド様はお会いになりません」というひと言を聞いたら、使用人たちからアルフレッド様の動向を聞き出し、ついでにサーシャの魅力をそこはかとなくアピールしようと思っていたのに。

（どどどどうしよう、ここでまさかの直接対決なのーっ⁉）

肘（ひじ）掛けに優美な装飾が施（ほどこ）された椅子の上で、わたしは扉を見据えたまま微動だにせず、頭の中をぐるぐるぐるぐるさせていた。

やがて扉の向こうから複数の人の気配がびんびん伝わってきた。そして扉が開く。ほんとに来やがった、とわたしは震撼（しんかん）した。

とっさに立ち上がれたのは我ながら見事だったと思う。でも心臓はばくばくと音を立てるし、ドレスの前で揃えた手は汗びっしょりだった。

肩で風を切るように入ってきたアルフレッド様の口が、ぽかんと丸く開いて固まる。

側近のジョルジュも、護衛の騎士団員も動きを止めた。あれ？　もしかして時間止まった？

（わ、ちょっと見ない間にまた大きくなってる）

天上人（てんじょうびと）かっつーくらい畏（おそ）れ多いアルフレッド様の美貌に、つい目が引きつけられた。

それ自体が発光しているかのように輝く銀髪、男らしい精悍（せいかん）な顔立ち、きりりとした眉。ひとつひとつのパーツがいちいち端整で、また配置も絶妙だ。中でも印象的な緑色の瞳は希少な宝玉のようで、飛び抜けた美貌を鮮やかに彩っていた。

わたしはなんでこの横に並び立てるなんて思ったのか。アホなのか？　いやアホだったけど、いまさらながらに超絶恥ずかしくなってきたぜ。

「な、ななななんだ、何があったその様相はっ⁉」

「痛い痛い痛い痛い痛いっ‼」

時間停止が解除された途端、びっくりするくらい間近にアルフレッド様の顔が近づいてきて、加減知らずの力で二の腕を掴まれた。わたしの悲鳴で金縛りが解けたらしいジョルジュや護衛たちが、慌ててアルフレッド様の背中に飛びかかる。

「アルフレッド様おおお落ち着いて、落ち着いてくださいぃっ！」

「折れますから、殿下が本気出すと骨なんか簡単に折れますからぁっ！」

イリュージョーン！　と叫びたくなるほどアルフレッド様の顔色が赤くなったり青くなったりしている。あまりの痛さに鼻の奥がむず痒くなった。泣いてたまるかと必死で睨みつけると、アルフレッド様が息を呑む気配がして、わたしの二の腕はようやく解放される。

（くっそー、脂肪を脱いだらここまで防御力が下がるのかー。急激に痩せて余ってびよーんって伸びる皮だけじゃ、男の人の力にゃ太刀打ちできないわ。ざまぁに備えて護身術も習得せねばならんなー）

アルフレッド様は口をぱくぱくさせて、何か小さく言っているけどよく聞こえない。ただ、相手に慌てられると逆に落ち着くというのは本当らしい。

（チャンスよユリアンヌ！　今こそ渾身の弱々しさを見せるとき！　サーシャのために不健康さを印象づけて、ついでにこの体調不良はあんたの噂のせいだと罪悪感を煽るのだぁっ!!）

前世でいっちばん身体が苦しかったときを思い出しながら、わたしはアルフレッド様に向かって淡く微笑んで見せた。

「……近ごろ、どうにも気がふさいでしまって……。少々、面白くない噂を聞いたものですから……。もう、本当に気鬱が酷くて……。わたしはこの様ですが、ゲッスール家の娘はちゃんと役目を果たしますから、その点はご心配なく……」

口からふっと息を漏らし、わざとらしく睫毛を震わせた。

似合わないのは承知の上。しかしサーシャを引き立てる役目を受け持つわたしだ、大いに笑ってくれて構わない。苦笑いでも失笑でも、どんとこいだ。

「……ごめんなさい。こんなにみすぼらしい姿をお見せしてしまって……。でも、心配していただきありがとうございます。慈悲深くお優しいアルフレッド様ですもの、ゲッスール家の功労、功績を、よもやお忘れにはなりませんわよね……？」

「うっわユリアンヌ嬢が謝った上にお礼言ったたっ！」

ジョルジュが素っ頓狂な声で叫び、すぐに両手で口を押さえた。

おまえは黙ってろ、という気持ちを込めて流し目をくれると、なぜか周囲にいる護衛の騎士たちの顔が真っ赤に染まる。アルフレッド様は形よい眉をひそめて、不思議なことに周囲を睨み回した。

（ふははは、どいつもこいつも驚きに目を見開きおって。わたしの姿は幽霊みたいに恐ろしいようだなっ！　カミングスーン、待て次回！　天の川を流れる水のごとき美少女がおまえたちを殲滅する、お楽しみにっ!!）

アルフレッド様がゆらりとわたしに視線を向けた。ぬっと伸びてきた腕に肩を掴まれて、びくん、と飛び跳ねるように背筋が伸びる。二の腕の皮がぷるんと震え、遅れて肩にあたたかさと硬い感触を覚えた。

「ジョルジュ、非常事態だ。今すぐ侍医を呼んでこい！」

え、と同時多発的に聞き返す声が耳に届く。

「ユリアンヌが弱々しく見えるなんて、命にかかわる病としか思えない。こんなに短期間にあの大物感と貫禄、体積のデカさから繰り出される威圧感を失うなんて」

「ちょっと、それはあんまりじゃありませんこと⁉」

大層なディスられっぷりにめまいがした。ただひと言「デブ」って言えば済むだろうがよ！

「ご、ご心配にはおよびませんわ、ゲッスール家の医者に診て頂きましたから。たしかに少し痩せましたけれど、わたくしは単なる気鬱です、気鬱」

「その医者の見立ては間違っている。俺は心配しているんだ」

「オーホッホ。定例のお茶会を何度もぶっちぎった方のお言葉とは思えませんわー」

ツンとすまし顔で言ってやると、アルフレッド様の顔が歪んだ。悪かったよ、知ってるよ。ブスがやっていい表情じゃないってことくらい。

（でもまあ、好意の〝こ〟の字もない態度をとってきたのはそっちだしねー）

半年近くも放置プレイするほどわたしのことが嫌いなくせに、なんでいまさら心配なんぞするのか。

「ゲッスール家は、超一流のお医者様にたっぷり報酬をお支払いしていますもの。間違いなどあり得ませんわ。オーホッホ、むしろ王宮の侍医より高給取りなんじゃないかしらー？」

「おまえは！　いつもいつも！　人が普通に心配しているときくらい、金の話はやめろ！」

だって口が勝手に動いちゃうんだもん！　という反論は呑み込む。

アルフレッド様はきっと、少しずつわたしに失望し、絶望してきたんだろうなあ。そのことに、ようやく思い至った。

クソほど顔がカッコイイ人を前にして、デブスが何を思うか？

みじめ。

そのひと言に尽きる。

身分はともかく、容姿は不相応もいいところ。いたたまれなさは重い岩みたいにのしかかってきた。

少しでも彼とのレベルの差を縮めたかった。それで金の話ばかり持ち出した。婚約してから十年、ずっとそんな調子だった。

（デブスだし、性格悪いし、何かしてもらってもろくにお礼も言わなかったし。口を開けば金金金。そりゃ嫌われるよー）

しかしいくら心配されようが、ここで医者にかかるわけにはいかない。ガチの病名をつけられてゲッスール家の娘は不適格だと、サーシャにまで疵をつけられるわけにはいかんのだ。

「アルフレッド様は今日もお忙しくていらっしゃるのでしょ？　勉学や執務の邪魔をしたくありませんから、わたくしはもう帰ります。それではみなさま、ごきげんよう」

アルフレッド様を下から睨みつけて手を振り払う。そしてドレスの裾を翻して華麗に立ち去ったはずのわたしは、しかし即座につんのめった。

しぶしぶ振り返る。アルフレッド様がわたしのドレスの裾を踏んでいた。

「誰が帰っていいと言った」

アルフレッド様が顎をしゃくる。その手のひらが「カモン」と人を呼ぶ形になっていた。わたしはイヤだの目つきで答える。

「あら、紳士の振る舞いとは思えませんわね」

鋭い視線を投げつけると、アルフレッド様の大きな手がわたしの手首を掴んで、引っ張った。わたしも負けじと引っ張り返したが、目方が減ったせいで踏ん張りがきかない。

たくましい胸に引き寄せられかける。わたしはもう片方の手に渾身の力を込め、アルフレッド様の肩に相撲取りがごとき張り手をお見舞いした。

「アルフレッド様、そこまで、そこまでですっ！　いくら婚約者とはいえ、未婚の淑女にその振舞いは不味いですっ!!」

「やかましい、さっさと医者を呼べっ！」

「だから医者はいりませんってばっ!!」

至近距離で見ると、アルフレッド様は明らかに面やつれしていた。瞼もくぼんで、二重がめっちゃ深くなってる。

（やっぱアレコレ悩んでんだろうなー、だがしかし、いくら王太子とはいえこの振る舞いは不届き千万）

互いに引っ張り合いながら医者に診せろ、診せないのやり取りをするのは、もはやコントみたいだった。息が上がってきたせいで、王家の紋章が施された大理石の暖炉も、象嵌細工のテーブルも漆喰細工が見事な壁や天井も、バラエティ番組のセットにしか見えない。

「はい！　失礼いたします！　お取り込み中まことに失礼いたします！」

そのとき快活な声とともに、想像もしていなかった人が飛び込んできた。流れるように優美な、気品のある歩みで入ってきたのは、なんと我が国の宰相たるジェローム・ノルドマ公爵だった。

「アルフレッド様、お取り込み中失礼いたします。単刀直入に申し上げますが、不測の事態でございます」

単刀直入なわりに要点をついた感じがしないが、それだけで十分伝わったらしい。わずかに目を細めたアルフレッド様の手が、ついに離れた。わたしはほうほうのていで、年かさの侍女の背中の後ろに逃げる。

白髪の宰相様はわたしに「失礼」と柔らかな眼差しをくれてから、アルフレッド様に何事かを耳打ちし始めた。

齢六十を超えている宰相様は、我が国の英雄というか、生きる伝説だ。

わたしとアルフレッド様が婚約する少し前、この方の前の宰相様が国王様のボンクラ具合に匙を投げるどころか折り曲げる勢いで辞めてしまい、周囲から乞われまくって宰相の任に就いたのだそうだ。

序列一番の筆頭公爵であり、熱き魂を持つ武人でもあり、アルフレッド様の教育係でもある。

いろいろ兼ねすぎでは、と思うが、現状この人なくしてルデルヴァは立ちゆかない。

なんたって、早々にボンクラでのんきな国王様に見切りをつけ、アルフレッド様にスパルタ教育を施してきた御仁だ。アルフレッド様にとっては、師匠というかともに戦う同志のような存在であるらしい。

「ユリアンヌ、すまないが急用ができた。すぐに戻るから、ここで待っていてくれ」

「いえお忙しいのでしたら、わたくしはお暇いたしますが……」

いや、とアルフレッド様は緩くかぶりを振った。

「本当にすぐに戻る」

よほど気が急いているのか、アルフレッド様は硬い表情でわたしに背を向けた。

出ていく間際に「必ず医者に診てもらえ」と言われたが、わたしはうなずくでも、首を振るでもなく、宰相様とともに歩み去っていくアルフレッド様を見送った。

「さあさあ、ユリアンヌ様、お座りくださいませ。すぐにお茶をご用意いたします」

「え、ええ。ありがとう。あの、お医者様は本当に――」

「わかっておりますとも。殿下ったら、女心に疎くて本当に困りますわねえ。わたしにも覚えがありますわ、殿下やユリアンヌ様のお年頃って、異性の前だと先ほどのように、ちょっぴり情緒不安定になりますものね」

侍女はにこにことそう言うけど……この年頃の男女って、みんな情緒不安定で掴み合いの喧嘩をするもんなの？

前世では男女交際の経験はなかった。こっちでも十六歳で社交界デビューしてからお相手を探すのが一般的なのに、八歳で婚約しちゃったしなあ。正直なところ、男女の当たり前がよくわからない。

（ラリッサやステファニーにもまだお相手はいないし、チャラくて経験豊富そうなカイルに聞いてみようかしらー）

わたしとアルフレッド様に関して言えば、これまでお勉強系以外で話が弾む雰囲気はなかったしなあ。お金や自慢話を繰り出すと、必ず悶着というか小さな齟齬が重なって、最後は大抵喧嘩別れになっちゃったし。

（まあ、甘酸っぱい雰囲気なんかは欠片もなかったよねー）

だいたい予想はしていたが、それからまあ待てど暮らせどアルフレッド様は戻ってこなかった。平身低頭する使用人たちに、わたしは気の抜けた声で「いいのよー」と返した。

わたしの中の気さくさを掻き集めて、使用人たちと親和的なムードで話すことができたし、アルフレッド様についても多少聞き出せたから、まあ上々の部類といえるだろう。

それと、わたしの心意気の現れといっていい垂らしただけの地味な髪、ほぼノーメイクの顔は、侍女たちの魂を恐怖で震えさせたらしい。

「オーホッホ、蜂蜜のシャンプーは手軽に作れるけど日持ちしないわよー。ポイントは頭皮マッサージよ、こう、こうね。あと、アレルギー……蜂蜜を食べたときに違和感があって苦手な人は、使っちゃ駄目だからねー」

怖い、凄まじい、畏れ入ると連呼されてすっかり機嫌をよくしたわたしは、髪に手を入れてもしゃもしゃと頭皮を揉んだ。そして、仕入れた情報を整理する。

(アルフレッド様はこのところはガチで執務が忙しい、と。ここ一か月は浮かれたことをやってた様子はなさそう、と。よっしゃよっしゃ、これはまだざまぁまで時間がありそうねー)

さすがにアルフレッド様に忠誠を誓っている面々なので、主人の不利益になるようなことは言わないだろうが。それでも雰囲気的に嘘はなさそうだ。サーシャの美貌や人となりについても、割合うまく宣伝できたんじゃなかろうか。

(もし小説みたいな婚約破棄劇が起こるとしても、やっぱ衆人環視が鉄板だものねー。あれって、悪役令嬢に最大限屈辱を与える場所で行われるものだし。となればやはり、社交シーズンクライマックスを飾る王宮主催の舞踏会かー……)

ルデルヴァでは王宮の舞踏会を社交シーズンの最後に持ってくる。デビューの十六歳の娘たちはそこで初めてお披露目され、親が薦める貴公子たちと仕組まれた出会いを果たすのだ。

つまり、婚活の本番は十七歳から。十六歳の舞踏会でご縁がなかった娘たちは、翌年の社交シーズンは初っ端から勇猛果敢に動き回る。うっかり二十歳を超えてしまうと、かなり窮地に立たされるのだそうだ。

サーシャを十六歳でデビューさせてあげられなかったけど、十七歳のうちにわたしの記憶が戻って本当によかった。世界中の神様にでも仏様にでも、ひれ伏してお礼を言いたい気分だ。

(はあ、それにしても。くるみかりんごを握りつぶす勢いで掴(つか)まれるとか、かんっぺきに女扱いされてなかったなー)

これがサーシャなら旅人のマントを脱がせる太陽のごとく、アルフレッド様をうっとりと惚(ほう)けさせるに違いない。

どんなに地味なドレスを着ていたって身体全体がつやつやと輝いて見えて、まるで夢のような美しさなんだもの。あんな美人、大陸中を探したってそうそういない。

「お帰りなさいませぇ、ユリアンヌお嬢様ぁ」

「はいはい、ただいま帰りましたよー」

屋敷に戻ると、とろけるように緩いリズの笑顔に出迎えられた。遅かったですねぇ、と小首をかしげられ、まあその、と言いよどむ。それはともかく、とわたしは尋ねた。

「ちょっと騒がしいみたいだけどー。何かあったの？　お父様やお母様がどうこうってわけじゃないわよねー？」

数人の侍女が、よく訓練された足取りで素早く階段を上がっていくのが見えた。

社交シーズンともなればド派手なパーティーを頻繁に催(もよお)していた我が家だが、ここしばらくはひっそりとしたものだった。

わたしが気鬱で押し通しているせいと、「もっと結果が出るまで派手な社交は控えて、フサフサの髪とスリムな身体で周囲の度肝を抜いてやろうぜ！」と節約のために提案したら、扱いのチョロすぎる両親がすぐに乗ってきたからだ。

「えーっと、カイル様が倒れたらしいですぅ。ユリアンヌお嬢様が王宮に行ったあと、ぱったりって感じで」

「ええっ!?」

驚きのあまり頭の芯がしびれて、真っ白になりかけた。容態は、とリズに尋ねた自分の声が震えている。

リズがまた首をかしげたところに、水桶を抱えた古参の侍女がせかせかとした足取りで歩いてきた。

「カイルの具合はどうなの？」

とっさに声をかけると、侍女はあからさまに顔をしかめる。カイルが養子に入ってからずっと仕えている彼女は、言うなればカイルの母代わりのようなもの。わたしに対して当たりがきついのも仕方ない。

「ユリアンヌお嬢様……。ええ、いきなり高熱を出されて、苦しんでおられます」

いつもなら強いはずの侍女の語勢が、妙に弱々しく聞こえる。これはよほど困っているようだ。

「お医者様には診て頂いたの？」

「それが……。いつもの風邪だから、医者はいらぬの一点張りで……」

あの馬鹿、と思わず呟く。

「わたしが許可するから、すぐにお医者様を呼んできなさい。ああ、リズがジャックと一緒に馬車でひとっ走り行ってくれる？　非常事態だからイチャイチャしてちゃ駄目よ」

「了解ですぅ」

努めて平常時の声で指示を出すと、わたしは料理長のいる台所へと急いだ。時間帯の問題なのか台所には料理長以外の姿はなく、わたしはがばっと銀のカウンターに飛びつく。

「あらお嬢ったら、ひとりなの？　やだちょっと、とっても素敵なドレス――」

「料理長、砂糖と塩を頂戴！　あと、庭に生えてる酸っぱい実をもいできてっ！」

「え、スダチの実のこと？　あれは酸っぱすぎて生食には向かないわよ」

「いいの、ほんのちょっと汁がほしいだけだからっ！」

料理長は一瞬気圧された顔をしたが、すぐに「任せて」と微笑んで勝手口から出ていった。

わたしは棚から一リットルくらい入りそうな水差しを取り出して、ドバドバと水を注ぐ。

「えーっと、砂糖は大さじ五くらい。で、塩が小さじ一杯より少ないくらいっと」

水差しにマドラーをぶっ刺してぐるぐる混ぜる。

料理長がスダチの実をいくつか抱えて戻ってきた。まだ青い実を半分に切ってもらい、ぎゅうっと搾る。

「お嬢。それ、もしかしてカイル様に？」

「うん。熱が高いときは身体から水分が失われちゃうでしょー。こっちの方が普通の水より、効率よく水分が吸収されるの。衛生状態が悪いところでは、コップ一杯分のお湯を沸騰（ふっとう）させて、ひと握りの砂糖とひとつまみの塩入れたらいいらしいよー。もし困っている人がいたら、教えてあげて」

前世でわたしを担当してくれていた看護師さんの、甘やかで涼しげな笑みが思い出された。「退院したらきっと役に立つよ」といろんなことを教えてくれた。結局、生きて病院を出ることはできなかったけれど。

料理長に礼を言い、わたしは水差しを抱えてカイルの部屋に向かった。

いきなりカイルの部屋に立ち入ろうとするわたしを侍女たちは目や雰囲気で責めてくるけれど、無理やり押しのけた。

「……義姉（ねえ）さん？　なんだよ、毒でも持ってきたのか？」

カイルは虚（きょ）を衝（つ）かれたような顔をしたあと、そんな憎まれ口を叩く。

「オーホッホ、病気になっても医者にかからない愚（おろ）か者（もの）の顔を、嘲笑（あざわら）いに来てやったのよー」

カイルの顔は真っ赤で、湯気が立っていそうだった。わたしは持っていた水差しをベッドサイドのテーブルに置き、蓋（ふた）つきの吸い飲みに注（そそ）いだ。

ちなみに吸い飲みとは、病人が寝たままで水を飲むための、急須（きゅうす）に似た形の容器のことだ。

「飲みなさい。楽になるから」

カイルはハッと鼻で笑った。わたしもハッと鼻で笑って、長いくちばしのような吸い口をカイルの唇に押しつける。意外にもカイルは素直に口を開いた。

ひと口飲んで、カイルは意外そうな顔をする。

「ずいぶん美味い毒だな」

もっと、とねだるような表情をしたので、わたしはカイルが満足するまで何度も吸い口を傾けた。

「義姉さんの、言ってたあれ……。好きなようにやってみろってのは、ちょっとよかったな……」

熱に浮かされているのだろう、とろんとした目をしたカイルが言う。

「この家に来て初めて……ちょっとだけ、受け入れられた気がした……」

カイルの額から汗が滲み出て、生え際が濡れていた。わたしは手を伸ばしてカイルの額に触れようとする。すると反射的になのか、カイルがぎゅっと目をつぶった。

（ごめんよー、わたしが昔からぺちんぺちん頭を叩いてきたせいで、癖になっちゃってんだねー……）

わたしはカイルの額に、侍女が用意していた水桶のタオルを絞って置いてやる。氷水で冷やしてあったせいか、カイルが「ひゃっ」と声を上げた。

「水分はできるだけ取りなさい。それから、首の周りや脇の下、あと太腿の付け根なんかを冷やした方が熱は下がるからね。そうそう、お医者様は問答無用で呼んだから、ちゃんと診てもらうのよ」

「……ただの風邪だよ。それに、ちょっと疲れただけだし……。うちの領民には、気軽に医者にかかれないやつらがたくさんいるし……」

「オーホッホ、まったく青臭いこと。正義の味方気取りにしてもお粗末ねー。それで、あなたが一緒になって苦しんでどうするの。夢も希望も何もかも、命あっての物種でしょうにー」

カイルがまたハッと鼻で笑った。今度はちょっと、力なく。

「宝くじの金だけじゃ、診療所まではな……。本格的な冬が来る前に、間に合うかな。うちの領地は足りないものだらけだけど、間に合わせないといけないよな……」

カイルが押し出すように息を吐いた。それから「なあ」と薄ら笑いを浮かべてわたしを見る。

「なんで、いきなりサーシャに社交を許したんだ……？」

「オーホッホ、単なる娯楽に決まってんじゃないの。親のすねを盛大に齧りながら、高みの見物を楽しんでるだけよー」

最低だな、とカイルの口が動いた。

「痩せて少しは真人間になったかと思ったが、相変わらずゲスだな。なんか、多少はマシになったかとか思って、調子狂っちゃって……。うん、義姉さんはやっぱり不細工な女だな。見た目も心も」

そういえばカイルが小さいころ、美しいとか可愛いとか綺麗とか、そういった褒め言葉をむりやり言わせてたっけ。

今は高熱で頭に霞みがかかっているにしろ、ズバズバ本音が言えるようになってお義姉ちゃん嬉しいよ。

「オーホッホ、よくも言ったわね。歯を食いしばりなさいなー」

再びぎゅっと目をつぶったカイルの頭をぐりっと撫でて、わたしは立ち上がった。カイルが小さな声で何かを言った気がしたが、あまりにも小さすぎて聞こえなかった。

「お父様、お母様、ちょっといいかしらー？」

カイルの部屋を出たあと、しっかり手洗いとうがいを済ませて、わたしは広間の扉から顔をひょっこりさせた。

「おおユリアンヌ。どうした？」

まだ日は高いというのに、お父様は安い赤ワインでごきげんに酔っ払っていた。片手は頭皮において、赤ワイン育毛剤でマッサージ中だ。

ほんの一か月前まで後頭部散らかり系のハゲ頭だったのに、ちょぼちょぼと生えてきた毛がはっきりと見てわかるほどになっている。

おそらく前世でも、ここまでスピーディーで効果的な育毛剤などなかっただろう。ルデルヴァ産の赤ワインとわたしが中に混ぜ込んだあれやこれやの、どっちかに効果があったのか、どっちもなのか。

「ユリアンヌも一緒に見ればよかったのに。なかなか面白い出し物だったわよ」

わざわざ家に呼びつけたらしい芸人におひねりを渡していたお母様が、満面の笑みで振り返った。

激烈に痩せたわたしに比べりゃデブっちゃデブだが、相撲部屋の新弟子検査前の見習いレベルにまでは痩せていた。料理長の健康メニューに本格的に移行したのと、体操の相乗効果だろう。

派手な社交を控えている分、こやつらは芸人や歌手を屋敷に招くことで散財していた。

たしかに暇つぶしは必要だ。何より、パーティーを一回開く費用に比べりゃ格段に安い。しかし、カイルのあの様子を見たあとだと無性に腹が立つ。

まだ若いカイルが領地の民のことばかり考えているのに、領主のこいつらは自分のことしか頭にない。

「ねえお父様ー？」

芸人たちが全員出ていくのを待って、わたしは口を開いた。

「わたし、ちょっとがっかりしているの。しょせんは豊かな資源に恵まれただけの、ちんけな田舎(いなか)領主にすぎないんだなーって」

「な、なんだと？」

「だってそうじゃない。目の前に巨大なビジネスチャンスが転がっているのに、まったく気付かないんだからー」

わたしはおもむろにお父様の頭に手を伸ばした。

生(は)え始めた頭の毛を、子猫ちゃんを撫でるがごとき手つきでもてあそぶ。

「ビジネスチャンスだと？　そ、それはどういうことだ？」

わたしは唇を横に引っ張り、嘲(あざけ)るように笑って見せた。

「この毛よ、この毛。抜け毛や薄毛は男性にとって大きな悩み。いわんやハゲをやってことよ。それを克服したお父様は生ける伝説。ハゲた男たちの救世主」

お父様が目をしばたたかせる。わたしはオーホッホと喉(のど)をそらせて笑った。

「お父様が使ってる赤ワイン育毛剤。わたしが適当にあれこれ混ぜて作ったけど、しっかり研究すればもっともっと生(は)えてくるんじゃないの？」

「た、たしかにそうかもしれんな」

「領地に研究施設を作って、そこで効果をはっきりさせて。いずれ大々的に売り出せばいいじゃない」

「し、しかし、慣れない商売に手を出すのはなあ。そんなことをせずとも、我が領地には豊かな資源があるのだし」

「かーっ！　資源ってのは、永遠に湧き出てくるわけじゃないでしょうがっ！　それにお父様ってば、とっくに第二の人生を考えていい年齢なのよ？　ここで一念発起して、自分がマスコットキャラクターになって育毛剤を売り出すの。ラベルに髪がフッサフサになったお父様の肖像画を貼りつけるのよ。ハゲてる男ならまず間違いなく買うわよ！」

「な、なんと!!」

目をかっ開いたお父様はとりあえず放っておいて、わたしはお母様に視線を投げた。

「お母様もよ。せっかくカリスマになれるチャンスなのに、どうして気付かないの？」

「カ、カリスマ？　それはどういうことなの、ユリアンヌ」

わたしはお母様に歩み寄り、くびれが見え始めたウエストを抱きしめた。そして耳元に口を近づけ、ぼそりと言ってやる。

「お母様に教えたあの体操、実は三番目まであるの」

「な、なんですって!?」

お母様が目を見開いた。

いや本当は第五まであるらしいけど、さすがのわたしもそこまではマスターしていない。

ちなみに第三の動きは、めっちゃ複雑でダイナミックだ。しかし、その難しさがうつや認知症予防になるらしい。

前世で小康状態だったころに患者仲間のおばちゃんたちと一緒になってマスターしたから、今でもしっかり覚えている。

「お母様、ようやく二番までマスターしたところよね。それだけでも、十分すぎるほど美のカリスマになれるわ。でも、そこに三番まで加わったらどうかしら。美の女神として、貴族どころか民衆すら引きつけ心酔させちゃうわね。間違いないわね」

「め、女神」

ごくり、とお母様の喉が鳴る。ついでにお父様の喉も鳴った。

「名前つけちゃえば？　デビュリア式健康体操って。ゲッスール領の蜂蜜で頭皮マッサージして顔面パックして、わたしが庭からむしってきた草で作った美容液やクリームで身も心もとろけさせ、とどめに健康食や健康茶もご提供する、デビュリア式美容サロンをオープンしちゃえば？」

「デ、デビュリア式」

「わ、わしもハゲーザー育毛剤って名前にしようかな」

「いいね！　それいいね！　ハゲーザーとデビュリアの名前がルデルヴァ中に轟いちゃうね！」

ヒューウ！　とのけぞってから、わたしは真顔になった。

片手を頬に当てて、お父様とお母様ついでに壁際に立っている使用人たちを順番に眺める。

「でも駄目ね。無理だわ。今の状態じゃあ説得力に欠けているのよ」

ここが肝だ、とわたしは腹に力を込めた。

「だって考えてもみて？　発毛と美容と健康をウリにしようっていうのに、我が領地の医療体制ときたら貧弱もいいところ。これじゃあ貴族たちを顧客にしたくても説得力がないし、納得して買ってくれるわけがないわよー」

「そ、そうであろうか？」

お父様が首をひねる。

「そんなに酷くはないと思うけれど」

お母様が不思議そうな顔になる。わたしはさらにたたみかけた。

「そりゃあね、ぶっちぎりで悪いとは言わないわよ？　うち程度のところは、他にもあるわ。でも、下から数えた方が断然早いわよね？　領民が不健康なのに、領主夫婦が健康を前面に押し出して、それで商売が成功するかしらー？」

わたしは必死だった。必死すぎて、どうしても両親を説得したくて、思わずすがるような眼差しを彼らに向ける。

「お父様とお母様に、心も身体も、もっともっと健康になってほしいわ。ずっとずっと長生きしてほしい。それに腐っても領主なんだから、健康もお金も、持ってるものは領民にもおすそ分けしてあげなきゃ。でも、お父様たちは、領地の民がどんな医療体制を求めてるのか知らないわよね？今それに一番詳しいのは、カイルだわ」

わたしたちが野放図に生きてきたツケをカイルやサーシャに背負わせるのは、もうそろそろやめるべきだ。カイルが倒れた原因の一端はわたしにある。一端どころか、全面的にわたしのせいと言っていい。

「商売の成功のためにも、とりあえず医療施設のことだけでいいから、カイルに権限を与えてあげて。厳しい制約のある中で、領民のためになんでもかんでもやろうとして、疲れて、病気になって倒れるくらい頑張ってるの。あなたたちの息子を、もっと信じてあげて」

お父様とお母様は顔を見合わせ、それからしばらく黙り込んだ。

カイルが倒れた日から一週間が経った。わたしは部屋でリズの淹れてくれたお茶を飲みながら、荒々しく鼻から息を吐き出す。

「それにしても、なーんでサーシャに風邪がうつるかねー」

カイルの風邪は大変しつこかった。何せ、起き上がれるようになるまで三日もかかったのだ。医者の見立てによれば、カイルは風邪と疲労と心労のトリプルパンチだったらしい。それを聞いたときには、申し訳なさすぎて鼻の奥があっつくなった。

前世とは石鹸の質も違うし、水道設備もまだお粗末だけれど、正しい手洗いうがいの方法を屋敷のみんなにレクチャーし、カイルを看病する侍女たちには手製のマスクを配布した。

そのおかげで屋敷内での感染爆発は防げたのに、扉の外から声をかけた程度のサーシャが倒れ、濃厚接触したわたしはピンピンしている。まったくもって解せない。

「かー、ウイルスも菌（きん）も美人を選ぶってか。せちがらいわー。しかしサーシャってば意外と病気慣れしてないから、熱が低くても身体はしんどいはずだよなー」

「義姉（ねえ）さん、ちょっといいか？」

　コンコンとノックの音がして、カイルの声が続いた。わたしが「いいわよ」と答えると、のろのろと遠慮がちなスピードで扉が開く。

「だから寒いって。あと埃（ほこり）が入る。さっさとお入りなさいなー」

　ツンとすまし顔を作って促（うなが）すと、ためらうように入ってきたカイルは前髪をつまんでねじり、照れたような顔になった。

「今から、領地に戻るよ」

「そうなのー。あら、そのコートいいじゃない。あたたかそうだし、なんか大人っぽく見える」

　ああ、とカイルは薄く笑った。

「なんか、いきなり義母（かあ）さんがくれたんだよな。先代が使ってたやつの方が、義父（とう）さんのよりサイズが合うだろうって」

「へー、珍しいこともあるものねー」

「義父（とう）さんの方もいきなりなんだけど、領地に新しい医療施設をいくつか作ろうって言い出して。箱物から作るんじゃ時間がかかるから、うちの古い屋敷とか別荘を利用しようってことになってさ。それ、全部俺に任せてくれるらしいんだよな」

「ふーん。いつもの気まぐれかしらねー？」

「こっちで薬の備蓄もしなきゃだし、医者も早急に集めないといけないし。しばらく、領地と王都を行ったり来たりだ。宝くじの売り上げも領民に還元しなくちゃいけないし、二回目の販売もしないと。みんな、楽しみにしてるみたいだから」

カイルは額に手を当てて、至近距離にいるはずなのに遠くを眺めるようにわたしを見た。

「……あのさ。もしかしてっていうか、もしかしなくても、義姉さんが口添えしてくれたんだろ？」

「はあ？　ばっかじゃないのー。なんでわたしがそんなことすんのよー」

カイルが眉間にしわを寄せる。妙に残念そうな、なんか苦しそうなその顔を、わたしはハッと鼻で笑った。

（おまえ、そんな甘ちゃんでどうする。新侯爵になれば、多少は汚いこともやらにゃならんのだぞー？　悪人の義姉がちょっと善の心を見せたくらいで、揺らいでどうするんだっつーの）

カイルの足を引っ張る、この世の中の〝駄目〟を全部集めてごちゃまぜにしたゲス三人組が退場したあとは、新侯爵という立場に相応しい女性に尻を叩いてもらわねば。わたしみたいに贅沢しまくりの底意地の悪いデブスには、絶対に引っかかってもらいたくない。

押し黙ったカイルの目が、わたしの手元に注がれた。

「ああっ、それ俺のだろっ⁉　義姉さん、なに人のもの勝手に見てるんだよ⁉」

「うっさいわね！　あなたのものはわたしのものなのよっ！　ましてやゲッスール家の嫁候補たちなんだから、見て当然でしょうがっ‼」

わたしが今見ているのは、カイルに届いていた見合い用の身上書だ。前世風に言えば釣書。前世と違って写真技術はまだ発達していないので、代わりに肖像画が挟み込まれている。もちろん、カイル付きの侍女を脅してゲットした。

「あなた、気に入った娘の身上書は選り分けてたわよね？　でも駄目。揃いも揃って駄目。真面目で清楚そうだけどみんな股が緩い。品行方正どころか品性下劣。あなた、女を見る目をどこに落としてきたの？」

「し、身上書にはそんなこと書いてないだろうが！」

「ばっかじゃないの？　身上書なんて信じてどうするのよ。わたしだって、身上書の上では超絶極上完全無欠お嬢様になるわよ。画家に金握らせて、一回りどころか三回りくらい細くて美人に描いてもらうわよ」

　カイルは沈黙した。その目が「じゃあどうしろと」と言っていると勝手に解釈し、わたしはうなずく。

「やっぱり十七歳の若輩者ねー。あなたに任せとくと、ゲッスール家の屋台骨が傾くわ。このわたしが本当に素晴らしいご令嬢を選んであげるから、あなたはせいぜい領地で汗水垂らしてなさい」

「い、嫌がらせのつもりか？」

「オーホッホ。当然の権利よー。王太子妃の弟嫁がろくでもないんじゃ、迷惑に決まってるでしょー？」

　まあ王太子妃になるのはわたしではなくサーシャだけど。

「見てなさい、お義姉様が素晴らしい婚約者を見つけてあげるから！」

オーホッホと高笑いすると、カイルが盛大に顔を歪めた。

「か、勝手にしろ。ただし、俺がその娘を気に入るかどうかは別の話だ。どうせ、義姉さんは自分の意のままに操れる娘を選ぶつもりだろうからなっ！」

いやいや、カイルを幸せにしてくれそうな、めっちゃイイ子を見つけてあげますわよ？　とは口に出さず、わたしは肩を怒らせて出ていくカイルの背中に、領地への道中の無事をそっと祈ったのだった。

第3章

「そうねー、あなたはもっと大雑把になるべきね。あなた、パッと見は気が強そうだけど、実は繊細でしょう？　いつだって自分のことより、人のことばかり考えてしまうのよね。でも、周囲の連中はあなたの細やかさや、優しさに気付かない」

「わ、すごい当たってます！　わたしって、いつも家族や友だちのことばかり優先しちゃうんですよ。でも周りからは好き勝手やってるよね、とか言われて。すごく落ち込んじゃうんです。ああ、どうして、ゴンザレス先生にはなんでもわかっちゃうんですか？」

「オーホッホ、星がそう言っているのよ星がー」

いかにもそれっぽい黒いテントの中で、わたしは思いっきり高笑いをした。

本当は神秘的に、すねに傷持つ女のように静かに笑って見せなきゃならんのに。まあゴンザレスの中身がユリアンヌ・ゲッスールだとバレるわけがないし、気にしないようにしよう。

「それで、わたし今気になる人がいるんですけど、ちっとも気付いてもらえないんです。ゴンザレス先生、どうしたら彼の気を引けますか？」

「そうねー。ちょっとお待ちなさい、この水晶玉で見てみるから。うむむむ。なるほど、あなたのソウルカラーはショッキングピンクね。このシュシュをつけるといいわよー。あなたの本来の魅力が溢（あふ）れかえること間違いなしだわ」

「え!?　こ、この色ですか？」

「オーホッホ、信じるか信じないかはあなた次第よー。あとはそうね、来月あたりに運命が変動する暗示があるわ。人のたくさんいるところに、積極的に行ってごらんなさい。きっといいことがあるわよー」

「は、はい！　わたし普段は引きこもり気味だから、頑張ってみます！　なんだかドキドキしてきちゃった！」

「オーホッホ、頑張りなさいなー」

目の前のトレイに二千ルビーア、前世でいう二千円に相当する紙幣が置かれた。

この金は、およそ二十分の占いに対する報酬（ほうしゅう）である。ほくそ笑むのを通り越して、また高笑いが止まらなくなった。

「ゴンザレス先生、そろそろお時間でーす！　もう出ないとヤバいですよーっ！」

簡易テントの裏側から、なんでも屋に任命したジャックの焦ったような声がした。

わたしは慌てて本日の稼ぎのすべてと、それっぽく見せるための水晶玉などの小道具を袋にしまい、客が入ってくるのとは反対側の布をめくって外へ出た。

ジャックはさっきの声とは裏腹にのほほんとした顔つきをしている。その横に立つ農業組合のハドスさんが話しかけてきた。

「おーゴンちゃん、今日も盛況だったみたいだねえ」

「うん、おかげさまで。ハドスさんが場所を貸してくれてるおかげだよー。はい、これ今日のショバ代」

「いいってことよ。しっかし、占いっつーのは若い娘を呼べるねえ。青空市場に客が増えりゃ、こっちとしても大助かりさ」

ハドスさんはわたしが差し出した紙幣を受け取り、うんうん、とうなずく。

「さあさあゴンザレス先生、ちゃっちゃと馬車に乗ってくださいって」

ジャックがわたしの背中をぐいぐい押す。失敬なやつめ、と睨んではみるが、時間が押していることはたしかだった。

「わかったわよ、うっさいな。じゃあハドスさん、次回もお願いねー」

わたしは大きな袋ごと粗末な荷馬車に乗り込んだ。

「さー、かっ飛ばして頂戴なー」

「はーもう、勘弁してくださいよ。お嬢様に付き合ってると心臓がいくつあっても足りませんよ」

「オーホッホ、あなた、そんなことが言える立場かしらー？　裏庭でリズと乳繰り合ってたこと、お父様にばらしてもいいのよ？」

「そ、それだけは！」

荷馬車はでこぼこ道にさしかかった。舌を噛みそうになって、わたしは高笑いを控える。

アルフレッド様に二の腕を握りつぶされた前回のお茶会から、もう三週間が過ぎていた。つまり、わたしが占い師ゴンザレス・ゴンザリアーノとして商売を始めて、およそ二週間ということにもなる。

なんとなく強そう、という理由で適当につけた名前だが、若干後悔してないこともないこともないこともない。

ぶっちゃけ後悔しているが、すでに占い師ゴンザレスは若い娘たちの間で大評判なので、いまさら変更できないのである。

「オーホッホ、やっぱりプレミア感って大事よねー。誰にでも当てはまること言って、イベントのある場所に出かけるように指示して、背中を押してあげてるだけなのにねー」

でこぼこ道を抜けたので、わたしは盛大に高笑いをした。馬を操（あやつ）っているジャックが「ひいっ」と悲鳴を上げて背中をすくめる。

「来てるわー、波が来てるわー。わたしってば上げ潮に乗ってるわー」

短期間で両親の老後資金を貯めるために始めた商売だが、想像以上に好調だった。

ゴンザレス先生の占いは当たると評判で、おまけでもらえる奇抜なシュシュとかリボン、その他の小物もじわじわと人気が出てきているのである。

「オーホッホ、乗るしかないわよこのビッグウェーブ！　ジャック、明々後日も頼んだわよ！」

「ひえー、まったくユリアンヌお嬢様は、人使いが荒いんだからなあ」

王都の農業組合の青空市場は、小規模なものまで含めると週に二、三回のペースで開かれている。なるべく毎回行くようにしているが、占い師ゴンザレス・ゴンザリアーノとしての活動時間は一回につきせいぜい三時間がいいところ。

馬車での往復にプラス一時間は必要だし、それ以上家を空けるとさすがに怪しまれる。

「しかしこれだけ人気なら、もうちょっとぼったくってもいいんじゃないですか？」

「いや、今でも十分高いでしょ。まあ占いなんて基本的にぼったくりだけどねー。庶民でもちょっとお小遣い貯めりゃ出せる、ってラインは崩したくないのよー」

ルデルヴァでは、占いといえば貴族の娯楽だ。有名占い師なんかはまったく容赦のない価格設定で、おまえはいったい何様だっつーくらい強気だったりする。

さすがに青空市場で庶民相手に占っているのは、わたししかいない。おかげで縄張り争いもないし、こんなところにうっかり来る貴族も相当暇でなければいないだろうし。いい商売を見つけたもんだ、と自分で自分を褒めたい気分だった。

ちなみに占い用のアホほど大きい水晶玉も、怪しげなカードも星の動きを読むための本も、ジャックがお母様の物置から発掘してきた。

身バレ防止のための羽根つき仮面、口元を隠すフェイスベールを着用し、神秘性の演出と威嚇を兼ねて、仕立てる前の毛皮をマタギのごとく羽織るというアイデアは、リズや料理長も一緒になって考えてくれた。

「ていうかジャック、あなた仕事は大丈夫なの？　毎回言ってるけど、ずーっとわたしについててくれなくても、送り迎えだけで十分なんだけどー？」

「いやまあ、俺が仕事さぼってるのはいつものことだし、誰も気にしやしませんって。楽するためには抜け駆けも辞さずって決めてますし」

「わたしに向かって堂々とそれをのたまえるとは、さすがとしか言いようがないわー」

記憶が戻ってから二か月弱、ジャックやリズ、料理長とはわりと腹を割って話せるというか、互いに少し遠慮しつつも笑ったり泣いたりできる間柄（あいだがら）になった。彼らは庶民生活の大先輩でもあるし、この人間関係は大切にしたい。

「ゴンザ、じゃないユリアンヌお嬢様、もうすぐお屋敷に着きますよ！」

「ん？　んあー、すっかり寝てたわー。この腰に響く振動が眠気を誘うのよねー」

荷馬車はいつものように裏門から屋敷に入る。

荷物の陰でわたしは手早くゴンザレス三点セットと黒いドレスを脱ぎ、下に仕込んでおいた侍女の制服姿になった。そして頭にほっかむりをして、ジャックからの合図を待つ。

「今です！」

合点承知（がってんしょうち）の助（すけ）とばかりに、わたしは誰にも見つからないように階段を駆け上がった。素早く自室の鍵を開けて中に滑り込む。

「お帰りなさいませぇ」

「ただいまー。リズ、留守番ありがとね。いやー、今日も大量に売れたよー」

やったぁ、とリズがチャーミングな笑顔を輝かせた。

「今日はなんか変わったことあったー？」

まあ、引きこもっているわたしの部屋をこじ開けようとする猛者など、ただのひとりもいないだろうが。

「奥様がいらっしゃいましたけどぉ、ユリアンヌお嬢様は瞑想中ですーって言っときましたぁ」

リズはわたしのベッドに上がり、ちまちまと小物を作っていた。彼女の周辺には切り裂かれたお母様の古いドレスと、いくつものハンドメイド作品が転がっている。

「占いのおまけ以外にもゴンザレス先生の霊験あらたかなグッズが買いたい」という客が日を追うごとに増えており、作っても作っても追いつかないのだ。リズという強力な助っ人がいなかったら、在庫切れを起こす勢いである。

「ひい、ふう、みいっと。よっしゃ、四万三千ルビーアゲットだぜー」

売り上げからリズの取り分を差し引いて箱にしまい、衣装や小物と一緒にクローゼットの中に隠した。

定番すぎる隠し場所だが、何しろわたしである。この部屋で泥棒を試みる猛者などいるわけがないのだ。

「ユリアンヌお嬢様のお手伝いすれば、こうしてちゃんとお金がもらえるから、それを励みに頑張れちゃいますぅ。でもお嬢様ぁ、ここのところ、ちょっと忙しすぎませんかぁ？」

「んー、たしかにやるべきことがぎゅうぎゅうに詰まってて、追いかけられている感が尋常じゃないけど。でも『わぁっ！』って叫び出したくなるほどの忙しさこそ、今のわたしに必要なもののような気がするのよねー」

シェイプアップのための運動は続けていたし、売れ行き好調なゴンザレスグッズもせっせと作った。合間を縫ってお母様にかの体操の第三も伝授した。さすがに動きが複雑すぎて、何度も何度も教えねばならなかった。

赤ワイン育毛剤は検討熟慮が必要ということで、まずは我が家の頭髪が心もとない使用人たちから被験者を募った。全員が応募した。

わたしがざまぁされるのが最短で三か月後の舞踏会だと考えると、恐らくその時に両親もなんらかの罰を受けるだろう。そうだとすると、あの人たちが貴族としてハゲーザー育毛剤やデビュリア式健康体操を世に出せるかは微妙っつーか無理だろうけど、まあ、庶民になっても手に職はあった方がいいしな。

「お父様とお母様が、ずっと寝間着だと身体がなまるってうるさいのよねー。たまには盛装して一緒にマナーのおさらいしようとか言うし。その前にちょっとサーシャの様子を見てくるから、リズは引き続きゴンザレスグッズ作っててねー」

「はぁーい」

わたしは寝間着ではなく、リメイクしたお母様のドレスに手を伸ばした。

お母様が次々と新しいものを買っていっては節約にならないので、「シックでシンプルなデザインが似合うわー、さすがだわー」とおだてて古いものを着せている。もちろん、ちょっとは今風にリメイクしているけれど。

ただ、さすがに二十代のころのドレスは細すぎるし、お母様的には若すぎるらしく、それをわたしが着ることにしたのだ。

リズの手間を省くために前側にホックのあるコルセットを自作してみたが、なんでも自分でできちゃう感じが、かなりいい。箱入りを卒業するためにも、今後はより一層この線を推し進めよう。

ちゃちゃっと着替えてちゃっちゃと髪を整える。鏡の中のわたしは、占い師として多忙なせいか、さらに痩せて見えた。

「まったく、こちとら十年もお妃教育受けてたんだから、二か月やそこらでマナーを忘れるわけがないでしょーに。まあ、心配で仕方ないのはわかるけどー」

わたしが引きこもってる分、近頃ではお母様とサーシャの交流が増えてるっぽい。いい傾向だ。だからといって、わたしの罪が軽くなるわけでもないけれど。

口の中でぶつぶつ両親への文句を言いながら、わたしはサーシャの部屋へと向かう。

宥めたりすかしたり時に脅したりして、サーシャには社交を続けさせていた。

最近男ができたラリッサとステファニーががんがん前に出て庇ってくれるらしく、サーシャもしぶしぶながら順調に経験を積んでいる。

ちなみにラリッサはわたし手製のマスクをつけて街歩きをしていたら、とある侯爵家の嫡男に見初められたらしい。

「君は綺麗だ」と言われて馬鹿正直に前歯を見せたら、素直なところが大変よろしいと評価が爆上がりしたという。謎だ。

矯正ベルトですっかり猫背が治ったステファニーは、とある伯爵家の茶会でサーシャのサポートをしていたら、いきなりそこの嫡男に見初められたのだそうだ。これもわりと謎だが、よかった。

（本当によかったわー、これで、サーシャが王太子妃になってからも彼女たちに支え続けてもらえる）

おめでとうふたりとも、配下の幸せはわたしの幸せ。ブスという絆で結ばれたわたしたちだ、心の底から喜ばずにはいられない。

「サーシャ、ちょっといいかしらー？」

侍女に目顔で断りを入れてから扉を開くと、まだ日も高いというのにサーシャはベッドにいた。

「え、どうしたの。具合でも悪いの？　前にカイルがうつしたやつは、とっくに治ってたよね？」

「ごめんなさいお姉様。ちょっと身体がだるくて……」

「オーホッホ。ここはあなたの家で、おまけにあなたの部屋なんだから、わたしに謝る必要なんてないわよー」

たしかにサーシャからしたら、わたしがいる限り、最も安全であるはずの自宅が、とんでもないデンジャーゾーンだろうけど。

のそのそと起き上がったサーシャは、胸元で両手の指を交互に絡ませてばつが悪そうな顔をした。

無理して起き上がらなくていい、と口にしかけて、耐えた。

「ふん、いっちょまえに社交疲れかしらー？　惰弱もいいところね、ピシッとしなさいピシッと」

サーシャの頬はつやつやと桜色に輝き、わずかに濡れた瞳が清潔な光を発していた。長い睫毛がかすかに震えるから、人形のような美貌に現実感が伴って、ぐっと心を掴まれる。

「あーもう、相変わらず唇がかさついてるじゃないのー。ちょっと、誰か蜂蜜持ってきて」

侍女があたふたと蜂蜜を持ってきた。デビュリア式美容サロンの本格オープン前に口コミを集めようと、使用人たちにアレコレ試させているから、蜂蜜の瓶はサーシャの部屋にも当たり前のように置いてあった。

わたしはサーシャの横に座って、そのかさついた唇に、虫さんが一生懸命に集めた甘い甘い蜜を塗ってやる。

「ほら、んぱってしなさい、んぱって。いいこと、意地汚く舐めるんじゃないわよ？」

蜜でぬめった唇を「んぱっ」としてから、サーシャがこっくりとうなずいた。

うーん可愛い。おっとりしていて、気が弱くて、ちょっとぼんやりさんだけど、激烈な儚さが庇護欲を掻き立てる。それほどサーシャの美貌は際立っているのだ。

「多少は物怖じせずに振る舞えるようになったらしいじゃない。ラリッサとステファニーが褒めてたわよー」

「うん……。でもやっぱり視線が怖くて……。お姉様のおまじないを人前で何度もやったら、ラリッサさんに止められちゃったの」

「そ、それはたしかに群を抜いて挙動不審ねー」

まあ貴族ってほとんどみんな、お上品な笑顔の下に泥より汚いカスが詰まってるしなあ。妥協に打算に足の引っ張り合い、愛想笑いにごますりおべっか。たしかに度胸の持ち合わせがなければ耐えられない世界だろう。

わたしにとって度胸は標準装備なので、どうやってつけるのかと尋ねられたら、それはそれで困るのだが。

(かといって、わたしの傍若無人な振る舞いを間近で見せる機会はないしなー……)

うーむ、と口の中で唸ってから、わたしは気合いを入れて立ち上がった。

「サーシャ、ちょっと見ててごらん。人前でやってもおかしくない、度胸がつくおまじないを教えてあげるからー」

サーシャはわたしを見上げて「え」と小さく声を漏らした。

「人前で視線が泳ぎそうになったら、すぐに背筋を伸ばします。あくまで淑女らしく、自分の耳、肩、首の骨、膝、くるぶしが直線になるよう意識して立ちます」

サーシャのベッドの前で、わたしはすっと背筋を伸ばした。天から垂れる見えない糸で、頭のてっぺんから吊るされているように、真っ直ぐに。

「そしてエレガントに目を伏せます。次に瞼を上げるとき、目の前の相手の額をかち割るくらいの気持ちを込めるので、前準備として腹に力を入れてください」

「か、かち割る?」

「そう。『舐めんじゃねえぞ』って心の中で十回唱えてから深呼吸して、懐にしまっておいたナイフを取り出す自分をイメージしてください」

「懐にナイフ」

「そしてくわっと目を開く！　はい今死んだ、相手はサーシャの目の奥から出た謎のエネルギーに威嚇されて死んだ！」

どや、と下を見ると、サーシャは口を開けてぽかーんとしていた。

（しまった、盛大に滑ったかー）

何しろゲッスール家は、いまだに成り上がり扱いされる侯爵家なので、お綺麗ですわ、羨ましいですわ、お幸せですわね、という称賛を表面通りに受け取るわけにはいかなかった。

わたしを褒めておきながら、そいつの表情に称賛の色が浮かんでいなかったとき、ひっそりと口角が持ち上がっていたとき、小馬鹿にされるのは我慢ならんといつもこうして威嚇してきたんだけど。

「……お姉様って、本当に強い……」

「ん？　なんつった？」

首をかしげると、サーシャが顔をほころばせた。こうなりたいなあと、かつて夢想した理想形に、どんぴしゃりと一致する笑みだった。

「自信ないけど……本当に自信ないけど。元気になったら、また頑張ってみる」

「よーし、その意気よー。すでに社交界には、あなたの噂が満ち満ちているんだから。しっかり休んで、早く元気におなりなさい」

　ういやつよのう、と頭を撫でてやりたかったが、さすがにそれはためらわれた。こうして怯えを見せずに話すだけでも、きっとサーシャはすごく頑張ってる。

（誰の目から見ても特別に見える人生が、もうすぐ手に入るからね。一週間後のアルフレッド様とのお茶会までには、必ず元気になるんだぞー）

　そうだ、料理長に精のつく料理を作ってもらおう、などと考えながらサーシャの部屋を辞し、わたしは居間を目指して一階へと下りていった。そのとき、玄関のあたりが妙に騒がしいことに気が付いて、廊下の窓からエントランスを覗く。

「ん？　四頭立ての馬車？」

　明らかにゲッスール家のものではない馬車が入ってきている。

「は？　なんで王家の馬車が来るのっ⁉」

　シルエットだけでも十分すぎるほど嫌な予感がしたが、王家の紋章が目に鮮明に飛び込んできたところで、わたしは急いで回れ右をした。

「ひっ⁉　ちょっと、びっくりさせないでよー」

　すぐ後ろに、土饅頭のようだった頭頂部に奇跡の発毛を見たお父様が、揉み手をしながら立っている。

　かの体操の第三をマスターしてぐっと痩せたことで、自信を深めたらしいお母様も、におい立つような笑みを浮かべてわたしを見ていた。

「ユリアンヌよ、定例のお茶会の日程が早まってなあ。いや、ついうっかり伝えるのを忘れておった」

「気鬱だ気鬱だって言うけれど、とっても肌ツヤがいいし元気だし、ねえ？　その姿を見たら、きっとアルフレッド様も感激なさるわあ」

おのれ謀ったな両親！　わたしは苛立ちながらも心臓を押さえ「いてて」と身をよじった。

「いやここが痛いし、胃も痛いし腰も痛いし下痢で便秘だからっ」

だが両親は、そんなことには慣れっこだといわんばかりの顔でわたしの肩に手を置いた。あきらめなさい、と囁きながら、わたしの身体を玄関の方へとぐいぐい押し出そうとする。

「気鬱を理由にお茶会を休みたいだなんて、その我儘はもう許しませんっ」

「いやだからお母様、ゲッスール家の娘はちゃんと役目を果たすから、あーっ‼」

（アルフレッド様と顔を合わさないで、ざまぁのぎりぎりになってから『王太子妃にはならない』って宣言して、サーシャと入れ替わる予定だったのにーっ‼）

脳内で地団太を踏んだが、いかんせん二対一では分が悪すぎた。

「け、化粧もしていないし、ドレスも地味すぎるしーっ‼」

「心配するなユリアンヌ、今やこの世の美をそっくり集めたような眩しさだぞ。さすがワシの愛娘だなあ！」

「この親馬鹿がーっ‼」

その頭の毛をむしっておまえを眩しくしてやろうか、と叫びかけたところで、玄関の扉が開いた。

入ってきたのはカイルだった。

「なんなんだ、定例のお茶会ってまだ一週間先のはずじゃ――」

医療施設を増やすために領地に戻っていて、ようやく帰ってきたカイルは、こちらに顔を向けてはっとしたように息を呑んだ。手を中途半端に宙に浮かせて、わたしを見据えたまま微動だにしない。

「ほらー、カイルも幽霊見たような顔してるじゃないのっ！　ほんとに、ほんっとーに具合が悪いんだってばぁっ!!」

心の中でシクシク泣きながら叫んだが、どこからも助けの手は伸びてこなかった。リズが大慌てで階段を駆け下りてくるのが見えたが、残念ながら間に合わず。ついにわたしは玄関の外へと押し出され、ドナドナされる牛のごとく馬車に押し込まれた。

（くっそー、こうなったら睡眠不足を補ってやるー）

実直に役目を果たしているだけの御者や従者、護衛の騎士団員たちに猛然と抗議するのは気が引けるし、動き始めた馬車がUターンするわけもなく。

一緒に放り込まれたストールを毛布代わりにして、鼻から息を吐きつつ目を閉じると、あっという間に睡魔が襲ってきた。我ながら、心臓に毛が生えていると思った。

「……え、ユリアンヌ様さらに痩せて……」

「様変わりにもほどがあるよね……」

「……ぷるっぷるでつやっつやだけど、あのユリアンヌ様が儚く見えるなんて、もしかしてご病気かしら」

お元気だよ。てめえら、ひそひそ話はもうちょっと小さな声でやれよ。

いつもお茶会が開かれる応接室に通されても、アルフレッド様はなかなか来なかった。壁際の使用人たちが〝思わず〟といった感じで漏らしたお喋りをＢＧＭに、ここでも容赦なく船をこぐ。

これは今日もぶっちぎられるんだな、と寝ぼけた頭の片隅で思っていたら、バターンと勢いよく扉が開いた。

「ユリアンヌ、待たせて――」

はっと目を見開くと、アルフレッド様が飛び込んできたところだった。泰然としているふうで、器の大きさを感じさせる雰囲気で、でも少し焦ったような足取りで。不意打ちだったせいだろうか、胸の中できゅんと鳴る音を聞いた気がした。きゅん？

きゅんってなんだ、と立ち上がるのも忘れて首をひねっていると、もの言いたげに開きかけたアルフレッド様の唇が閉じ、猛烈な勢いで歩み寄られた。

「ジョルジュ、医者を呼べ！」

「いやいりませんから。ていうか、アルフレッド様の方がよっぽど顔色がお悪いですわよ？」

ソファの前でいきなりしゃがみ込まれたので、至近距離で目が合った。アルフレッド様の端整な顔がくしゃっと崩れ、きまり悪そうな表情になる。何かに追われているような、空回りしているような、疲れきって力ない笑みでもあった。

「呼び出しておいて悪いが、まだ仕事が終わらない」

「はあ、そうですか。でしたらわたくしは帰ります。ぶっちぎるのはいつものことなのに、何もわざわざ言いに来なくても」

「あと少しで終わる。あと少しで終わるから、元気なら庭でも散策しながら待っていろ」

はあ？　と首をひねると、アルフレッド様はまたもやいきなり立ち上がり、わたしになど目もくれずに出ていってしまった。

わけがわからない。気分で追い返したり待たせたり、いくら嫌いな婚約者相手でもあまりにも自分勝手じゃないかと、後方から滑り込みをかけて転ばしてやりたくなった。

（んあー、今わたし、モモンガになりたい気分。この二の腕の余った皮で風を受け、一足飛び（いっそくとび）におうちに帰りたいー）

わたしはいちおうは未来の王太子妃なので、王族のプライベートスペース以外は自由に入れる権利を持っている。そこで、冬に咲く花ばかりを集めた庭の一角を歩き回ることになった。侍女たちがあんまりすすめるものだから、成り行きでっていうか、否応（いやおう）なしに。

（しかし、追い返さないということは、話があるということ。となると、いよいよ婚約破棄かしらー）

ここ一か月のアルフレッド様の動向は、ひたすら王宮で缶詰めになってるってことくらいしかわからなかった。

アマリアやその他令嬢の出入りもあるにはあったし、実際会ってるっぽいのだが、彼女たちのいずれかが王宮で俄然注目を集め出したという噂までは立っていない。

(オーホッホ、まあアマリアじゃ荷が重い感ありありだものねー。サーシャを見せればあの朴念仁のテンションも上がりまくりよーっ)

庭の花にはすぐに飽きた。というか、デブではなくなったにしろブスが妖精のように「うふふ」と微笑みながら花を愛でるのは、遠巻きに見守っている使用人たちも忍びなかろう。わたしは東屋のベンチに座って、ぼんやりと空を見上げた。

「あー、脂肪脱いだらマジで寒いわー」

肌寒い季節とはいえ、いい天気なのに。ちょっと前まで真冬でも汗かいてたのに。わたしは厚手のストールを身体に巻きつけて、肩で息をした。

「おや。冬の庭に夜の女王とは、またずいぶん風情がある」

突然後ろから声をかけられて、口から心臓を吐き出しそうになった。それでも慌てず静かに振り返る。なんたってここは王族専用の庭。入ることができるのは王族かそれに準ずる者、または特別な許可を得た者だけ。不審者が話しかけてくるわけがないのだ。

「た、大公様……」

驚きのあまり震えた声が出た。わたしは初対面だが、王宮の広間にかかっている肖像画のまんまなのですぐにわかる。

「ふむ、君はまた個性的な顔立ちだね。美貌というわけではないが、とても魅力がある」

「とっておきの微笑です」みたいなものを浮かべる、大公様ことダーヴィット・グライフ様は、ルデルヴァの隣国、というか属国の王様だ。

　大公様が治めるグライフ公国は、アルフレッド様がいずれ王になるルデルヴァを宗主国とする、いうなれば親戚みたいな国なのだ。実際、血縁関係もあるし。

　背はアルフレッド様より少し高そうで、身体つきはすでに大人のものとして完成されている。長く伸ばした銀髪をひとつにくくって、すっきりとした輪郭を見せつけていた。

　その中に温和そうな緑の目と高い鼻といったパーツがバランスよく配置され、唇は少し薄い。すこぶる優しそうな美男子なのに、うっすらと酷薄そうな雰囲気があった。

　この大公様、二十五歳にもなって独身らしい。その理由は、下半身があまりにも自由奔放すぎるせいだと聞く。

「うわーまずい、ユリアンヌ様がぁぁっ」

「ちょっと、早くアルフレッド様呼んできてっ！」

　目線の先で使用人や騎士団員たちがあたふたしていた。いくら下半身がアグレッシブでも、ブスなわたしに身の危険が及ぶわけはないだろうに。しかし闖入者が大公様では出方に困る、というのが正直なところだろう。

　若い執事が泡を食ったような顔をして駆け出していったから、放っておいても誰かが事態収拾に乗り出すとは思うが。

（わたしってば、大公様に婚約者として紹介されてないもんなー。稀代の女たらし、歩くわいせつ物がどうのと言ってた気がするけど、デブスの婚約者を見られるのが嫌だったんだろうなー……）

まあどうせ、すぐに無関係になる人だけど。しかしサーシャが王太子妃になるのだから、若干の関係性は残るか。カイルが王宮でなんらかの公的な役割を持つ可能性も考えると、ゲッスール家の娘としてはきっちり挨拶しておくべきだろう。

完璧な淑女の礼とそれっぽい口上を述べよう、と立ち上がったところで、わたしは凍りついた。

大公様の大きな手が、わたしの指先を包み込んだのだ。

「人の心を引きつける独特の雰囲気があるね。ここ最近ロマンティックが足りなかったんだけど、エキゾチックな君を見てるとふつふつと湧いてくるよ。今日は外賓はないはずだし、さて、どこのご令嬢かな」

てめえのロマンティックが止まらないのは勝手だが、気持ち悪いからとにかく手を離しやがれ！という気持ちを込めて睨みつけても、大公様はにこやかに微笑むばかり。

(こりゃーチャラいわ。チャラ男すぎるわ。ブスに対してまでこのアグレッシブさ、もはや獣。こりゃ結婚式まで絶対にサーシャを見せるわけにはいかんなー)

さすがに戦慄したわたしはじりじりと後ずさる。だが、すぐにベンチに引っかかって後ろ向きにひっくり返りそうになった。

「おっと」

大きな手のひらに背中を支えられ、頭の中が蒸れたように熱くなる。大公様の端整な顔をにゅっと差し出すように近づけられ、あまりの気持ち悪さに背中が粟立った。

「羽のように軽いね。ドレスもシックでいい感じだ。そうやって下から睨まれると、女王様ーって感じがしてぞくぞくするよ」

　大公様は唇をわずかに歪め、片頬だけで笑んでみせた。一般的にいえばセクシーなんだろうが、筆舌に尽くしがたいほどうさん臭かった。

　わたしは身体も心も硬直していた。何しろ八歳から婚約者のいる身だし、かといってアルフレッド様とも甘やかでドラマチックな接触などしたことがないのだ。二の腕を握りつぶされそうになったことならあるけど。

　触れられている部分が気持ち悪すぎて、うっぷ、と込み上げてくるものがあった。淑女としては我慢したかったが、ものには限度がある。いよいよ吐きそう、というところで大公様はわたしに近づけていた顔をすっと引いた。

「うーん、その怯えた表情がなんとも可愛らしいね。しかし嫌がるのも約束事のうちとはいえ、これは本当に免疫なさそうだなあ」

　わたしを真っ直ぐに立たせてくれた大公様は、ぽりぽりと後ろ頭を掻いた。

「君も、アルフレッドをたらし込みに来たんだろうけど。向いてなさそうだし、あんまり入れ込まない方がいいと思うよ。あいつがどれも気に入らないからって、またずいぶん毛色の変わったのが来たな……」

「君も」「たらし込みに」「気に入らない」などの言葉と、手下どもから得ていた情報を頭の中で組み立て、わたしはぱっと気持ちが明るむのを感じた。

（っしゃーっ！　アルフレッド様は次の相手を探してるけど、まだ決め手に欠けてるうぅっ！

まだアマリアに傾ききってないってことだ！　これはサーシャを見せたら絶対に勝てるぞおぉぉぉっ!!）

腹の横でガッツポーズをかましたところで、背後でドドドッと何人かが駆けてくる足音が聞こえた。振り返ってみると、先頭にいるのはなんとアルフレッド様だ。

大公様はからりと笑いながら、アルフレッド様に向かって「おーい」と呼びかけた。

「ユリアンヌっ!!」

かつてないほど切羽詰(せっぱつ)まった声で、アルフレッド様が叫ぶ。大公様が大きく目を見開いた。

「え、ユリアンヌ？　てことはアルフレッドの婚約者？　え？　おまえ、婚約者はデブでブスだって言ってなかったっけー？」

デブでブス。正論だ。まったく反論できない。しかし婚約者を親族に紹介するときの言葉として、それはあんまりではないだろうか。

「どうしてあなたがここにいる？」

息を切らしたアルフレッド様の問いかけに、大公様が目を細めた。

「いや、なんか庭に絶世の美女がいるっていうから。おまえがいらないんだったら、俺がもらおうかなーと思って」

申し訳ねえな、とわたしは嘆息した。どういう伝言ゲームがあったのかは知らないが、実際にいたのはわたしである。

（この男、自国の女性陣を食いまくったらしいしなー。箸休(はしやす)めのつもりで、他国の毛色の変わった

ブスにちょっかいかけたんだろうなー）

まったく、この場にいたのがサーシャじゃなくてよかった。あれだけの美人でボンヤリさんだ、何をされたか想像するのも恐ろしい。

「ユリアンヌ。この人に何かされたか？」

「え？」

アルフレッド様が眉をひそめてこっちを見る。わたしは「何言ってんの」という顔をした。こんなブス相手に、大公様レベルの顔面の持ち主が何かしようと思うわけがなかろうに。

「転びかけたところを助けて頂いただけですわ。その、いきなり手を握られたのにはちょっとびっくりしましたけれど」

「手を？」

アルフレッド様が顔を歪め、大公様を睨みつけた。

首を突き出すようにして「殺してやろうか」とばかりに凄んでくる人を前に、大公様はのんびりと笑った。

「あなたの無礼については、あとできっちり追及します」

アルフレッド様が言うと、大公様は「怖い怖い」と大仰に身体をさする。ええぞええぞ、とわたしは内心で拍手喝采した。大公様は、いちおうは未婚の淑女の手を無断で握ったわけだし。

その無礼については、きっちりと締め上げて頂きたい。あとに続くサーシャのためにも。しかし普通ならこんなブスの相手をするなんて死ぬ思いだろうに、プレーボーイってすごいな。しかも、

わたし相手に、あれだけ次々と芝居がかったセリフを口にできるなんて。

「そういえばジョルジュさあ、『アルフレッドの好物は珍味だ珍味だ』って言ってたよね。なかなかどうして、テンションの上がるメインディッシュじゃない。俺にもちょっとくらい味見させてくれない？」

大公様は薄笑いを頬に張りつけ、なぜかわたしに顔を向けた。そのまま穴があくほど見つめられ、わたしの身体の内側に掻痒感が走る。

「アルフレッド様の好物？　珍味？」

はて、とわたしは首をかしげた。アルフレッド様の後ろにいるジョルジュが「あわわ」と慌てふためく姿を見て、大公様はくつくつと笑う。

（アルフレッド様の好物って珍味だったのかー、知らんかった。あれだけリサーチしたのに引っかからなかったということは、ジョルジュとかの側近以外には隠してたのかなー？）

なんだろう。食べてることを知られると恥ずかしい系？

（もしかしてお財布事情的なものかなー。珍味って、基本的にお高いし。食材自体が希少だったり、作るのに手間暇かかったりするし。フォアグラとかなら、たしかにメインディッシュになるよな）

記憶が戻る前にわかったら、ゲッスール家の総力を挙げて世界中の珍味をプレゼントしただろうな、とちょっぴり感傷的な気分になった。

「立ち去ってください、ダーヴィット殿。今すぐに」

ほとんど掴みかかる勢いで、アルフレッド様は声を張り上げた。

「はいはい。それじゃ、あとは若いおふたりで、と」

大公様は笑い声を長く伸ばす。それから「バイバーイ」みたいに大きく手を振って、無駄にカッコよく歩き去っていった。

(ま、わたしにはもう関係ないかー。この情報は、サーシャのために活用させてもらおう)

わたしはさばさばした態度を心がけ、アルフレッド様にちらと目をやった。

「それで、お仕事は終わったんですの？」

「あ、ああ。すぐに準備してくるから、応接室で待っていてくれ」

「準備？」

アルフレッド様は首を突き出すようにして、ぐっとわたしに顔を近づけてきた。

「おまえに見せたいものがあるんだ」

「見せたいもの、ですか」

アルフレッド様がさらに顔を近づけてくる。ぬるい息が頬にかかってもなぜか不快ではなかったが、淑女として近すぎるのはさすがに不味(まず)い。

「あの、近くありません？」

「おお。わ、悪い」

アルフレッド様の顔が真っ赤に染まった。勢いよく駆け巡る血潮が感じられるほどの染まりっぷりだった。両手でごしごしと顔をこすり、深呼吸を繰り返し、アルフレッド様はいつもの冷静な顔を作る。

「時間はかかったが、おまえにようやく伝えられることが……ああ、いや。とにかく応接室で待ってろ、いいなっ！」

逃げるなよ、という光線をびしばし発して、アルフレッド様はすっきりとした口元をほころばせた。

おおう、この肩の荷の下りたような笑顔、こりゃ本気だな。こりゃもうあれだ、絶対に婚約破棄うんぬんを言い渡されるに違いなかろう。

(だがしかし、ゲッスール家はただでは引っ込まないわよー。そりゃアルフレッド様だって我慢を積み重ねただろうけど。そりゃわたしは、性根（しょうね）が腐ったつーかどうしようもない婚約者だっただろうけど)

「ユリアンヌ、待たせたなっ！」

言われた通りに応接室に戻り、ほんの少しだけ居心地の悪さを感じながら待っていると、アルフレッド様は颯爽としか表現しようのない表情で戻ってきた。何事かを成し遂げましたーみたいな顔で、腕に数冊の折（お）り綴（と）じ本（ぼん）を抱えて。

「これは俺の一年間の成果だ。とりあえず、読んでくれ！」

アルフレッド様はソファに腰を下ろすなり、元気いっぱいに言った。謎の興奮状態というか、「緊張しています」みたいな顔でわたしを見る。「早く」と急（せ）かしている目だ。

その勢いに押されて、わたしはテーブルにどさっと置かれた綴（と）じ本（ぼん）に手を伸ばした。ぱらりと開くと、そこには数字の羅列。国庫の状況報告書だと、すぐにわかった。

アルフレッド様が気合いを入れているのだからと、こちらも気合いを入れて読む。セルフお妃教育のおかげで女にしては数字に強いとはいえ、読み終えるまでにはかなりの時間を要した。

「素晴らしいですわ」

最後の一冊を閉じて、わたしはゆっくりとうなずく。

へたくそな感想や、取ってつけたようなおべんちゃらよりも、一番最初に胸に浮かんだ言葉だけを伝えたかった。

「そ、そうか」

アルフレッド様は、咳払いをひとつした。やや間があって、また「そうか」とゆっくり笑う。

「これの編集に予想外に時間がかかって、おまえを待たせた挙句、さっきは大変なことになったが。うん、でも、手を抜かずにまとめて、よかった」

アルフレッド様がまたもや笑った。それから、押し出すように息を吐く。目の下のあたりが落ちくぼんでいた。

「本当に、ご立派になられましたわね。きっと素晴らしい王になられますわ」

綴じ本は、まさにアルフレッド様の一年間の軌跡だった。

ルデルヴァ王国が抱える経済面の問題点を洗い出し、対応策を練り、実際に行動に移した。この国のこれからの発展のためにアルフレッド様がどれほど頑張ったかが、そこには克明に記されていた。

もちろん、まだ発展途上ではある。ようやく芽が出てきたといったところだ。だがこの調子なら、ルデルヴァは確実に勢いを増し、栄えていくだろう。

（いやー、気遣いのなさも、投げやりな受け答えも、この一年間の分だけはちょっぴり許せるわー。全部は無理だけどー）

ソファから身を乗り出すようにして、アルフレッド様はわずかに目を細めた。

「た、多少は懐に余裕ができたから、俺もおまえを見習って、ちょっとくらい無駄遣いしてみようかなー、なんて思うんだが」

「それはちょっと時期尚早じゃありませんこと？　直轄領で試している新農法の取れ高もまだ集計されていませんし、関税交渉後の変化がはっきりと出てくるのは、まだもう少し先になりますし。この分なら王都の景気は上向くでしょうけれど、みんなが実感できるところまで持っていきませんと」

アルフレッド様は「……」くらいの間をおいて、いやいや、と首を振った。

「俺がいいって言ってるんだから、いいんだ。本当に余裕ができたんだから、大丈夫なんだ。ほら、大きな宝石とか、優良血統の牝馬とか、あるだろう、いろいろと。おまえはどんなものがいいと思う？」

これは、単にアイデアを出せと言っているのだろうか。無駄遣いしたいけど、自分じゃ思いつかないもんだから。

（無駄遣いに相応しい、お高いものなー。うーん、思いつかんなー）

要するに、アルフレッド様は自分へのご褒美がほしいんだな。一年間の自分の努力をねぎらい、ささやかな幸せを感じたいといったところか。尋常じゃなく疲れてるっぽいし、アイデアくらいは出してもよかろう。

「あ」

「思いついたか!?」

「山盛りの珍味とかどうですか？」

なんたって好物なんだし。それなら、アルフレッド様にとって巨大なご褒美になるはずだ。

「珍味？」

クエスチョンマークが頭の中で乱舞しているような顔で、アルフレッド様が首をかしげた。

後ろに立っているジョルジュは口元に手をやったが、間に合わずに「ぷ」と息を漏らす。

「いや、そうじゃなくて。繊細な文様を織り込んだ絨毯とか、うんと希少な毛皮とか、目にも鮮やかなデカい観賞魚とか」

アルフレッド様は大げさに目を見開いて、すがるような声を出した。

「ずっと前に、ほしいって言ってただろ？」

「はあ」

わたしは短く息を吐いた。

「アルフレッド様がほしいのなら、よろしいんじゃないですか？」

手で口元を押さえ「わたしはほしくないけど」と小声で付け加える。

他人事みたいに、というか、まさしく他人事だしなあと思って述べただけだった。アルフレッド様がほしければ買えばいいのに、としか思えない。

　これまで十一人もいる姉妹に金がかかって、自分は我慢を積み重ねてきたのだ。ちょっとくらい自分へのご褒美(ほうび)に奮発しても、罰(ばち)は当たらないと思うよ？

（そういや、アルフレッド様が言ったモノは全部うちにあるようなー）

　記憶をたどってみると、アルフレッド様が羅列したものはかつてわたしが「ほしい」と思ったことのあるものばかり。観賞魚なんかは、十歳かそこらのころにほしがった気がする。

　もちろん、とっくの昔に購入済みだ。何せわたしは金持ってるハゲの愛娘(まなむすめ)。どれもべらぼうな値段がしたが、屁でもなかった。

（いやー、マジで好き放題やってたよなー。ほしいと思ったものは、躊躇(ちゅうちょ)せずにほとんど買ったもんなー）

　わたしはしみじみとうなずく。そしてアルフレッド様に目を戻した瞬間、ぎょっとした。

「おまえ、なんで、そんな」

　アルフレッド様の顔面には小さな汗の玉がいくつも噴(ふ)き出(だ)して、なんというかもう、凄(すさ)まじい形相(ぎょうそう)になってた。

　王子様的な何かが剥(は)がれ落ちているというか、静かにキレているというか。さすがにそれはちょっと、と言いたくなるほどの顔面の壊れっぷりだった。

「あ、あー。アルフレッド様、ちょっとよろしいですか？」

　小さく挙手をして、かたわらに立っていたジョルジュが言う。

アルフレッド様が無言なので、ジョルジュは「えーっと」と頭を掻（か）いた。それでも反応がないので、ジョルジュは勝手に喋（しゃべ）り始める。

「ユリアンヌ嬢は、ここのところ気が沈みがちとか。珍しい食べ物は、何よりの気分転換になるということなのでは？　諸外国の珍味各種となると、さすがのゲッスール家でも手に入れるのは簡単ではないでしょうし」

いや手に入れられますけど？　と思いつつ視線を投げる。

するとジョルジュはわたしにだけ見えるように、白目を剥（む）いて神に祈るポーズをした。そのわけのわからない迫力に押されて、わたしは思わず口を開く。

「お？　オーホッホ？　そうですの、わたくし、ありふれた美食には飽（あ）き飽（あ）きしておりますのー。ですから珍味三昧（ざんまい）なんかも、面白いかもしれませんわねー」

「そ、そうか？　本当に？　山盛りあったら嬉しいか？」

いちおうは十八歳の乙女が？　珍味を？　マジで喜ぶと思うか？　と返したかったが、こらえた。なぜならば、アルフレッド様がものすごい笑顔だったからだ。ここまで全力の笑顔を、かつて見たことがあっただろうか。いや、ない。

「そうだよな、いくらなんでも痩（や）せすぎだしな。腹いっぱい食べさせるのも悪くないな……」

若干イラッときた。せっかく痩（や）せた乙女をまた太らせるなんて、なかなかハードな嫌がらせを企（くわだ）てていらっしゃる。

だが不明瞭（ふめいりょう）に呟（つぶや）くアルフレッド様の目玉は、どっか遠くを追っていた。どうやら精神が逝っちゃったっぽい。

(しかし、そうかー。ついに金づるとしての存在意義すらなくなったかー……)

アルフレッド様の何やら茫漠とした笑顔を見ながら、わたしはその事実を粛々と受け止めた。

(やっべえぞー、王家の懐事情がよくなったら、婚約者がゲッスール家の娘である必要性なんか欠片もないもんなー。こりゃ、早急にサーシャの美貌を売り込まんと)

王家のお財布事情が完全に回復する前に、一刻も早くサーシャを引き合わさなければ。

成り上がりのゲッスール家と違って、政治にも深く食い込んでいるラストン公爵やオルドリッジ公爵は、まだ表に出ていないこの経済の変化の予兆にいち早く気付き、ゲッスール家をつぶすチャンスと感じたに違いない。

(こっからだぞー、こっから頑張らなくちゃ。サーシャの美貌は、きっと高値を呼ぶはず。呼んでもらわなきゃ困る)

「あの、他にご用件がないなら帰ってもよろしいですか?」

「は?」

「いやだって、読むのに時間がかかりすぎてとっくに日が落ちていますし。いちおう侯爵家の娘ですから、門限というものがございますの。それはもう、とびっきり厳しいのが」

「え、いや」

「あの、最後にひとつだけ。今の時点で、やりきったような気になっては駄目だと思います。無駄遣いは結構ですけれど、一時の感情に身を任せすぎるのはいかがなものかと。少なくとも次のお茶会までは、現状に満足することなく努力を重ねて頂きたいと思いますわ」

努力家のアルフレッド様が王になれば、ルデルヴァは安泰、王妃になったサーシャも安心して暮らせる。きっとゲッスール領の民も今より豊かになって、カイルも喜ぶだろう。

サーシャとカイルの幸せを見届けたあと、わたしに命があるなら、食うに困らずに暮らしていければそれでいい。両親の老後の世話とか介護とかで、きっと寂しいなんて思う暇もないはずだ。

そうして市井（しせい）の一隅で必死こいて生きていくうちに、似合いの人に出会っちゃったりするのかもしれない。

家庭をつくって、子どもをこしらえて、ささやかな幸せなんかを感じちゃったりして。そうしてちっぽけな人生が終わる間際に、走馬灯の中で思い出すんだろう。

かつて、それはそれは大切に育てられ、我儘（わがまま）の限りを尽くした暴君のごとき侯爵令嬢だったことを。王太子、アルフレッド・ルデルヴァ様の婚約者だったことを。

「では、わたくしはこれで失礼いたします」

わたしは華麗に淑女の礼を取った。そして、ぽかんとしているアルフレッド様を残し、応接室を飛び出す。しかし、なぜかうまく力が入らず、足がもつれてしまう。

前に倒れかかったところで肩を抱かれ、うぎゃっと大層醜（みにく）い悲鳴を漏らしたわたしの顔を、アルフレッド様が覗（のぞ）き込んできた。

「わ、悪い」

アルフレッド様の声が身体いっぱいに響いてくる。どんっ、どんっ、どんっという振動が、奥の方から湧き起こるのを感じた。わたしの心臓が鳴っているのだと気付くまでに、しばらくかかった。

アルフレッド様の薔薇色の頬が、ふさふさとした睫毛とアーモンド形の瞳が、そこに宿る意志の強さが、気位の高い顔立ちのすべてが、ここから先はもう口づけしかあるまい、と思えるほどの近さにあった。

思わず唾を呑み込む。ごくん、と大きな音が立って、わたしは咳払いをした。

「あの、離してくださいません？」

こっちは急いでるんだよ。ゲッスール家に非のない形で、サーシャと入れ替わりたいんだよ。だからとっととわたしを家に帰して、作戦を考えさせておくれよ。

「おまえ、どうしてこんなに細いんだ。今にも倒れそうじゃないか」

「いやまあ、カロリーを減らして運動するという、原始的かつ王道的な方法を取っただけですけど」

「……俺はこういう性分だから、言われなければわからないんだ」

「いや、どういう性分なのか不明なんですけど」

「だから、その。言われなければ、おまえが泣いている理由がわからない」

「はぁ？」

わたしが泣いてる？　そんな馬鹿な、と思いながら頬に手をやると、冷たいしずくが指先を濡らした。わたしを抱きしめたままのアルフレッド様は、こっちが気の毒になるほど狼狽していた。

「た、たんなる毒抜きです。生理現象です。涙なんかじゃありませんから」

というようなことを、わたしは途切れ途切れに言う。自覚したら、急に息苦しくなってきた。鼻だけで浅く呼吸を繰り返していると、アルフレッド様の大きな手がわたしの頭をゆっくりと撫でる。

「初めて知ったが、おまえに泣かれると俺はわりとつらい。できれば、見たくないと思う」

あー、まあ見苦しいもんね、とわたしはうなずいた。

（なんでわたしは泣いてんだろー？ きっちりざまぁされる気でいたのに、もろもろ覚悟が足りなかったのかな。気を引き締めなきゃ。しゃんとするのよ、ユリアンヌ）

すん、と鼻水をすすり上げ、わたしが強く短い息を吐いた、そのとき。

「はい！ 失礼いたします！ お取り込み中まことに失礼いたします！」

バターンと勢いよく扉が開く音がした。反射的にびくんと背中が震え、わたしは「ひ」と小さく悲鳴を漏らす。

「アルフレッド様、そうですよね、私ってば無粋ですよね、わかります。しかしながら、可及的速やかにご判断頂きたい事案がございまして！ つまり、今お仕事に戻らないと、明日のアルフレッド様がつらくなるんでございます」

ぴかーんと光り輝く効果音が聞こえそうなほどの笑顔で、白髪の宰相様が滔々とまくしたてた。

「おわかりですよね？」

そうしてにっこり笑うと、アルフレッド様の肩をぽんと叩く。

アルフレッド様の腕の力が緩んだので、わたしは慌ててアルフレッド様から身体を離した。

「俺は、まだ即位前だ」

いやに静かにアルフレッド様が呟く。

「そうですよね、わかります」

そう言う宰相様の笑顔は、独特の凄みを放っていた。

「しかしながら、不測の事態でございます。事態は、こちらの都合に合わせてくれないんでございます。国王様ではらちが明かないといいますか、ここは、地に足がついてめり込む勢いのアルフレッド様でなければ」

これくらい、と言いながら、宰相様は親指と人差し指を開いて見せた。ゆで卵一個分くらいの隙間だ。

「これくらい、不味い事態でございまして。いや、わたくしも断腸の思いと言いますか。ぎりぎりまで配慮はしたんでございますが、熟慮も遠慮も苦慮も、もうやってる時間がないといいますか」

そうして宰相様は薄笑いを張りつけたまま、アルフレッド様に耳打ちする。

アルフレッド様は目を見開いた。たまげた、といったふうだった。

「俺、まだ即位前なのに」

んあーっ！　と前かがみで吼えると、アルフレッド様は髪の毛に両手をつっ込み、ぐしゃぐしゃと掻きむしった。

「仕方ない、行くぞ。ユリアンヌ、この続きはまた今度だ」

ふん、と鼻から息を漏らすと、アルフレッド様は眼差しに力を込めて前を見据え、颯爽と歩き始めた。あとに続く宰相様が、わたしに向かって会釈をする。

「ユリアンヌ様。この埋め合わせは、次に必ず」

「い、いいえ、そんな。お気になさらないでくださいませ」

お父様より年上の宰相様に向かって、わたしは頭と手をいっぺんに振った。


猛ダッシュで用意してもらった帰りの馬車の中で、わたしはひたすら、サーシャをアルフレッド様の〝たったひとつ〟にすることだけを考えていた。

（しかし、以前からそうではないかと薄々、ていうか心のど真ん中で勘づいてはいたけど、とうとう確定してしまったかー。やはりあの人は、ゲッスール家の財力に依存して生きていくタイプではなかったー……）

わたしはふっ、と笑った。

八歳で初めて会った日のことを思い出す。わたしはアルフレッド様のことを、王位継承権と美貌以外は何も持ってない人、などと心の中で見下していた。金ならあるんだぜ、遠慮すんなよ、と札束をちらつかせれば意のままに操れるだろうと。

（これもある種のざまぁなんだろうな。金しか持ってないわたしを見返す達成感といったら、この上もないだろうしー……）

わたしの自信の頼みの綱といったらお金で、これといって取り柄のないわたしが婚約者になれたのもお金の力で、誰に何を言われようが蛙の面に水みたいなふうにしれっと居直っていられたのも、やっぱり金持ちの娘だったから。

（ざまぁのジャブを軽く食らったくらいで泣くとは、情けない限りー……）

わたしは胸にコツンと硬いしこりを抱えながら、ようやく屋敷へと帰り着いた。

わざわざ玄関まで出てきて根掘り葉掘り聞きたがる両親を「疲れた」と手の甲を振って追い払い、心配そうに出迎えてくれたリズに健康茶と風呂の用意を頼んだ。

軽快に階段を駆け上がっていくリズを微笑ましく眺め、ひと息ついてからのろのろとあとを追う。

とんっ、とんっ、ととんっ、とんっ。

階段横にある小さな応接室の前を通るとき、床から荒々しい振動が伝わってきた。

振動っつーか音がすごくて、なぜか扉も開いていたから中を覗くと、椅子に座って高速で貧乏ゆすりをしているカイルがいた。

俺はここにいるぞ、と主張しているかのようだった。声をかけてやる義理もないので、スルーしようとしたら「おい」と呼び止められる。

「か、帰りが遅すぎるだろうが！　いったい、何してたんだよっ！」

カイルが乱暴に立ち上がった。椅子が床をこする音が超絶不愉快で、わたしは思わず眉をひそめる。

「はあ？」

わたしは鼻で笑い、カイルの方がずっと大柄だが、慣れた見下しをしてやった。

「答える義理なんかないけどー？　それでなくとも疲れてんのよ、気安く話しかけないで頂戴」

そう言ったあと、はあ、と息をつく。

強引にさえぎって自室に戻ってもよかったが、唇から唸り声が漏れ出ているカイルを、なんとなく放ってもおけず。

「さてはあなた、わたしのこと心配してんのー？」

からかうつもりで、わたしは「ははーん」という顔を作った。

「してませんけど？」

噛みつくような、秒速での返答だった。そしてたたみかけるように続ける。

「ゲッスール家次期当主としては、あんまり舐められるのもどうかなって、ちょこっと思ったりしちゃったりしてだな。ま、まあ、今日もアルフレッド様を追いかけ回して、でも結局は会ってもらえずに帰ってきたんだろ？　王宮で無駄に粘ってたから、こんな時間になったんだよな？」

カイルは思いっきり頬を紅潮させていた。ほかほかと湯気が立ち上っているようだった。うーん、挙動不審。まあ、ラストン公爵たちのところへ情報を持っていこうとしている感じではなさそうだ。

「あー、まあそんなところよー。ていうかカイル、あなたまた風邪ひいたの？」

カイルは突き出し気味の唇をさらに突き出して「違うし」などと言う。

「それにしてもアルフレッド様も勝手だよな、急に日程を変えて。ね、義姉さんも、そろそろ違う身の振り方を考えるべきじゃないか、とか思ったりしてな。いや、ゲッスール家次期当主として、俺もいろいろ考えなきゃいけないし」

おお、急にしっかりしてきた感があるな、とわたしは目をしばたたかせた。まあな、カイルもあと四か月で十八歳。爵位さえゲットしたら、悪行積みまくりの義両親と義姉をすぐに追い出しにかかりたいよな。

（でもよかったー、これは殺されるまではいかない雰囲気いぃぃっ！）

任せろ、という気分になった。わたしに任せてくれ。カイルが親殺しの大罪を犯さないなら、カイルにざまぁされてもいい。あのろくでもない両親を背中に抱えて、きっちり追い出されてみせるから。占いと育毛と美容でなら、どこの国に放り出されても生きていける。

（自分が正しいと信じて、したいことだけをしてきた人生だったけど、金にあかして多言語習得しといてよかったあぁぁっ!!）

心の中でガッツポーズをしつつ、表面上はあいまいな笑みを含んだ顔を作った。

「オーホッホ、生意気言うんじゃないわよー。そういうのをよけいなお世話と言うの。わたしはこれまでもこれからも、自分が行きたい道を邁進するだけよ。だからあなたも、自分のすべきことをなさい」

「じ、自分のすべきこと？」

やや戸惑った様子のカイルをスルーして、わたしはひらひらと手を振り、そのまま自室に向かったのだった。

第４章

「そうねー、運気を呼び込むために、自分の心に素直になるべきねー。あなた、気持ちを外に吐き出せずに、どんどんため込んじゃうタイプでしょう？　人から嫌なことをされても、言い返したりやり返したりしないでしょう？」

「それは、そうかもしれません。でもわたし、人の悪口とかはあまり口にしたくないんです。お母さんから、そういうふうに躾（しつ）けられたってせいもあるんですけど……」

「オーホッホ、悪口ってのは、よく食べてよく寝るくらい当たり前の健康法よー。ただし、誰彼構わずってのは感心しないわ。要するに、人に聞かれない場所で発散すればいいだけのこと」

一か月ごと、という約束よりも一週間早く開かれた、アルフレッド様とのお茶会の三日後。わたしはいつものごとくゴンザレスとして、青空市場で酸（す）いも甘いも噛み分けた占いを繰り広げていた。

本日の悩める者を前に、わたしはまた「オーホッホ」と豪快に笑った。そしてきっぱり言ってやる。

「いいこと？　悪口は高めるものだと知りなさい」

「た、高める？」

「そう。クソほど嫌なやつに遭遇したとするわね？　腹の底であれこれ思っても、あなたみたいな素人（しろうと）じゃ、とっさに効果的な悪口は繰り出せないわ。だから家に帰って、胸にたまっていた感情や、そいつの顔を思い浮かべてふっと思ったことを、すべて紙に書き出すの」

「書き出す」

「そうよー、書き出すのよー。そうすることで、悪口の正確性というか、精度がどんどん高まっていくの。次にそいつに嫌なことを言われたら、一撃必殺（いちげきひっさつ）で繰り出してやる！　って思うと、気持ちにものすごく余裕が生まれるわ」

「え、でも。わたし赤面症だし、すぐにどもっちゃうし。一撃必殺なんて、とても……」

「最後までお聞きなさいなー。悪口はね、そりゃメリットもあるけどデメリットも大きいの。何より人を傷つけるし、そもそもあなたは自分も傷つくタイプだし。それに、言ったあなたの評判も落ちるかもしれない」

「たしかに、そうですね」

「だから、あなたのお母様の躾けにも一理どころか百理ある。でも、悪口の最大のメリットである〝ストレス発散〟ね、これを無視しちゃいけないのよー。悪口を考えること自体が悪だなんて思わずに、人のいないところでは思いっきり出しなさい。書いて、口に出して、ストレス発散するのよー」

ぱちん。わたしは手に持っていた黒い扇を開いて閉じた。

「そいつの悪口を極めるとね、そのうち、取るに足りない下々の者だわあーって思えてくるから。そいつのせいで気持ちが張りつめたり、たかぶったり、落ち込んだりするのが馬鹿馬鹿しくなってくるから。それが、悪口の最大のメリットよー」

目の前の娘が、こくりとうなずいた。その口元が緩んでいる。我が意を得たり、という目をしていた。

「ありがとうございます、ゴンザレス先生。わたし、なんだか生まれ変われそうな気がする」

んな大げさな、とは思ったが、わたしは大仰にうなずいてみせた。

娘が財布を開く。目の前のトレイに二千ルビーアが置かれた。まいどあり、とわたしはもう一度うなずいた。

「はい、これ。このマスコット相手に悪口を言うといいわよー」

「うっわ、ブサ可愛いですね」

失敬な。しかし娘は奇抜な色のマスコットを大事そうに抱え、ペコリと一礼して出ていった。

「ゴンザレス先生、お時間ですよーっ！」

「えー、もう？」

わたしはテントの裏側から首を突き出した。荷馬車の前に突っ立っているジャックが肩をすくめる。

「しょうがないじゃないですか、三時間って決めたのは先生なんだし。それに、風のように去るからこそ、先生の言うところの〝プレミア感〟が高まってるんだし」

「まーそうだけどさー」

そうはいっても、テントの反対側にはゴンザレス先生の占いを求める女たちがまだ何人も並んでいるのだ。

「でも、そのうち不満が出てきそうですよね。あ！　占ってもらえなかった人向けに『ゴンザレス先生のお言葉集』みたいなの作って、売りつけるってのはどうですか？」

「凄まじい商魂だな。だが、悪くない、悪くないわー。目安箱的なのを作って、お困り事を募集するっていうのもアリね。よっしゃジャック、屋敷に戻ったら専従で制作に取りかかりなさいっ！」

「えー、俺がですか!?」

「オーホッホ、言い出しっぺの法則ってやつよー」

ひえぇえ、と足をもつれさせながら御者台に上るジャックの背中に、わたしは小声で「頑張れ」とエールを送った。

「それにしても、日を追うごとに客が増えるわねー」

わたしはいつものように荷台に乗って、大きく伸びをした。ついでにゴリゴリと首を回す。

今朝は早朝から起きてゴンザレスの準備をしたから、疲れもあるし寝不足感がすごい。だが、充足感に包まれてもいた。

「ていうか、ゴンザレス先生って何してる人なんですかね。やっていることは、もはや占いとはまったくかけ離れてますよね」

「いやまあ、わたしだって自覚はあるけどー。そこ、突っ込んじゃう?」

ジャックの言う通り、たしかに今のわたしがやっていることは占いというより人生相談に近い。

わたしだって、最初のころは占星術とかカードとかを使って真面目に占おうとしてたんだけど。

(でも、なーんか違ったのよねー)

相手の名前や誕生日を聞き、機械的に占いの本に当てはめるより、自分の直感で思ったことを伝えた方がいいのではないかと思ったのだ。

実際、本に書いてある内容を読み上げるような占いより、そっちの方が断然ウケた。

相手の話し方や外見、持ち物、表情などから、おおよその性格は見抜くことができる。目の前の人物のかすかな眉の動きや、ふとした表情に、わたしは昔から敏感だった。

それに、洋服やアクセサリーといった持ち物の好みというのは、その人を端的に表すものだ。気が強いか弱いか、派手好きか地味なタイプか、ひと目見ればいいとも簡単にわかるではないか。

(占いで何が大事かって、結局は悩んでる人の背中を押してあげることだと思うのよねー)

もちろん、角が立たないように「星やら妖精やらがそう言ってる」という体は崩さない。当たるも八卦当たらぬも八卦、未来は自分次第なんだってことも付け加える。

もしかしたら、わりと辛口なのがウケているのかも。相手を褒めてばかりでいいことしか言わない、というのはかえって信憑性がないから、その人の悪いところや直した方がよさそうなところもきちんと指摘してやるし。

「明るい未来はあなた次第かあー。カイルやサーシャのとびっきり極上の未来のためにも、頑張らなきゃねー」

でこぼこ道をぬけ、わたしは晴れ晴れとした気分で口を開いた。

「え？　なんですか？」

御者席のジャックが、のんきな顔で振り向く。

「なんでもないわよー、てか前向いて頂戴、前っ！」

わたしの言う〝明るい未来〟なんて、実際には来ないかもしれない。

でも、相談者たちはわたしに向かって言いたいことを言って、背中を押されて、すっきりした顔で帰っていく。

わたしなりに真摯にやっているので、今のところ文句を言いに来た人はいない。

「もっとかっ飛ばして頂戴なー。たっぷり稼げたのはいいけど、グッズの在庫がほとんど捌けちゃったんだから。帰ったら明後日のために作りまくるわよー！」

「張りきるのはいいですけど、ちょっとは休んでくださいよー。いくら社会勉強だからって、度が過ぎたらぶっ倒れますよ」

「オーホッホ、やるとなったら手は抜かないのがわたしの流儀なのよー」

高笑いをしながら、わたしは脇の下に汗をかいた。

そうだった、リズとジャック、あと料理長には「世間知らずすぎるから社会勉強がしたい」って言ってたんだった。まあ実際、思った以上にたくさんの人たちの悩みに触れて、経験値は上がってるよな、うん。

「お嬢様おかえりなさいませぇ、今日はどうでしたかぁ？」

「ただいまー。もうグッズが売れまくって、がっぽがっぽ儲かったよー。そっちは今日どうだった、変わったことあった？」

いつものようにジャックの手引きで部屋に戻ると、リズはゆるふわっと笑いながらも高速で針を動かしていた。

「カイル様がいらっしゃいましたぁ」

こともなげに答えたリズに、わたしは目を剥く。

「ユリアンヌお嬢様は瞑想中ですーって言ったんですけど、カイル様ってば扉の向こうでごにょごにょ喋ってて。なんか、次期当主としてどうたらーとか。声震えてて笑いました。無視してたら、そのうちいなくなりましたけどぉ」

カイルか、とわたしは口の中で呟き、カイルなー、と繰り返した。領地の報告ならお父様にしとけって言っといたのに、わざわざあっちから接触してくるなんて、いったいなんの用だろう。

（これからは、もうあんまり接触したくないんだけどなー）

だって、わたしはますます引きこもり、いよいよサーシャが前に出るのだから。

（あ、もしかして、見合いの件が気になってんのかしら。そういやカイルが領地に出立する前に、素晴らしいご令嬢を選んであげるってお姉さん風吹かせちゃったし）

あいつもお年頃だしなあ、と頭の片隅で微笑ましく思いつつ、わたしはリズの取り分を集計して封筒に入れる。明細書と一緒に手渡すと、リズはほがらかな笑みを浮かべた。そんなリズにわたしはふと尋ねる。

「サーシャの具合はどうだって？　あっちの侍女に聞いといてくれた？」

「えっとですねぇ、まだ身体がだるくて起き上がれない、だそうですぅ」

本当は今すぐにでもサーシャを王宮に送り込みたいのだが、起き上がれないなら仕方がない。焦る気持ちをぐっとこらえて答える。

「そっかー、三日経っても治らんかあ。じゃあ、先にカイルの方を片付けるかー。リズ、料理長のとこいってアッツアツで激烈に苦い健康茶淹れてもらってきて。目をパッチリさせたいから」

「はぁーい」

リズのふんわりしたお返事を聞きながらわたしはドレスに着替え、机に置きっぱなしにしてあった身上書の山に手を伸ばす。

「ゴンザレスで忙しくしてる間に、新しいのがどんどん送られてきたもんなー。さすが、顔だけ見ればアルフレッド様と張り合える男前なだけあるわ」

わたしはカイルのための〝たったひとり〟を探し始めた。

「よし、カイルの見合い相手は気の強い娘っつー線で推し進めよう。こう、バーンッとしてて、ギラギラした感じの、カイルがヘタレそうになったら尻を叩いてくれる娘がいいよねー」

カイルのやつ、わりと流されやすいところがあるからな。ゲッスール家の利益を最大限に守りつつ、カイルの鬱屈も受け入れ、かつ笑い飛ばせるだけの度量がある娘が望ましい。

「うかつには近寄れない雰囲気の、独特の凄みのある娘がいいわー。カイルに足りないものを、上手に埋めてくれそう」

フィルタのかけ方が決まると、身上書をむさぼり読む目にも力がこもるというもの。

カイルを光とするならば、連れ合いとなる娘は影。よりお互いのよさを引き出し合える相手を見つけられず、ずっと悩んでいたのだ。

「わたしを追い出す気概があれば、我儘でも問題なし。淑女教育がきっちり身についてりゃ、それも貫禄になるしなー」

しっかりした娘なら屋敷内の統率も執れるだろうし、カイルはなんの憂いもなく新侯爵としての仕事に邁進できる。

「うん、やはりカイルの相手には、表情ひとつで周囲を動かせるくらいの貫禄がほしいわー」

相手が格上だとカイルは盛り下がるだろうから、侯爵家もしくは伯爵家の娘。いくら気が強くても、義姉になるサーシャを敬う常識はほしい。

頭はよい方がいい。よく回る舌もほしい。使い古された身体で花嫁衣装を着られちゃたまらないので、貞操観念は必須だ。今年デビューの十六歳から十九歳までの娘から選んだが、ひとつふたつ姉さん女房でも構わないだろう。

選ぶ余地がないと可哀想だと思って、三人選り抜いた。どの娘も真面目で清楚で股が緩くなくて、品行方正な立派なお嬢さんだ。どいつもこいつも尋常じゃなく気が強い、という情報は隠しておくことにしよう。

わたしはオーホッホ、と高笑いを長く伸ばしつつ、カイルの部屋に突撃した。勝手に椅子に座ってテーブルの上に身上書を広げる。

「カイル、このお義姉様があなたの結婚相手を選んであげたわよ！　心配しなくてもこの娘たち、わたしの派閥とかじゃないからね。美人で股も緩くないし、巨悪に立ち向かえるだけの気概があるわよー。さ、熟読しよっか」

わたしが促すと、カイルはいきなり憤然とした表情で乱暴に椅子を引いた。そして目を通したあと、問答無用というふうに「却下」と言葉を発する。なんというか、振り下ろした刀が見えるような鋭さだった。

「は？　何が不満なの？」

ぽいっと放り投げるように身上書を返されて、憤懣やるかたない思いが身体の中で渦を巻く。わたしは勢い余って鋭い眼光でメンチを切ってしまった。

「嫌なものは嫌だ」

カイルはそんな子どもっぽいことを言ってぷいと横を向いた。壁を睨むようにして腕を組み、意地でもこっちを見ない構えをしている。

わたしはテーブルに肘をつき頭を抱えた。気を抜くと軟体動物みたいに椅子から滑り落ちそうだ。責めたい気持ちもあるが、単純に理由が知りたい。わたしは声に丸みを持たせて、カイルとの会話を広げる方向に舵を切った。

「三人とも、わりと高水準だと思うんだけどなー。次に繋げるためにも、どこが気に入らなかったか教えてくれると助かっちゃうんだけどなー」

いやまあ、わたしが選んだこと自体が嫌だと言われてしまえば、手も足も出ないが。

「いや、気に入らなかったっていうか……。だって、だってだな。だって、だってあれだ」

カイルは頼りない声で「だって」を繰り返した。

だんっ！　とテーブルを叩きたいほどイラついたが、こらえた。

「だって、だってさ」

カイルがようやくこっちを向く。その顔は、どんな表情を作るべきか迷っているように見えた。

「なんか、自分でもよくわからないけど。なんとなくだけど。ああ、まがいものだな、とか思っちゃって……」

長い息を吐き出すようにして、カイルは小さな声で言った。しきりに首をかしげ、おまけに眉が八の字に下がっている。端整な顔に困惑の二文字がべったり張りついているようで、本気の戸惑いが伝わってきた。

「まがいもの」

つい復唱する。またわけのわからぬことを、と口にしかけたが、なんとか耐えた。

すると、わたしの頭の中にポンッと〝あること〟が浮かんだ。推理とも言えない推理。見抜いたとも言えない、簡単にわかる真実。

わたしは両手で腿のあたりをさする。なんだかそわそわしてきて、手のひらが熱くなるまでさすった。

「と、いうことは。本物がいるということね？　好きな人っていうか、気になる人がいるのね？」

次の瞬間、ぼんっ！　と弾けるようにカイルの顔が真っ赤に染まった。肩を上下させながら、鼻からシューッと息を漏らす。わかりやすい。わかりやすすぎるぞ、カイル。

「うううるさい！　義姉さんには関係ないしっ！　俺は義姉さんなんて義姉さんなんて、大っ嫌いなんだからなぁぁぁっ!!」

カイルはもう我慢できないというふうに立ち上がり、椅子を蹴飛ばして部屋を出ていってしまった。威勢は大層よかったが、途中で二回転びかけていた。

「いや、知ってるけどもー……」

うっかりデリケートゾーンに触れてしまったか、と猛烈に反省したが後の祭り。カイルの侍女たちもぽかんと口を開けていたが、わたしと目が合うとさっと視線をそらした。

（面と向かって嫌いって言われると、やっぱきっついなー……）

自分の傲慢さとか狡さとか卑屈さとか、我ながらとても嫌なところを突きつけられたようで、わかっちゃいるけど胸が痛む。

カイルのことは心配だし、気がかりだけど、調子に乗って友好的なムードを構築しようとしたのが間違いだった。

申し訳なさが心の中いっぱいに広がって、ざわざわと波打つのを感じながらわたしは部屋に戻り、グッズ作成のために漫然と針を持った。


それから数日経っても、サーシャの体調はよくならなかった。顔が見たいと部屋の前まで行ったが、いつ行ってもサーシャはぐっすり寝ているらしく、不自然なくらいタイミングが合わなかった。

「まーなー、サーシャは華奢だからなー。そよ風にすら吹き飛ばされんじゃないかってくらい。医者の見立てでは大丈夫だって話だけどー」

その日は朝からゴンザレスでがっちり稼ぎ、またもやグッズの在庫がすっかり捌けてしまったため、帰ってきてからリズと一緒にシュシュやリボン、コサージュやブローチ、マスコットやポシェットなどのグッズ作成に励んだ。

「ユリアンヌお嬢様ぁ、そういえば料理長が新作の健康メニューを味見してほしいって言ってましたよぉ」

「そっかー、じゃあいつものように夜食にさせてもらおっか」

使用人たちが部屋に下がっている時間になってから、ジャックも誘って台所に向かった。試食はいつも深夜に、台所横の休憩室でやっている。改善点をすぐに反映させられるし、他の使用人に気兼ねをしなくて済むからだ。

「しっ！　ちょっと静かにしてください。あ、料理長が誰かに足を引っかけた……。そして料理長が誰かがよろけたところを支えて、ふんわり尻もちをつかせた音がする……」

ジャックが突然廊下の途中で立ち止まり、わたしたちを目で制した。

ジャックは耳を澄ますジェスチャーをしている。

「俺って山育ちだから、獣とかくれんぼとかしてたんですよねー。だから気配に敏感だし、耳も異常にいいんです。台所に泥棒が入ったのを料理長が捕まえた音がしたんですけど、間違ってないと思います！」

山育ちってそんなんだっけ？　とわたしとリズは首をひねった。それにしても泥棒とは、いったい全体どういうことだ。

（お父様もお母様も、直接的にケチって言われるのは嫌がるから、使用人には平均よりちょっと多めにお給金払ってる。まかないの量だって足りてるはず。それでも盗み食いに走るということは、何か事情を抱えているに違いないわー……）

めちゃくちゃ弱そうな気配だから大丈夫、というジャックの言葉を信じて台所まで走り、おっかなびっくり覗き込むと、料理長の大きな身体に隠れるようにして、たしかに誰かが尻もちをついていた。

「サーシャ⁉」

わたしは大きめに驚いた。相手の顔をじっくり観察するまでもなかった。

「ちょっとあなた、何、どうしたの」

何をどこから聞いていいものやら、途方に暮れた気分になった。

まあ、サーシャとカイルに関しては、罪悪感というやつが胸にもやをかけている状態なので、わたしはつねに途方に暮れているのだが。

「お、お姉様……」

「あなた、体調が悪いんじゃなかったの？　ていうか、使用人はどうしたの？　台所に用事があるにしても、なんであなた自身が、しかも夜中にコソコソやってんの？」

食ってかかるというほどではないが、急いた口調になってしまった。

「ちょっとちょっと、お嬢ったら、ここに力が入りすぎだよ」

料理長が自分の眉間を指さし、そこにギューッとしわを寄せた。おそらく、わたしの表情を真似しているつもりなのだろう。そのマヌケな顔がおかしくて、ふっと肩の力が抜ける。

料理長が分厚い唇をすぼめて、うふふと笑った。

「とりあえず、ここは寒いわ。休憩室の方に移動しない？」

そう言って二の腕をこすりながら、わざとらしくぶるぶるっと震えてみせる。

それからすっと屈み、サーシャを覗き込むようにして首をかしげた。

「ね、サーシャお嬢様も、寒いところじゃうまく話せないでしょ？　美味しい飲み物を淹れてあげるから、行きましょ？」

興味深げなリズ、ちょっと困惑気味のジャック、それからでくの坊のようなわたし。料理長はそれらの面々を見回して、任せてと言わんばかりににっこりと笑った。

暖炉の火でぬくもった休憩室で、料理長はサーシャの隣に陣取り「うんうん、それで？」の表情を駆使した。

口数の少ないサーシャから短時間ですっかり話を聞き出してしまったのだから、オネエ恐るべしである。

「……ごめんなさい。病人食って味気なくて、ちょっとだけ、しょっぱいものがほしくなったの」

わかるわかる、と料理長がしきりにうなずく。

（まさか、あのサーシャが盗み食いとは――……）

お行儀がいいとはとても言えない行為だ。

しかしサーシャはそれに至った経緯、やらずにはいられなかった切ない胸の内を、しんみりと吐露した。

「期待されて嬉しいのに、つらくて。わたし覚えも悪いし、不器用だし、鈍いし。ちょっとだけ、ちょっとだけお休みしようって思って仮病を使ったら、なんかもう、気力がなくなっちゃって。せっかくお姉様に、おまじない教えてもらったのに……」

みるみるうちにサーシャの青い瞳に、涙がたまった。

（ま、まさかの仮病……）

　明かされた衝撃の事実に、今度こそわたしは本当に途方に暮れた。サーシャはうつむいて、くすんと鼻を鳴らしている。

「お姉様は昔から、何をするのも早くて。レベルは高くて、背中は遠くて。家庭教師の先生とか、ラリッサさんやステファニーさんに比べられてるんだろうなって思うと、いたたまれなくて」

　あなた、わたしを過大評価しすぎじゃない？　と言いたくなったが、こらえた。そんな雰囲気じゃなかった。

「わかるわー。比べられるってキツイわよね。過剰な期待も、ホントつらいわ。アタシだって、それで家を飛び出したクチだもの」

　なんか波乱万丈っぽい料理長の言葉が、脳みそのしわをツルツル滑る。

（サーシャのためを思ってやっていたつもりが、ここまで追い詰めていたとはー……）

　なんという思い上がりだったのか。誰にも仮病を打ち明けられなかったサーシャの気持ちを考えると、胸が張り裂けそうになった。

　ショックのあまり、ぐらんぐらんと視界が揺れる。サーシャがまたくすんと鼻をすすった。

「わたし、お姉様とは違うもの……。お姉様みたいに、なれない……」

「いや、うん、違いはあるよね。そりゃもう大いなる違いが。サーシャ、あなたは女子のあらゆる欲望を具現化したような、とんでもない美女なんだよー？　これからの躍進というか成長というか活躍を投げ出しちゃうのは、ちょっと早計じゃないかなー？」

「だって、だって。だってわたし、男の人の視線が怖いんだもの。じっと見られると、痛くなるの。どこが痛いのかと聞かれても、上手には答えられないけど。すごく痛くて、怖い」

「そ、それは、女の武器が使えないタイプのわたしと違って、サーシャが魅力的すぎるからでー。もうちょっと視線に慣れたら、きっと、すべてが好転するはずだよ？」

サーシャはふるふると首を横に振って顔を伏せた。

「……無理だと思う」

いやいやいや、とわたしも首を振った。

「サーシャ、頑張ろうよ。なんかこう、満を持してって感じで？　王宮の人たちと、ついでに王太子様の度肝を抜いてやろうよ。せっかく、芽を出す準備を頑張ってきたんだから。そんな、咲かないうちに枯れるようなこと言わないでー」

これまでにサーシャが出席したお茶会や夜会は、ゲッスール家に好意的なお家で開催される小規模なものばかりだった。しかし目指すところは王宮だと、サーシャには繰り返し伝えてきた。

「わたしに、王宮とか……」

無理、と、ひとりごとのようにサーシャは呟く。

わたしは仰向いて、額に手を当てた。オーマイガ！　と叫びたい気分だった。

「お嬢ったら、ちょっと落ち着きなさいよ。怖いって言ってるものを無理強いしちゃ駄目よ。誰もがお嬢みたいに、鋭い眼光で周囲を威圧できるわけじゃないんだから」

料理長はそう言って、微苦笑のようなものを浮かべる。

「ね、今日はもう夜遅いから、いったん寝ましょう。夜にあれこれ考えると、ろくなことにならないから。それで明日、改めて女子会しない？　お嬢様たちと、アタシとリズの女の子四人で、交流を深めちゃわない？」

「女の子四人」と復唱する声が聞こえた。ジャックだ。

料理長のこめかみのあたりがピクッと動いた。ジャックを睨みつけ、「ぁあん？」とチンピラみたいに尻上がりに語勢を強める。ついでにチッと舌打ちをした。マジで怖い。

しかし料理長の顔には、わたしの、いやわたしたちのためにひと肌脱ぐ気配が感じられた。男気、というやつだろうか。いや料理長ってば心は乙女だけど。

「ね、サーシャお嬢様も、いいわよね？　アタシたち、いいお友だちになれると思うの。むさっくるしくて怖い男のことなんか忘れて、スイートでキュートなお茶会しましょ」

いやおまえも男だろうがよ、と笑ったり突っ込んだりすることはできなかった。空気読めよ概念が働いたというより、サーシャがぱあっと笑ったことにびっくりしたからだ。

「お、お友だち？　わたしとですか？」

まるで世界に祝福の花が咲いたようだった。夢のように甘くて、綺麗で、よいにおいすらして、見ているだけで幸せな気持ちになるような、そんな笑顔。髪の毛を掻き抱いて、ぐりぐりしたくなるほど可愛らしい。

料理長が長い脚で台所まで移動し、干し肉の切れ端を紙ナプキンに包んで戻ってきた。それをサーシャに手渡したところで、その場はおひらきとなった。

そして翌日の午後、一階の一番奥にある応接室で、料理長主催の女子会が開かれることになった。

「カイル。気が乗らないなら、無理に参加する必要ないのよー？　そもそも呼んでないんだし」

「うっさいな。俺は当主代理だから、屋敷内のことを把握しておく義務と権利があるんだよ」

カイルは鼻をこすってから、大仰に腕を組む。

お父様とお母様は、医療施設を本格稼働させるために、今日の朝領地に戻った。

カイルが領地で下準備をやっている間、お父様は王都で医者をスカウトしたり薬や医療器具の調達を進めたりしていたのだ。

ついでに赤ワイン育毛剤の研究がしたいからだろうが、思いのほか真面目に仕事をしていたからびっくり仰天した。

「それにしても義姉（ねえ）さんお気に入りの使用人は、どいつもこいつも癖が強いな」

「それを見て動じないあなたも大したものよー。料理長なんか、本来の性格を雇い主や使用人仲間にも上手に隠してたし」

「い、いやまあ次期当主として？　腹の底でどんなに驚いても顔に出さないなんてのは、朝飯前だし？」

カイルがふんっと鼻を鳴らして、口の端の片方を持ち上げた。

「しかし、あいつが男に懐くとは……。なんというか、ちょっと信じがたい」

カイルの視線を追うように向かい側を見ると、サーシャの白くて細い手に、料理長が小さく切り分けた干し肉を持たせてやっているところだった。

ジャックはいちおう気を遣っているのか、サーシャから一番離れた場所に座っている。まあジャックはキングオブモブみたいな雰囲気だし、リズという決まった相手がいるおかげで、男が苦手なサーシャでも気にならないようだけど。

料理長はサーシャの怯えや不安、ドキドキや戸惑いを上手に感じ取れるのか、サーシャを見ているようでじっと見つめはしないし、それでも身構えそうになったら上手に意識を他にそらしてやっていた。

干し肉をすっかり呑み込んで、サーシャは料理長を見た。眼差しだけで、ちょーだいちょーだいとねだっているようである。おまえはハムスターか。

「いや男って。料理長はどっちでもないでしょー。いやどっちでもあるのか？　まあ見た目はあれだけど、心は乙女だしさー」

わたしが答えると、カイルは腕を組んだままこちらに身を乗り出してきた。

「いや、面白さ、親しみやすさを感じてるだけにしても……だってあいつ、いちおうは兄貴である俺に対しても、いまだにちょっと怯えてるっつーか」

そうなのか、知らんかった。

「そういやカイルの方が、ちょっと誕生日が早かったっけかー。まあ、いきなり『お兄ちゃんですー』って来られても、サーシャの性格じゃ超上っ面っていうか、ぼーっとした対応にならざるを得なかったんじゃないのー？」

カイルはちょっと考え「そうかもな」とうなずいた。その横顔に、わたしはふと問いかけた。

「あなたたち、少なくともわたしとよりは、仲がいいと思ってたんだけど」

「あー、俺が引き取られてきた当初は多少遊んだりもしたけど。俺は俺で忙しかったし、そもそもあいつ、のんびりしすぎててペースが合わない。義姉さんよりは多少交流があるってくらいで、仲いいってほどじゃなかったな」

「そうなんだ。わたしってば本当に、あなたたちのこと何も知らなかったんだね……」

ずっと胸にたまっていたものが零れたという感じで、気が付いたら口に出していた。ひとりごとを言うみたいな小さな声だったのに、カイルは少し驚いた目でわたしを見る。

なんとなくわたしはカイルから目をそらした。

「料理長はぁ、なんでシャツの袖、肩までくるくるまくり上げてるんですかぁ？」

「あー俺も、ずっと料理長のその『向かい風に煽られました！』みたいな髪形が気になってた。ちょっと下ろしてみていい？」

「ふざけんじゃないわよ、これはアタシのポリシーなのよっ!?　あーちょっと、やめなさいってばっ!!」

大騒ぎするリズとジャック、料理長を見て、サーシャがくすぐったそうに、恥ずかしそうに、驚いたように笑う。わたしの内心はなかなか複雑だが、その笑顔を見て鼻の奥がツンとなった。

（はぁー、サーシャのあんな笑顔が見られるなんて。盆と正月がいっぺんに来たようだわー）

少し涙が零れそうになって、慌てて顔をうつむかせる。

「やだぁ、料理長ってものすごくカッコよくないですかぁ。ユリアンヌお嬢様ぁ、ちょっと見てください！」

「ほんとだ、すげえ王子様っぽいっ！　これでカイル様のぴらぴらした服着せたら、めちゃくちゃ似合うんじゃないかな」

呼ばれてぱっと前を向くと、料理長がジャックとリズに上からのしかかられ、ジタバタしている。

「やだもう。髪を下ろすと、自動的に目つきまで変わっちゃうから嫌なのよね」

料理長はそう言いながらふたりを押しのけ、こちらを向いた。

「え、何これ魔法？」

わたしは目をしばたたかせて、声の主を二度見した。今の心情に言葉を与えるなら「おまえは誰だ」である。

思わず目をすがめ、舐めまわすように子細に観察した。目の前の料理長が、ちょっと口をすぼめる。

艶のある茶色の髪に縁取られた面立ちは、精悍だが優しげだ。さらりとした前髪が形のいい額に無造作にかかっている。

髪をビシッと決めているとなんとも迫力のある顔なのに、下ろしただけでこんなに優美な雰囲気になるだなんて。気品があり、青い瞳には理知的な光すら宿っているではないか。

（そうよ、形から入るという手があるではないのーっ！）

ひねりのない、というよりは、ずいぶん薄っぺらな思いつきかもしれないけど。もしかしたらサーシャの「男の人の視線が怖い」を、克服させてあげられるかもしれない。

「料理長！　伏して伏してお願い申し上げるから、ちょっとカイルの服を着てみてくれないかなあっ⁉」

床に手をついて思いっきり頭を下げたあと、顔を上げた。見回すと、全員が椅子から腰を上げ、目も口も大きく開けてわたしを見ていた。

「お？　オーホッホ？　いやその、未来の王太子妃の妹が男性恐怖症じゃ、わたしが困っちゃうじゃない？　せっかく政略の手駒として使い道があるってのに、いやそうじゃなく、いやいやすごくそうなんだけど、まあとにかくあるわけよ」

突然のジャパニーズ土下座に、みんな驚きでいっぱいの顔をしていた。

わたしは泣き出す一歩直前みたいな気持ちで、動きを止めている料理長を見上げる。意地悪で、狡くて、見栄っ張りで、めちゃくちゃ薄っぺらいわたしだけれど、サーシャのためにできることは全部したい。

わたしが成し遂げるべきは、なんだ。立派にざまぁされることだ。

そのためには、これまでわたしがカイルとサーシャから取り上げてきた〝幸せ〟を、たっぷり利息をつけてお返ししなければならない。

ふたりが幸せになることこそが、ざまぁの必須要件。それが成り立って初めて、わたしは盛大に「ぎゃふん」と言える。すごすごと退場することができる。

絶品としかいいようのない美しさを持つ娘が、きらきらしい人生を送れないなんて絶対に間違ってる。おめーのせいだろ、と内心でセルフ突っ込みをすると、胸の奥の柔らかい部分がねじり上げられたような気がした。

料理長は少し戸惑った顔をしたが、すぐに笑顔でうなずき、カイルを見る。

「カイル様、手持ちの中で一番大きな服持ってきて。アタシの方が手も脚も長いから、まず間違いなくつんつるてんになっちゃうけど、スタイリッシュに着こなしてあげる」

「おまえ、その喋(しゃべ)り方だとやたら無礼だな……」

カイルは口の端をひきつらせたが、すぐに慌(あわ)てたように出ていった。

「じゃ、待ってる間に甘いもの食べましょっかぁ。頭を使うと、甘いものがほしくなりますよねぇ」

いや、リズは頭、一切使ってないだろ。しかしリズが笑ってくれたおかげで、場の空気が一気に和(なご)やかになる。

カイルが持ってきた黒地に青い刺繍(ししゅう)の施(ほどこ)された夜会服を身にまとった料理長は、優雅極まりない貴公子だった。

「何これ、もう本当に王子様にしか見えない……。いやアルフレッド様には劣(おと)るけど、めちゃくちゃ真人間に見える……」

「お嬢ってば、さらっと酷(ひど)いこと言わないでくれない？」

いつもは男らしくあらねばとリアクションを盛ってしまい、硬派な料理人を通り越してガチのヤンキーにしか見えない人なのに。

「いやごめん、でも本当に似合うわー。そういえば料理長って何歳なの？」

やはり若干短いのが気になるのか、料理長は袖口を反対の手の指でいじりながら答えた。

「あー、今年二十四歳になったわね。やだもうお嬢ったら、乙女に年を聞くのはマナー違反よ」

あまりの変身ぶりにリズやジャックですら驚くのが精いっぱいで、カイルに至っては手足の長さで負けたのが悔しいらしく、真っ赤な顔で頬を膨らませていた。

（なんだかカイルってば、頼りないってわけじゃないけど、最近やたらと子どもっぽく見えるなー。もし本当に好きな人がいるなら、わたしがまだ社交界に顔が利くうちに成就させてやらねばー）

全般的に口数が少ないサーシャは、カイル以上に真っ赤になって口をぱくぱくさせている。

これくらいは想像の範疇だ。社交の場でも、貴公子が半径一メートルに入ってくるだけでこうなる、とラリッサとステファニーから報告を受けている。

「じゃ、じゃあサーシャ。ちょーっとだけ、練習のつもりで料理長と見つめ合ってみようか。怖くなったら、すぐにそらしていいからー」

「は、はいっ！」

「サーシャお嬢様、本当に無理しちゃ駄目よ？」

肩で息をしていたサーシャは、料理長に声をかけられると、唐突にしゃがみ込んだ。これは想像を超えている。

「だいじょうぶだいじょうぶ……このひとはこわくないこわくない」

ぶつぶつと呟き、えいっと弾みをつけて立ち上がる。

そしてサーシャは小さな頭を上げ、男らしさと格好よさをシンプルに体現している料理長と見つめ合った。

「ど、どう？　やっぱり怖い？」

わたしは恐る恐るサーシャに尋ねる。

「……あんまり怖くないかも……」

「やったーっ!!　料理長お願い、なんか紳士っぽい褒め言葉繰り出してみてっ!?」

微笑をたたえ、あたたかな視線をサーシャに送っていた料理長は、ちょっと困ったように首をかしげた。

「君の愛らしさは、見ているだけで癒されるね。あまりにも眩しすぎて、誰もがひと目で魅了されてしまうに違いない。国一番の画家をもってしても、君の美しさは表現しきれないよ」

「うっわー歯が浮く！　サーシャ、どう？　気持ち悪いっ!?」

「……あんまり気持ち悪くないかも……」

「やったーっ！　ありがとう料理長、本当にありがとぉぉっ！」

わたしは渾身の力で万歳三唱をした。

「料理長お願い、一日三十分でいいからサーシャの特訓に付き合ってぇぇっ!!」

喜びが走り回って暴れ回って、呼吸すら苦しくなりながら、わたしは料理長ににじり寄った。

「そのまっしぐらとしか表現できないお嬢の姿を見ると、まあ断れないわね。サーシャお嬢様も、アタシの大切なお友だちだし」

「なんていい人なんだーっ！　あああありがどぅぅぅっ!!」

料理長の言葉に、感動のあまり涙が出そうになる。なんとか我慢しようと思ったら鼻水がブシュっと噴き出した。「汚いぞ！」とカイルが悲鳴に近い叫び声を上げた。

それからの二週間は、本当に目まぐるしかった。サーシャがやる気を見せたので、特訓を毎日することになったのだ。

茶会や夜会での作法は、いずれわたしが王太子妃になったら辺境にでも嫁がせよう、などとゲスいことを考えていたので、サーシャだってちゃんと身につけてはいた。

だが、貴族たちとの会話術——どのタイミングで話しかけるか、話の流れの作り方、決して出してはならない話題などなど、サーシャには知らないことがたくさんあった。わたしがしっかり見てやることこそが必要だったのだと、脳内ひとり反省会をする時間さえ惜しかった。

驚いたのは、協力者となってくれた料理長が、実に如才なく立ち回ってくれたことだ。

まだ見つめあうのが精いっぱい、というサーシャは、「コント・紳士淑女の会話」みたいな感じで、わたしが作った台本に沿って練習するのがやっとだったけど。料理長ときたら、色恋方面における歴戦の勇者のごとき名演技っぷりだった。

サーシャの練習が終わると、みんなで必ず盛大に拍手をする。サーシャは毎回息も絶え絶えだが、料理長はサーシャを気遣ってもなお、余裕しゃくしゃくといった表情だった。

あんまり立ち入ったことは聞くべきじゃないと思ったけど、どうしても不思議で「なんでそんなにうまいの？」と尋ねると、料理長はうふふ、と唇をすぼめた。

「まあ身内がね、ちょっと高貴だったの。愛欲に溺れまくりで、ろくでもなかったけどね。その尻ぬぐいばっかりしてたら、自然に見て覚えちゃったのよ」

（ああ、大公様みたいなタイプか。ああいうのって、どこにでもいるんだなー）

なんて思いながら、ひたすら特訓を続けた。

サーシャは日に日に自信をつけているようで、みんなの前でもじもじすることが減ってきた。よかった。本当によかった。成長ぶりが嬉しすぎて、おおおおぅおうおう、とアシカみたいな嗚咽の声が漏れた。カイルに思いっきりドン引かれた。

あとから振り返ったら、そのすべてがいい思い出になりそうなほど、密度の濃い二週間だった。

加えて立つ鳥が跡を濁しすぎちゃいけないからと、ゴンザレス活動にも全力を尽くしていると、睡眠時間がすごく削られる。それでも充足感を感じていたら、ついにリズに叱られた。

「ユリアンヌお嬢様ぁ、いい加減寝てくださいよぉ。本当に、倒れないのが不思議なくらいなんですからぁっ！」

「大丈夫よー、たしかに眠いことは眠いけど、なーんか不思議なくらい元気なのよねー」

その日も午前中はゴンザレス、午後にサーシャの特訓準備からの実践というダブルワークを終え、わたしは夜遅くまで机に向かっていた。

ゴンザレス・ゴンザリアーノ先生の二冊目のお言葉集を作るための作業だ。つい先日発行した一冊目は、飛ぶように売れて即日完売だった。

「リズはもう寝なさい。あとちょっとやったら、わたしも寝るからー」

そうは言いながらも、きっとまだしばらく寝ないだろうなと思っていた。前世の記憶が戻ってから少々頑張りすぎている感はあるが、脳内の情報が倍増したのにつられて、体力の方も増加したようなのだ。

「また明日ね、リズ。遅くまでありがとうねー。明日はゴンザレスがお休みだから、リズは半休にしちゃおうか。お仕事はお昼からでいいわよ」

「……はぁーい、ありがとうございますぅ。では、おやすみなさいませぇ」

リズが心配してるのはびんびん感じたけど、にっこり笑って無理やり下がらせた。カイルやサーシャとの距離が近くなってもいまだにゴンザレスがバレていないのは、リズがうまいこと立ち回ってくれているおかげだ。心配そうな顔をされると、やはり胸が痛む。でもやっぱり、ゴンザレスの活動もしっかりやりたいのだ。

今やゴンザレスはわたしの生きがいっていうか、それで身を立てられるような特技となっていた。いつだってテントの外には、ゴンザレス先生の占いを求める女たちが何人も並んでいる。少し心苦しくて、少し面白くて、そして、とっても幸せだなあと思う。

承認欲求が満たされるというのも大きいが、悩みを打ち明けられたり、言われる前に察したり、相談者の気持ちを推し量るという行為には、不思議な魅力がひそんでいる気がするのだ。

「んー、やっぱり恋の悩みが多いわねー」

ジャックが作ってくれた目安箱の中には、ゴンザレス先生への短い質問をしたためた何枚もの便せんが入っていた。質問者のプライバシーに配慮しつつ、わたしなりの答えを出す。

それをジャックが編集、印刷したものが、ゴンザレス先生のお言葉集になるのだ。前世と違ってこっちの印刷技術はまだまだだから、一度にそう多くは刷れない。お言葉集は、まさにプレミア品だ。

「恋愛に、これが正しいって基準はないもんなー。占いしてても、どう考えても駄目だろって男に惹かれる娘が腐るほどいるしー」

何せ社交界で幅を利かせていたから、わたしは結構な耳年増だ。だから人様の恋路には実に器用に、そつのない答えが出せる。そんなわたしが一番わからないのは、なんといってもわたし自身の心だった。

（いやいや、アルフレッド様に対するやるせない思いとか、抱え続けた劣等感とかは、もはや整理し終わったでしょーに）

それなのに前回のお茶会で、駆け巡る血液の音すら伝わってきそうな近さでアルフレッド様と見つめ合ったことを思い出すと、今でも軽くめまいがする。

みっともないのはいやなのに、いやすぎるほどいやなのに、あの日のわたしは、気が付いたら泣いていた。

あのとき流した涙は、思い通りにならない苛立ちや悲しさとか、駄々をこねるとか我儘とか、そういった涙とは種類が違った気がする。

（まあ、クソイケメンに抱きしめられるという尊すぎる体験に、身体の奥底がじーんとしたよなー。レアな体験だったわー）

どうして涙が出たのか、その理由は突き詰めずに胸の底に沈めるべきだ。ぶくぶくとあぶくを立てても、気付かないふりをするべきだ。そう、結論を下す。

ひとまずは一生、わたしは〝思い出しじーん〟の材料には事欠かないだろう。

これまで〝思い出し怒り（いかり）〟とか〝思い出し恨み（うらみ）〟とかばっかりしてきたけど、庶民になったら笑って暮らしたいもんね。

アルフレッド様の際立つ（きわだつ）美貌は、国中の女性を虜（とりこ）にしているけれど。彼の真価は、上に立つ者としての器（うつわ）の大きさにこそあるのだ。

何しろ頭がいいし、臣下には平等に接するし、偉ぶらないし話も通じるし、でもときに冷酷にもなれるし。見た目は柔（じゅう）だけど、わりと武闘派というか剛（ごう）なカンジの性格だし。

ざまぁされたあと、立派な国王様になったアルフレッド様のことをたまに思い出すなら、恨み（うらみ）つらみより〝じーん〟の方が断然いいや。

（いかん、また徹夜してしまったー……）

気が付いたら、窓から朝の光がうっすらと射し（さし）込んでいた。

ちょっと小腹が空いた（すいた）な、とわたしは壁の時計を見る。午前五時になるところだった。

もう眠る気にもなれないので、隣の洗面所でのろのろと顔を洗った。仕切り直しをする気分で違うドレスに着替える。

毎朝早起きの料理長はもう仕事をしているだろうが、邪魔をするのは申し訳ない。しけったクッキーとかでも構わないから、ちょこっとつまませてもらおう。

静かに部屋を出て、そうっと階段を下り、台所に向かう。引き戸式のドアは最初から少し開いていた。わたしは台所を覗こうとして、即座に首をひっこめる。

垣間見た顔に「ん？」と思った。愛嬌も茶目っ気も、ともにたっぷりな料理長の横に、清潔感のあるとびっきりの美女がいたような？

（ん？　んんん？　なんでこの時間に料理長とサーシャ？）

そりゃ、ざっくり括ればひとつ屋根の下に暮らしてるわけだし、何より彼女たちは友だち同士だけど。

（いや、いやいやいや。屋敷内でも貞淑に振る舞うべきご令嬢と、わきまえまくった使用人が、ふたりっきりでいていいはずないよねー？）

徹夜明けの目がバグったのか、とわたしはそろそろと、しかし、スムーズな動きで台所の中を窺った。そこにはやっぱり、ぴったりと寄り添うサーシャと料理長がいた。なんかこう、完璧って感じの恋人同士に見える。

サーシャの頬がつややかに輝いている。こんなに美しいサーシャは見たことがなかった。サーシャを胸に抱く料理長の口元はかすかに緩んでいる。目も柔らかく細められていた。その男前な顔ときたら。

（マジかー……。なんだろうこの一歩先を行かれた気分。なんとなしに負けた気持ちがするけど、それより何より、君たち無防備すぎやしないかー……）

あんまり気付かれないものだから、こほん、と咳払いのひとつもしようかと思ったところで、料理長とサーシャの唇が接近し始めた。わたしは慌てて声を上げる。

「いやちょっと待って、それはまだ早いと思う！　急いではいけない!!」

えいっとジャンプする勢いで台所に突入すると、サーシャと料理長は顔いっぱいで驚き、ぱっと身体を離した。「お嬢!?」「お姉様っ!?」と同時に悲鳴が上がる。

「違うのお嬢、サーシャ様は悪くないの。アタシ、気付いたときには恋が自然発火しちゃってて、あっという間に炎が脳天までのぼりつめちゃって、躊躇する暇もなくサーシャ様に手を伸ばしちゃったの。だから、全面的にアタシが悪いの！」

料理長が夢見る乙女のような口ぶりで、大変詩的な言い訳をかました。

「違うんですお姉様、悪いのはわたしなの！　身体中から何かが溢れそうになって、もっと強くもっと早くって急かしてくるの。バートさんといると、わたしはわたしになれるっていうか、すごく大丈夫なんだって思えて、一緒にいると心が安らいじゃって、それで」

サーシャが瞳をうるませて、驚くほど強く訴えかけてくる。

「いや、待って待って。頭を整理してるから、ちょっとだけ待って」

わたしは両手でドリブルをするように手のひらを上下させた。

（んぁー、びっくりと納得が入り混じっちゃってるよー。困った、判断が難しすぎる。身分とか、金銭面とか、身体はともかく心が乙女だとか、周囲の反対とか、心配とか不安要素が多すぎだし。それより何より、サーシャを王太子妃にする計画が……）

脳みそがつるつるの、まっさらになったみたいだった。わたしは思わず頭を抱える。

（ここは反対すべき？　全面的にバックアップすべき？　考えろ、考えるんだ。わたしが何より優先しなければならないのは、サーシャの幸福だったはず）

サーシャはどうしたらいいのかわからないのだろう。わたしを見ながら、まごまごしていた。きょろきょろもしていた。

「ごめん、小石を蹴っ飛ばすように『大丈夫』って笑ってやりたいけどー。いかんせん、考えるべきことが山積みすぎて。この問題、いったん持ち帰らせてくれるかなー」

廊下が少し騒がしくなってきた。使用人たちがぽつぽつ起き出しているのだろう。

サーシャは口をぎゅっと閉じて、顔を真っ赤にさせた。わたしは料理長に向かって浅くうなずき、それからサーシャの背を押して、一緒に廊下に出る。

「ごめんなさいお姉様。本当に、バートさんは悪くないの……。親しくなれた嬉しさとか、出会えたことへの感謝とかで胸がいっぱいで、わたしが勝手に好きになって……」

廊下を歩きながら、サーシャは胸に手を当てた。胸の内の、深いところを震わせるように、そっと息を吐く。

「そっかー……。あのさ、サーシャ。そんな顔しないでいいよ。あなたがわたしに対して、引け目を感じる必要は一切ないんだから」

サーシャが部屋に入るのを見届けて、わたしも自分の部屋に戻った。

思考が堂々巡りに陥（おちい）ってしまい、空腹も忘れて唸（うな）っていたら、いつの間にか午前九時を過ぎていた。半休のはずのリズが「お嬢様ぁっ！」と大変元気に入ってくる。

「えーっと、王宮から宰相様っていう方がいらっしゃっててぇ。旦那様たちがいらっしゃらないから、カイル様が対応なさってますぅ」

「え、宰相様が⁉」

また想像もしていなかったことが飛び込んできたな。寝不足と思考のしすぎによる疲労を頭のど真ん中で感じながらも、わたしは軽快な足取りで階段を駆け下りた。

「ゲッスール侯爵がいらっしゃらないのなら、ユリアンヌ様ご本人にご承諾頂ければ、それで問題はないかと」

「いえ、ですから。義父が領地に戻っている以上、今は私が当主代行なので。こんなに朝早くからやってきて、非常識な申し出をされても承知いたしかねます」

なんだなんだ、と歩み寄ると、カイルは「あ」という顔をし、宰相様はわたしの顔を真っ直ぐに見た。

「ユリアンヌ様、不測の事態でございます」

威厳のある顔には、わずかばかりの焦りが滲んでいるように見えた。なんというか、〝至急〟の二文字が書いてあるかのような顔だった。

「つまり、王宮まで御足労願いたいわけでして。いやもう、このくらい困った事態になっておるのです」

宰相様は、右手の親指とひとさし指を開いて見せた。赤ちゃんの頭くらいの隙間だ。

わたしは目を見開いた。

アルフレッド様と婚約して十年以上。宰相様が指を開くところを、わたしは何度か見てきた。直近では前回のお茶会。あのときはゆで卵一個分の隙間だった。

「それは……大変ですわね」

「え、あれでわかるの？」

カイルが素っ頓狂な声を上げる。

「カイル殿、重ねてお願い申し上げる。姉君をお連れしたいのだが、よろしいか？」

宰相様に問われて、カイルはヒュンッと音がする勢いでわたしに身体を向けた。そんなはずもないが、なんだか心配されているみたいで、わたしは少し笑った目でカイルを見る。

「心配ないわ、カイル。不測の事態は、こちらの都合には合わせてくれないのよ」

いつかの宰相様の言葉を、わたしはほとんどそのまま口にした。

「ではユリアンヌ様。参りましょうか」

宰相様が自らの馬を顎で指すようにして、目を細める。わたしとカイルは同時に「え」と声を上げた。

目の前には宰相様とふたりの騎兵。馬は三頭、馬車はない。つまり、宰相様とふたり乗りということだろうか。

事態の差し迫りっぷりをひしひし感じるから、ここはうなずかざるを得ないが、若干たじろぐのも事実だった。

「い、いいや、それは。これでもまだ嫁入り前ですし。当家の馬車をすぐに用意しますので」

意外なことにカイルが声を張った。宰相様が白いひげを撫でて、小さく笑う。わたしはカイルを制して前に出た。

「行ってくるわ。カイル、サーシャのことをよろしく頼むわね」

「ではユリアンヌ様、急ぎましょう。どうぞこちらに」

「は、はい」

わたしを馬の鞍に座らせた宰相様は、後ろにまたがり手綱を握る。

「ハッ！」

宰相様が太い声を上げた。馬が駆け出す。耳元で風が鳴る。下手に口を開けると舌を噛みそうだ。

(きっと、アルフレッド様に何かあったんだ)

我が家と王宮はそれほど離れてはいない。だからすぐに着くだろう、とは思うのだが、じれったさが胸の内で渦を巻いた。

宰相様とその愛馬が一体になって疾走する。お邪魔させてもらっている感が半端ない。

やがて馬が速度を緩めた。王族と、それに準ずる者のみが使用できる玄関が目に飛び込んでくる。

そこに、いくつかの人影があった。

「あ、お見えになったわ！」

「ああー、ユリアンヌ様っ！　お待ちしておりました!!」

アルフレッド様付きの若い執事、年かさの侍女といった、見慣れた面々が万歳をするみたいに両手を挙げる。

わたしは瞠目した。これほどまでの熱い歓迎を、かつて受けたことがあっただろうか。老若男女、空を舞う紙吹雪の幻覚が見えるほどの喜びっぷりである。

「よかった、これで死の恐怖から解放されるーっ」

こらえきれずというふうに、若い執事が言った。その後ろ頭を、年かさの侍女がぺちんと叩く。

「いったい、何があったんですの？」

宰相様の手を借りて馬から降り、わたしは尋ねた。

「そうですな。それについては、歩きながらご説明しましょう」

宰相様はうなずいてから、マントの裾を翻して歩き始めた。

「さ、ユリアンヌ様！　どうかこちらへ！」

「後生でございます、どうかお早くっ」

やむを得ず廊下を進むと、遠くの方で他の使用人たちからうやうやしく会釈されている、淑女の後ろ姿が目に入った。高貴な雰囲気を漂わせる、プラチナブロンドの巻き毛の令嬢が、一般用の玄関がある方向へと消えていく。

（――え。アマリア？）

年かさの侍女がうわぁ、という目つきになった。

「さあさあユリアンヌ様、どうかお早くっ！」

使用人たちの言葉と視線が、わたしの背中をぐいぐい押してくる。彼らは一様に、途方に暮れたような顔をしていた。

第5章

「今度は誰だ」と問われて、わたしは酷く不明瞭にもごもごと返答した。

恐怖に怯えていたせいである。現在の心境に色をつけるなら真っ青なのである。

「この部屋には、誰も入るなと言ったはずだ。言いつけを守れないなら、それ相応の仕打ちをするぞ」

背中を向け机にかじりつくアルフレッド様が、そう吐き捨てた。苛立ちを隠そうともしない声だった。

「あ、あの。ユリアンヌ、です」

「あ？」

アルフレッド様が振り向く。うつろ、という表現がぴったりくる顔だった。

焦点の合わない目で、アルフレッド様はわたしを上から下まで眺め回す。眉間のしわが深すぎて怖い。

あまりの怖さに脇の下から汗が噴き出してきた。手に持っている盆を投げて、逃げ出したい衝動に駆られる。

「なんだ、幻覚か。くそ、ついに幻聴まで聞こえ始めるとは、いいかげんにヤバくなってきたな」

アルフレッド様は、苛立ちと、自身への憐れみが混ざり合ったような、どろりと濁った声で言った。

（神様！　幻覚幻聴の神様ありがとう！）

わたしはたまっていた唾を呑み込んだ。

私は今、アルフレッド様の寝室にいる。さすがにそれはと拒んだのだが、宰相様に懇願され、もうどうにでもなれと入ったものの……

（いやもう、ちびるかと思ったわー）

アルフレッド様は、わたしとお金のことで言い争う以外は、感情の発露をぎりぎりまで抑え込める人である。だから言いつけを破った闖入者に、怒声も物も投げつけはしなかった。

でも、研ぎ澄まされた刃のような、凄まじい殺気が飛んできた。

（マジで死ぬかと思ったわー。黒くて禍々しい瘴気で、心臓貫かれたわー）

アルフレッド様の身体から立ち上る禍々しさは、そりゃもう尋常ではなかった。

「それにしても、まさかのユリアンヌとはな。しかし幻覚にしちゃ、えらく細部までこだわってんな……」

わたしをじーっと見ていたアルフレッド様が、脱力したような笑みを浮かべた。

「本物をそっくり運んできてんのかってほど、よくできてるな。これは、いよいよ脳が逃避を始めたか。まあ、今の俺の心情に合うっちゃ合うが……」

アルフレッド様はぼそぼそと呟いた。そして口の端を片方持ち上げるようにする。

「よくない兆候だ……。でも俺だって、俺だってなあ、そりゃ逃避行くらいやってみたいんだよ……」

捧げ持った盆を置きたくて、わたしは恐る恐るアルフレッド様に近づいた。

肉がとろとろになるまで煮込まれたスープと、ぷるぷる震えるオムレツ、柔らかなパン、蜜で煮た果実、それからカトラリーが載っているので、わりと重い。

やたら立派で大きな机は、まだ新しいように思える。きっと、ここで執務の続きをするために据え付けたのだろう。

わたしはその大きな机の端っこに、そっと盆を置いた。一連の動きを、アルフレッド様はうつろな目を泳がせるようにして見ている。

「においまで本物みたいだ……」

机に向き直ったアルフレッド様は、頬杖をついた。と思ったら、ずるっと肘が滑って、そのまま突っ伏してしまった。

(よし、そのまま寝てくれ！　そしたらある意味ミッション終了なんだからー)

だいたい、わたしなんか送り込んでも、毒にはなっても薬にはならないだろうに。

(まだまだ青いですな、とか笑ってないで、宰相様がなんとかしてくれたらいいのにー)

もちろん、わたしはそれを訴えた。しかし宰相様は笑って取り合わなかった。

いくらアルフレッド様が二週間以上もの間、執務に忙殺され、さらにここ数日は風呂も睡眠も食事の時間も削って、取りつかれたように仕事をしてるからって。おまけに体調も悪そうなのに、まったく聞く耳を持たないからって。

わたしを頼るのはどうかしている、とめったやたらに地団太を踏みたい気持ちだった。

でも実際に踏んだらアルフレッド様を起こしてしまう。それは不味い、非常に困る。

すうっと夢の世界に入ってくれよ、と祈りながら、わたしはへっぴり腰で後ずさる。

「あー、下がらないでくださーい。そこまで近づけたのはユリアンヌ様が初めてなんですから！」

「スプーンを、スプーンを口の中に突っ込みましょうユリアンヌ様。あーんってやってあげたら絶対に食べてくれますから！」

黙ってろ。

腹の底から声を上げたい衝動に駆られた。

わたしは鼻の付け根に思いっきりしわを寄せ、壁際の使用人たちを睨みつける。こいつらはわたしがこの部屋に入ったあと、こそっと侵入していたのである。

(アホかおまえらは！　起きちゃうだろうがよぉぉー！)

んあ、とアルフレッド様が頭を上げた。ふらつく視線が宙を彷徨っている。

「ユリアンヌ」

呼びかけられて、わたしは一拍遅れて返事をした。

「は、はい」

「ユリアンヌ、の幻覚。おまえ、まだいたのか」

いるも何も。

あなたの目の前で、温泉で大事なところを隠すみたいにへっぴり腰になっている女は、本物のユリアンヌですからね。

(あなたがあと数分寝ててくれれば、幻覚のままで出ていけたんですけどー)

アルフレッド様は机の天板に片頬をくっつけると、目だけをぎょろりとさせた。

流し目というには圧の強すぎる眼差しで、じーっとわたしを見ている。

「駄目だ、俺の脳はもう使いものにならん。だったら、幻覚で思いっきり楽しんだ方がいいな」

「いや寝ましょう、一も二もなく寝ましょう！」

思わず叫ぶと、アルフレッド様は見る間に相好を崩した。

満面の笑みである。今このときが愉快でならぬ、というふうである。しかし目だけが天の国に逝っている。

おそらく寝不足が極まりすぎて、一種のトランス状態に陥っているのだろう。

「じゃあ寝てやるから、肩を貸せ」

その言葉と同時に、アルフレッド様の手が伸ばされた。

びっくりするくらい熱くて、硬い手でぐっと腕を掴まれ、上体を引き寄せられる。

わたしの額がどこかに押しつけられた。それがアルフレッド様の胸だと気付くまでに、数秒かかった。

「震えてるのか。幻覚ってのは、やたらリアルだな」

アルフレッド様の胸にしっかりと抱き込まれ、ふたりして大きな椅子にもたれかかっているこの状況。

わけがわからない。

気が付けば、優しく背中を撫でられていた。わたしは驚きすぎて、石膏のように固まっていることしかできなかった。

混乱している頭の中を、さまざまな言葉が通り過ぎていく。浮かんでは消え、ようやく出たのはテンパりすぎたひと言だった。

「の、野良犬のにおいがするーっ」

「お、さすがにユリアンヌの幻覚だ。言うことが失礼で、こっちを舐めてる感じがそっくりだ」

アルフレッド様は大きく笑った。わっはっはと笑った。

舐めてないし。ほんとにくさいし。

ここ数日風呂に入っていないだけあって、汗と埃と、あとなんか青臭いにおいが混合してるし。

わたしはアルフレッド様の生あたたかい息を避けるように身をよじり、壁際の使用人たちに視線を投げた。

ぎゅうぎゅう抱きしめられて息が苦しい。助けろ、と視線を送ったのに、彼らはあさっての方を向いて話し合っていた。

「これはセーフですかね？」

「横になってるわけじゃないし、問題ないんじゃないかしら」

「そもそもわたしたち、見ざる言わざる聞かざるですしね」

「では続行ということで」

おまえらは土俵下の審判員か。しかも猛烈に頼りにならない。

こいつらに何を言っても駄目っぽい。こうなったら、自分でどうにかするしかない。わたしはアルフレッド様を強く睨みつけた。

見くびられては困るのだ。青臭いにおいを、嗅がずにいられないとか思っていることがバレては困るのだ。

「おお、その小癪な目つきもそっくりだ」

顔いっぱいに笑みを広げて、アルフレッド様が頬を赤く染めた。

アルフレッド様の精神はいったい、どこの世界をどれくらい彷徨っちゃってるのか。

早いとこ覚醒してくれ、と願いを込めて睨み続けたが、アルフレッド様は分厚い肩を揺すって笑うばかりだ。

背後の使用人たちは、わたしたちにお構いなしに、ひそひそと喋っている。

「辛抱たまらんってとこですかねえ」

「眠気を引っ張りすぎるとああなるのねえ。ある意味、酔っ払ってるようなものよね」

「目はぱっちりって感じですけど、完全に落ちてますよね。理性とかもろもろ」

「いやでも、こんなに大らかに笑ってるアルフレッド様、久しぶりに見ましたよ。結果的によかったのでは？」

よくねえよ。わたしは心中で嘆息した。

背中に回されたアルフレッド様の腕の力の強さは、柔らかに包み込むとか、そういったレベルを遥かに超えていた。

なんとか身体を離そうと懸命に身じろぎし、握りしめたこぶしでアルフレッド様の胸を叩く。どん、どん、と叩いた。わりと強く叩いた。アルフレッド様はとってもいい笑顔のままだった。

これはあれだ、と唐突に理解した。これはもう、どうあがいても、逃げることなど許されそうにない。

(しかしそうか、酔っ払いかー。そう思えば、衆人環視のもとでの辱めにも、耐えられないこともないようなー)

使用人たちの発言がすべて聞こえたわけではなかったが、耳に届いたいくつかの言葉を吟味して、わたしは無理やり納得することにした。

睡眠不足で酔う、という現象が本当にあるのかは知らないけれど。とにかく、うまいこと、この場をおさめなければ。

「あー、もう、抱き枕でもなんでもいいです。とにかく寝てください。可及的速やかに寝てください」

アルフレッド様は、笑いすぎて涙が滲む目を細めた。

「なんだ、もっと食ってかかれよ。らしくないぞ」

「だってわたしは、そのユリアンヌとやらじゃありませんもの。不出来な幻覚にすぎませんから、らしくなくて当然なんです」

「つまらんことを言う」

「ユリアンヌって人は、その、居丈高な態度を、ついしてしまうタチのようですけど。そんな女、怖いっていうかあり得ないっていうか。っていうか、今はそんなことはどうでもよくて、あなた、熱がありますよね？」

アルフレッド様が何かを考えるような目になる。わたしはたたみかけた。

「ホッカホカですよ、あっついですよ。メチャクチャ顔が赤いですよ。病人なんですから、大人しく寝ましょう。ね？」

そうだそうだ、とヤジが飛んだ。声の主は若い執事だ。年かさの侍女もうんうんと忙しくうなずいていた。

なのに、アルフレッド様は周囲の騒音をまったく気にしていないふうである。

またもや顔に笑みを浮かべて、全然駄目だ、と首を横に振った。

「ユリアンヌなら、『熱なんかあると思えばあるし、ないと思えばない！』くらい言うだろ。やることやってから倒れろって言うだろ」

「いやいやいや、いくらなんでも、そこまで非情じゃないんじゃないですかねー？」

この近さ、相撲の観覧席でたとえると升席どころか砂かぶり席。やけに頬が熱くて、お尻がもぞもぞした。なんかこう、いろんな思いが胸いっぱいに込み上げてくる。

「そんな疲労困憊のふうで、何ができるというのですか。代わりのいないあなたが、自己管理を疎かにするなど愚の骨頂！　情けないのを通り越して、笑えてきます。オーホッホとしか言いようがないです。ちょっと自分でも何言ってるかわからなくなってきたけど、とにかく、お願いですから、さっさと寝なさい！」

冷静になろうと思ったのに、アルフレッド様の胸倉をつかむ勢いになった。

アルフレッド様は、若干気圧されたような顔をして言う。

「なるほど、やはりおまえはユリアンヌだ」

アルフレッド様の赤い頬に微笑が浮かんだ。それでもその顔は、さっきより疲れの色が濃くなっている。

体調の悪さを濃厚に漂わせ、しかしそれでもわたしを離さない人に、わたしは長い長い息を吐いた。

「寝ろと言われても」

（しっかし、なんだろうこの展開）

わたしは頭を掻きむしりたくなったが、拘束がキツくて胸より上に手を持っていけない。

アルフレッド様が、茶目っ気をたっぷり含ませたような声を放つ。

「腹が減りすぎて眠れん。さっきまで感じていなかったが、俺は今、猛烈に腹が減っている」

「だったら食べたらいいじゃないですか。食事はそこに置きましたでしょ？」

「あいにく俺の両手は塞がっている。だから、おまえが食べさせてくれ」

はい？　と、わたしは不明瞭な笑みを浮かべた。

いろんなことが、つぎつぎに、あっちこっちから湧き起こるものだから、とっ散らかった頭が幻聴を聞いたのだ。

　そうに違いない。

「あーんってしてくれ」

　部屋の中は、おおむね「しーん」としていた。使用人たちも口をつぐんでいた。「……」といった感じの、やや長めの間が生じる。

　使用人たちが互いに顔を見合わせていた。浅く、ゆっくりとうなずき合っているのは、硬派な主人が口にした言葉が信じられないせいだろうか。

　ごくり、と自分が唾を呑み込む音が、やけに大きく耳に届いた。

「冗談、ですよね？」

　頬を痙攣させながら、わたしは問う。

　アルフレッド様はわたしを抱えたまま背もたれに深く寄りかかって、「わかってないな」と首を横に振った。

「俺は今、幻覚を見ている。おまえの言う通り、熱もクソほど高いんだろう。頭が沸騰して、身体がふわふわして、俺が俺でないようだ。情けなすぎて反吐が出る。全部夢であってほしいし、実際夢なのだろうと思う。夢ならば、俺が何をしたって構わないだろう」

　わけが！　わからない！

　わたしの困惑をよそに、アルフレッド様は「いいか？」と開き直ったような声を出した。

「おまえは俺の幻覚だ。つまり俺のモノだ。ということは、俺の思うままに動くべきなんだ。本物がしないあれやこれやを、俺はおまえにさせたい」

あれやこれやってなんですか、とは怖くて尋ねることができなかった。まあ「あーん」以上のことが飛び出してくるとは思えないけど。

きらきらと輝くというか、明るすぎるというか、逝っちゃってるアルフレッド様の目がひたすら恐ろしい。

わたしは回らない頭で懸命に考えた。「あーん」だけ切り取ると仲のよい婚約者っぽいが、単に身体がだるいからおまえが食わせろってことだろう。

要するに、便利なお道具扱いだ。

「えっと、あの、その。そりゃ幻覚ですけど、個人の意見も尊重してほしいなー、なんて……」

「幻覚のくせに我儘なやつだな。そんなところは、ユリアンヌらしいが」

アルフレッド様は吐息のような笑い声を漏らす。

さっきまで赤かった頬が、なんだか白くなっていた。いや、むしろ青いと言っていい。息もちょっと苦しそうだ。

どこからどう見ても、病人の顔である。それなのに、眼差しだけは射すくめるように強い。

(前世の記憶が戻ってから、わりと途方に暮れ慣れているけどー。これは、過去最大級、空前絶後の途方に暮れ具合だわー)

いったい全体、アルフレッド様はどうしちゃったのか。

しかし、本人が幻覚だと思い込んでいるのだから、ひそやかに乗っかってやるべきなのかもしれない。

わたしは、ほう、と小さく息をつく。腹をくれ、と誰かに耳元で言われた気がした。尻がすぼまる感じがする。

これ以上引っ張って、アルフレッド様の身体に障（さわ）るといけない。さっさと満腹にして、さっさと寝てもらえばいいだけの話だ。

（ユリアンヌ様！　わたしたちは見ざる言わざる聞かざるですよ！）

（手で目を押さえてますからね、見えておりませんからね！）

とでも言いたげに、使用人たちは手のひらで顔を覆（おお）っていた。しかし、指の隙間（すきま）からばっちり目が覗（のぞ）いている。

もはや、こいつらは目で会話する態勢に入っているらしい。まあこいつらにとっては主人であるアルフレッド様の意向がすべてだしな。そりゃ助けちゃくれないよな。

たかが「あーん」だ。大したことではない。

「わかりました。このユリアンヌ、の幻覚が、きっちり食べさせて差し上げます」

わたしは腹の底から声を押し出した。

「それでこそユリアンヌ、の幻覚だ」

アルフレッド様が笑み崩れる。

緩んだ口元から、声にならない声のような、何やら節のついた吐息を漏らしていた。どうやら鼻歌のようである。これは、かなりご機嫌のようだ。

「では、まずはスープから食べさせてもらおうか」

ずっとわたしを拘束していたアルフレッド様の腕の力が緩む。この隙をついて逃げる、という選択もできたが、やめておいた。いくら病人でも、宰相様に鍛えられたこの人から逃げきれるはずがない。

身体と気持ちにエンジンをかけるように、意を決して、わたしは盆の上のスプーンに手を伸ばした。

わたしを支えていたのは「困っている人には手を貸したい」という気持ちであって、「あーん」できるのが嬉しいなんて微塵も思っちゃいない。

ここでひと肌脱いで、アルフレッド様をさっさと寝かせて、アルフレッド様及び使用人たちの窮地を救う。それだけの話だ、と自分に言い聞かせた。

「はやく」

「ちょ、ちょっと待ってください。今、精神統一しているので」

「あーん」に対する気恥ずかしさが込み上げているし、身悶えしたいほどのこそばゆさが背中を走っている。イケメンと密着してるからって、う、嬉しくなんかないもんね！　と腹の底で叫んでから、わたしはスプーンをスープに突っ込んだ。

「で、では。あーん、してください」

アルフレッド様は甘ったるい声で「あーん」とよい返事をして、口を開けた。まるで子どもだ。

高熱のせいとはいえ、こんなに可愛いアルフレッド様を、すげなくできる女がいるだろうか。

スプーンの先がぷるぷる震えた。でも必死で運んだ。

なんとか零さずに、アルフレッド様の口元に持っていく。ちょっと近づいてくれた形のいい唇が、音を立てずにスープを啜った。

「ちょっと冷めてるが、美味いな」

アルフレッド様は満足げだった。その顔を見ていると、とてもいいことをしているような気がする。

「もっと」と促されて、それから二回、スープを口に運んだ。

いまだにアルフレッド様の腿の上に座っているという現実は、酷くきまりが悪かったけれど。

三回目のあと、アルフレッド様はちょっとの間、無言になった。

次はどうしよう、何を口に運ぼう、とわたしはアルフレッド様を見る。

泳ぐわたしの目を止めさせたのは、アルフレッド様の微笑だった。柔らかくて、そして、ちょっと苦い笑みだ。

「ありがとう。だが、もういい」

そう言って、アルフレッド様はそっと目をつぶった。

長い睫毛が影を落とす。瞼の下は、影のせいだけとは思えないほど、黒ずんで見えた。

「ユリアンヌ」

アルフレッド様は唐突に、わたしの頬を両手で挟んだ。

「頭が痛い。だから、撫でてくれ」

さすがにこれは、アルフレッド様になんの利益もなくない？

いやいや、相当意識が朦朧としているらしい。そうでなければ、嫌いなわたしにこんなこと言わないだろう。

きっとアルフレッド様は心の底で、こういうふうに甘えられる優しい婚約者を求めていて、うっかりわたしに重ねてしまったんだな。

ならば、演じきるしかないだろう。清楚でつつましやかで、優しい娘さんになりきるしかない。

薄々気付いてはいたけれど、わたしは本当はずっとそういう娘になりたかったのだ。子どものころから言われ続けた〝滲み出る大物の風格〟とか、べつにいらなかった。

「……そんなに、根をつめないといけなかったの？」

わたしはアルフレッド様の頭に手を伸ばした。敬語が崩れているけど、夢の中だし。

アルフレッド様の前髪が、汗で額に張りついている。それを指先で掻き分けて、生え際に触れた。

「ああ。宰相言うところの〝不測の事態〟の波状攻撃でな」

アルフレッド様は薄く目を開き、気の抜けたような笑みを目元に滲ませた。

しばらく洗っていない銀髪は、いつもよりボリュームが少なくなっている。そっと指を差し入れると、それは生あたたかくて、柔らかくて、湿っていて、少しぬるっとしていた。ベタッともしていた。

あまり気持ちよくはないけれど、この感触をよく覚えておこう、と思った。

「ひとつ山場を越えたと思ったら、次から次へと。慣れてはいるが、ここまで重なることも珍しい」

不測の事態は、だいたい国王様が連れてくる、と聞いたことがある。

親というものはときたま、びっくりするくらい頼りにならない。それにしたって国王様は、わたしですら「あれはない」と思うレベルだ。

「少しの間、お仕事は宰相様に任せて、心と身体を休ませましょうね」

わたしはアルフレッド様の髪を梳き、それからゆっくりと頭を撫でる。アルフレッド様はまた目を閉じた。半開きの口から、生ぬるい息が漏れている。

アルフレッド様と宰相様が苦労していることは、周囲が囁き交わす言葉の切れ端から推測できた。

「本当に、父上にはさっさと譲位してほしいところだが……」

アルフレッド様も宰相様も、手を替え品を替え、粘り強く交渉はしている。だが、国王様が「娘が全員嫁ぐまでは」と、頑なに譲位を渋っている。やれやれと肩をすくめながらアルフレッド様はそう語った。

無力感や焦燥感が混じったような笑みは、堂々巡りに疲れました、という気持ちからなのだろう。

「そうなんですか……」

宥めるような気分で、わたしはアルフレッド様の頭を撫でた。

国王様は、褒められるのが大好きで、自分が特別だと思いたい人で、そのくせ天邪鬼で、ついでに自分に甘すぎる。

どんな派閥の目から見ても、無能な働き者という評価で、期せずして一致していた。

いっそ実権を取り上げてしまいたいが、国内政治を考えると、それも難しいというのが実情らしい。

アルフレッド様の広い背中が小さく丸まっている。だらしなさ一歩直前なのは高熱のせいにしても、どうにもこうにも頼りなく見えた。

「国王様は我を張るにしても、張りどころを間違ってますね」

不敬を承知で、わたしは言った。アルフレッド様の頬に、いくぶんシニカルな笑みが浮かぶ。

「俺は、ああはなるまい。心底、そう思う」

うん、うんうん、とわたしは何度もうなずいた。

愉快で爽快な毎日が送れたら、それに勝るものはない。

しかし、ろくでもないことに血道を上げて、何をしでかすかわからない、というのは上に立つ者としては駄目すぎる。

国王様の手綱を引き、アルフレッド様をしっかり育て上げた宰相様への、感謝の念が急速に強まった。

「アルフレッド様なら大丈夫です。しっかりやれます。宰相様が保証してくれます。綺麗事だけでできている世界には、そりゃあ住めないでしょうけれど。自信と不安は、いつだって対になるでしょうけれど。あなたなら、絶対にやっていける」

「おまえは保証してくれないのか?」

「え? も、もちろん保証します、僭越ながら」

「そうか」と言ったアルフレッド様の声が、ちょっとくぐもって聞こえた。

わたしの腹に、じんわりとした湿りけとぬくもりが広がる。アルフレッド様が、顔面をわたしの腹に押しつけてきたせいだった。

「はやく結婚したい」

アルフレッド様は、わたしのお腹にふがふがと荒い鼻息を押しつけてくる。お腹の底がぞわぞわっと波打った気がした。

「俺がまだ独り身だから、ひよっこだから、譲位はしないと父は言う。だからさっさと結婚したいが、いかんせん、まだ金が足りない」

言ってることのわからなさといったらない。

わたしはアルフレッド様の真意を探るでもなく、探らないでもなく、ただ手だけを動かし続けている。

「お金って……」

わたしと結婚したいわけではない、に一票だ。

だから「誰と」と聞きたい。しかしわたしは、傲慢（ごうまん）なユリアンヌとして、どのように尋ねればいいのかわからなくなっていた。

直球は無理そうなので、迷った末に、遠いところにほわーんとボールを投げてみた。

「ふ、普通にお式を挙げるくらいの資金は、さすがにあるでしょう？」

「そりゃあな」

わたしの腹に顔を押しつけたまま、アルフレッド様が落ち着いた口調で答える。

「足りないのは、ゲッスール家に返す金だ。プライドというのは厄介だと自分でも思うが、俺が晴れ晴れと笑うためには、絶対に必要な金なんだ」

唇が歪むのを感じた。声にならない声が漏れた。心のすべてが、どこかに飛んでいったようだった。

（ついにキター！　わたしの存在意義の、全否定ーっ!!）

覚悟していたはずなのに、衝撃の二文字が胸を貫いていた。心臓がもげそうだった。痛みは、寄せては返す波のようだ。

「金を返して、それで、大手を振ってプロポーズする。そう決めている」

わたしの腹から顔を上げたアルフレッド様の目は、熱のせいでつやつやと濡れて光り、星よりも綺麗だった。けれどその光は、もうわたしには届かない。

（そっかぁ……。わたしと切れてからプロポーズしたい人が、もうちゃんといたんだー……）

真っ暗な闇の中に、わたしひとりだけがぽっかりと浮かんでいる気がした。身体の中から、少しずつ空気が抜けていくようだった。

アルフレッド様はまだ迷っているのかな、なんて思っていたけど。すでに心に決めていたんだなあ。

さっき廊下でアマリアの姿を見たことを思い出して、鼻の奥がつうんとなった。アルフレッド様が大切な存在として尊重する娘、ゲッスール家に財政援助されている現状が我慢ならない娘とくれば、やっぱりアマリアしかいないだろう。

　こうなってみると、サーシャと料理長が恋に落ちていてよかった、と思えた。たとえ貴族の令嬢としては異例で異色の恋だとしても。好きな人が自分のことを、ただひとりの特別な存在として選んでくれたら、それに勝(まさ)るものはない。

（そうよ、悲観的になってる場合じゃない。両親の命を繋(つな)ぐ方法については、新たに考えてみることにしよう。きっと、よい方法があるに違いない……と、思いたい）

　わたしはむわっと湯気が立つようなアルフレッド様の頭を撫で、再び汗でおでこに張りついた前髪をほぐした。

　衝撃が大きすぎて、今はアルフレッド様の口から、惚気(のろけ)めいたことは聞きたくない。だからさっさと寝てほしい。なのにアルフレッド様は、すっかり気分が高まってしまったらしい。高熱でもわーんとした顔いっぱいに、照れたような笑みを広げた。

「結婚式は豪華にやるんだ。国一番の、誰にも負けない、金のかかった式にするんだ。最新式の〝ゴンドラ〟とやらも〝バルーン〟とやらも使うし、花びらやリボンや泡をいっぱい空に飛ばして、何回もお色直しをして、見上げるほどに巨大な〝ウエディングケーキ〟にふたりで一緒に剣をぶっ刺すんだ」

「いや剣をぶっ刺したら、ケーキが倒れますって。ちょこっと切るだけでいいんですよ、ちょこっと」

「それで、国民全員に引出物(ひきでもの)を配る」

「いやいや、落ち着きましょう。冷静になりましょう？」

もしや、我が国のブライダル業界には転生者がいるのか？　思わず笑ってしまった。

笑うと、何かがお腹の中にすとん、と落ちた。切なさは刺激されたけれど、ふいに「わかった」と思ったのだ。

わたしは今日、アルフレッド様の呪縛を解いてあげるためにここに来たのだ。そうに違いない。

「アルフレッド様の思い通りに、思いきり、やりたいようにやればいいと思いますけれど。でも、そんな演出にお金を使わなくてもいいと思いますよ。だって、好きな人と結婚できるだけで、この上もなく幸せなはずですもの」

わたしはしみじみとうなずいた。寂しさや悔しさが、涙みたいに胸の内を流れていく。頑張れ、と自分を励ました。

「好きな人には、まごころだけを贈ればいいのだと思います。無駄なお金を使う必要なんか、ないんです。結婚式が質素だからって、嫌いになんかなるわけがありません」

アルフレッド様は、心底驚いたというふうに目を見開いた。そして「本当か？」とわたしの肩を、ぐわっと開いた指で力強く掴む。

しょうがないなあ、と、わたしはお腹の中で少し笑った。そして、呆れながら目を細める。

「わたしのことは気にせず、アルフレッド様の自由にしていいんです。好きにしていいんです。とらわれなくて、いいんです」

羨ましさと妬ましさが募らないわけではない。だって、いちおうは十年も婚約していたのだから。

でも、これはわたしの腹黒さや、図太さや、意地悪さが招いた結果なのだ。まっとうなざまぁではないか。心底、そう思った。

（お金は、ちょこっとだけ返してもらおう。だって、ゲッスール家が出したお金は、あくまでも寄付だったんだから。婚約破棄をあっさりまとめるために、どうしても返したいっていうなら、ほんの少しでいいって伝えなきゃ）

「でも、俺はもう、愛想を尽かされたのかもしれないんだ」

アルフレッド様が、ちょっと声を落とした。

いつもは自信満々なのに、きまり悪そうな顔は野良犬みたいに情けなくて、わたしはかすかに笑った。

「そんなことありませんよ。それでなくとも忙しい上に、まあ事情が事情ですから、放っておかざるを得ない日もあったでしょうけど。そんなことで、愛想を尽かすわけがありません」

わたしは苦笑しつつ、アルフレッド様を励（はげ）ます。

婚約者がいる立場で意中の娘に会うとか、用心に越したことはなかっただろう。たとえ王宮に通わせていたとしても、アルフレッド様の立場上、使用人たちの目はどこにでもあるわけで。忍びやかなお楽しみが、大手を振ってできたわけじゃなかったろうし。

わたしとしては「してやられた」感はあるが、こっそりひっそり、ふたりは愛をはぐくんできたんだろうなあ。

（ひそやかに自分を想ってくれる娘（こ）って、いじらしいっちゃ、いじらしいよなー。男からすりゃ、

そういうの、たまらんだろうなー）

わたしがいたばっかりに堂々とできず、不自由な思いをさせてしまって申し訳ない。

そんなことを考えていると、アルフレッド様は小さく首を横に振った。

「いや、忙しかったのは本当だが。放っておいたのは、ただ単に俺が意固地で、身勝手だったせいなのに……。でも、そうか。許してくれるのか。そうか、そうなのか」

アルフレッド様は咳払いをするみたいに、こぶしを口元に持っていった。その顔は、本気で安堵しているように見えた。

わたしは余裕のあるところを見せるつもりで、ベタついた銀髪を梳くように、何度も頭を撫でてやった。アルフレッド様はわたしの肩に頬をくっつけて、安心しきったようなため息を漏らす。

やがてアルフレッド様の半開きの唇から、浅い寝息が聞こえ始めた。力が抜けて重たくなった上半身がずり下がってきて、もろとも椅子から転げ落ちそうになったところで、ようやく使用人たちが動いた。

アルフレッド様は、寝台にばふりと仰向けに寝かされる。唸るような寝息が、ひときわくっきり耳に入ってきた。

使用人たちは看病のためにあたふたと動いている。それを見ながらわたしは「あ」と声を上げ、年かさの侍女を捕まえた。そして早口で経口補水液の作り方を伝授した。

ひとり静かに廊下に出たら、なぜか大公様がいた。

「おや、ユリアンヌちゃん。相変わらず君の凜々しい眼差しは、見ているだけでぞくぞくするね。

あまりにも強すぎて、誰もが一目で射貫かれてしまうに違いないよ。大陸で一番の画家をもってしても、ユリアンヌちゃんの魅力は表現しきれないだろうなあ」

（こんな歯が浮きまくるセリフ、前にどっかで聞いたなー……）

疲労感と徒労感に首までどっぷり浸かったようで、適当にあしらう言葉も出てこない。ついうっかりしちゃった体で無視しようとしたら、大公様は「つれないねえ」と喉の奥を鳴らした。

ふと、何かが弾けるような音が聞こえるな、と思った。

ぐるんぐるんと脳みそが回転しているような気持ち悪さもあって、思わずぎゅっと目をつぶる。

一度意識したら、音はますます大きくなった。パチ、パチ、パチパチ。頭の中で、線香花火みたいに火花が飛び散る。顔面が少々突っ張るようにも感じた。なんだろう、これ。

「ん？　もしかしてひとりで玄関まで行くの？　だったら俺と楽しく会話しようよ」

「……大公様って、お暇なんですの？　わたくしにまで褒め言葉をかけてくださるのは、ある種の尊敬すら感じますけれど……。王宮をうろつくよりも、どこぞの夜会にでも行かれた方が効率的というか、野心的な女性が見つかると思いますが……」

「それしか楽しみがないみたいな言い方はやめてくれない？　まあたしかに、ルデルヴァ美人のお相手は心からエンジョイしてるけどね。今回はまじめに仕事をしに来たし、こっちの〝不測の事態〟にも助太刀してるんだけどなあ」

パチパチという音は続いていて、わたしは「はてな」と首をかしげた。あたりを見回しても、ここはただ静かだ。

玄関までなんか、どうせ勝手知ったる廊下を進むだけのこと。状況が状況なだけに、使用人たちの手を煩わせるのも気が引ける。宰相様もアルフレッド様に代わって不測の事態の対処に当たっているだろうし。

とにかく玄関まで行けば適当な馬車を用意してもらえるだろうと、わたしはふらふらと歩き始めた。

足を進めるごとに、パチ、パチ、と火花が弾ける。大公様が、薄ら笑いを頬に張りつけてついてきた。なぜだかどんよりと重たくなった心が見透かされたらカッコ悪いから、ひとりになりたいのに。

「俺からしたら、アルフレッドみたいにたったひとりしかいらないってのは、おかしいとしか思えないんだよね。俺ほどモテるとよりどりみどりすぎて、まあ選べないしね」

「それだけ、アルフレッド様のお相手が素晴らしいということなのでは……。そこは年長者として、その意気やよしって褒めてあげるべきじゃないかと……。それに、数をこなすのとモテるというのとでは、違うのではないですかねー……」

「はは、言うねえ。ところでさ、ここの王女たちってみんな気が強いじゃない？　ちっちゃいころのアルフレッドって、宝物とかみーんな取り上げられてたの。だから、気に入ったものほど『気に入ってない』って顔する癖がついてんの。ホントにめんどくさいよねー」

何を言っているのだ、おまえは。という視線を送ろうと思ったが、やめた。

大公様の話なんかこれっぽっちも興味はないし、嘘でも冗談でもなく頭の中でまばゆい光が点滅しているし、気持ちはこんがらがっているし。

「でもね、ユリアンヌちゃん」

大公様はわたしの顔をじっと見て、やけにあたたかくて明るい声を出した。

「こんなのいらない、みたいな顔してるけど、俺が『頂戴（ちょうだい）』って言うとね。アルフレッドのやつ全力で拒否するんだよ。面白いよね？」

ああ、なんだか足元まで頼りなくなってきた。頭の中でオレンジ色が瞬（またた）いている。うつむくのも、うなだれるのもいやで、懸命（けんめい）に前だけを見据えて歩いた。

大公様が声をかけてくれたおかげで、馬車はすぐに用意してもらえた。わたしは背もたれにくったりと寄りかかり、王宮で醜態（しゅうたい）を晒（さら）さずに済んだことに安堵（あんど）した。

「お帰りなさいませ、ユリアンヌお嬢様ぁ」

玄関でわたしを出迎えたのはリズの笑顔だった。玄関近くの使用人待機所から、ひょこっとカイルとサーシャ、それからジャックと料理長までが顔を出す。また変わった場所で女子会やってんな。ツンと顎（あご）を上げて、太い声で、腹式で、元気よく「ただいま」と言おう。

けれど、そんな気持ちはあっけなく潰（つい）えた。みんなの笑顔と家のにおいが、わたしを少し安心させたせいかもしれない。

頭の中で、赤く膨らんだ巨大な火の玉がボトッと落ちた感覚があった。脳みそがひび割れるような痛みが走る。それはあっという間に全身に広がり、骨がきしむ音まで聞こえそうだ。

「お嬢様ぁっ!?」

額から汗が滲み出てきて、がっくりと膝から力が抜けた。気が付いたら、わたしは玄関にしゃがみ込んでいた。

「義姉さんっ⁉」

「ちょっとお嬢、どうしたのっ！」

「お、お姉様あぁっ‼」

「ゴ……じゃないユリアンヌお嬢様っ！」

わたしはゆっくり息を吸った。そして深く吐き出す。

「だ、大丈夫よ、心配しないで。ちょっとだけ、疲れただけだからー……」

ぎこちない笑みを浮かべながらも、ついにきた、とわたしは思った。ここまでか、とも思った。

（こういう状態って、前世の記憶が戻ったときになるんじゃないっけかー。遅れてくるにもほどがあるよー……）

深く深く落ちていくような感覚がある。ここで目を閉じたら、もう二度とみんなの顔を見られないような気がした。

たしかに行く末はろくなもんじゃないだろうと思ったけど。まあアルフレッド様との婚約破棄が確定した今、ここで潰えるのは十分考えられるし、べつに不思議なことじゃないんだけど。でも、ざまぁされるまでにやりたいことは、まだたくさんあったのに。

「あのさ、わたし今、無念の途中棄権しちゃいそうでさ。当初の目的を何ひとつ果たせてないのが、まことに悔しい限りなんだけどー……」

「やだお嬢ったら、縁起でもないこと言わないでよ」

「お、お姉様ぁぁっ」

目に涙を浮かべているサーシャが、可愛いやら愛おしいやら。わたしは震える手でサーシャの頭に手をやり、柔らかな金の髪を梳いた。力なく落ちかけたわたしの手を、サーシャが両手で包み込む。

「サーシャの指は、細くて長くてとても綺麗ね。これからはサーシャにたっぷり愛情を注いでくれる人が、その手を握りしめてくれるからね。だから、もうちょっと勇気出して、前に出よう。そしたら必ず、幸せになれるから」

誰かが二の腕を掴んできた。彷徨うように視線をやると、カイルが前のめりに首を突き出して、唇を噛みしめていた。

「カイル。人様に後ろ指をさされない、立派な人になってね」

カイルが唾を呑み込む、かすかな音がした。

「やりたいようにやりなさい。カイルなら立派な領主になれる、大丈夫。だから、必死こいて頑張れ。そして素敵な人と結婚して、支え合い、いたわり合いながらゲッスール家を守っていくのよ」

「なんだよそれ。意味、わかんないよ」

カイルはまるで絶望したみたいに声を絞り出し、目のふちにたまった涙を乱暴にぬぐった。

「リズ、ジャック、それから料理長。あなたたちのおかげで、思いのほか楽しい毎日が過ごせたわ。わたしは器量がこんなだし、性格もねじくれまくってるけど、生まれ変わったらまた友だちになってほしいなー……」

ああ、心臓が痛い。そして鼓動がうるさい。

カイルとサーシャが嫌いだった。苦手だった。ふたりの美しい顔が羨ましくて、妬ましくて、腹の底が燃えるように、焦げつくように、イライラした。

だから会えば嫌味を言った。

苛めるための言葉はすらすら出てきた。いくらでも残酷になれた。気持ちはどんどん猛々しくなって、酷い言葉を投げつけては、大切なものを取り上げたり隠したりした。

彼らに非はまったくない。わかっていながら、無邪気なほどの冷たさで両親の愛情をひとり占めしてきた。

「カイル、サーシャ。小悪党がいまさら改心したところで、許されないことくらいわかってるんだけど、わかってるんだけど、お父様とお母様のこと、ほんのちょっとだけ気にかけてあげてくれるかなー……」

いよいよ意識が朦朧となってきた。これまでの悪行を勘定に入れて、ざまぁ前提で奮闘努力を重ねてきたのに。まさか、ざまぁされる前にこんな結末を迎えるだなんて。

意地の悪い冷たさがつま先から這い上がってきて、全身が凍りつくようだった。ついに暗闇に引きずり込まれるのだな、と目尻が下がった。

口元が緩んで、微笑が滲む。たぶん死ぬんだろうな、と思ったが、怖くはなかった。だって、みんなに囲まれているだけで、胸の内側からあたたかで穏やかな気持ちが湧いてくるから。

火がついたように脳みそが熱い。二つの記憶を持ったまま、平穏に生きられるわけがなかった、
などと他人事のように思う。

（しかし我が人生、悔いありまくりー……）

鼻の奥がツンとなる。ふいにアルフレッド様の顔が思い浮かんだ。あれよあれよという間に、頭
の中がアルフレッド様でいっぱいになる。

手のひらに、汗で湿っていた銀髪の感触が蘇ってきた。

アルフレッド様の頭を撫でたあのとき、わたしの手は優しかっただろうか。

アルフレッド様の痛みを、疲れを、苦しみを、吸い取ることができただろうか。

そう思ったのを最後に、わたしは床に倒れ込んだ。息もできなければ目も見えない。

すうっと意識が遠のく寸前、喉がちぎれそうなほどのみんなの悲鳴が聞こえた。

第6章

「ん？」

唐突に意識が浮上して、わたしはぱっちりと目を開けた。きょろりと目玉だけを動かしてみる。

どうやら夜であるらしく、部屋の中にはじんわりとした灯りが広がっていた。

青白い顔が見える。唖然、呆然とした顔もある。わたしの枕元にすがりつくようにして、たくさ

んの人たちが床に膝をついていた。

「義姉さんっ⁉」

「お嬢様ぁっ！」

「目が覚めたの⁉」

「ユリアンヌお姉様っ！」

次から次へと、あっちこっちから声が湧いてきた。お父様もお母様もカイルもサーシャも、リズもジャックも料理長も、泣き声と雄叫びと歓声と奇声が合わさったような声を、喉から迸らせていた。

「よかった……。お姉様、よかった……。い、一週間も目が覚めなくて……。よかった、ほんとうに、よかった……」

そう言ってサーシャは大粒の涙を目から溢れさせ、花のように笑った。

「え、わたしってばどっこい生きてたの？」

思わず、わたしは間延びした声を出す。

わたしの大切な人たちは、持てる体力のすべてを奪われたような顔をしていた。カイルの顔なんか、青白いのを通り越して土気色だ。

状況がうまく呑み込めないでいるわたしを、彼らは食い入るように見つめていた。わたし以外の全員が、ぎゅっと目を細める音が聞こえるほどに、酷く泣き笑いの顔になっていた。

「お姉様、今、いいかしら？」

意識が戻って二日目、ノックの音のあとに顔を覗かせたのはサーシャだった。ああ、笑顔が激烈にキュートだ。どうぞどうぞ、とわたしは手招きをする。

わたしの許可に顔を輝かせ、ちょこまかと歩いてくるサーシャの様子は小動物みたいで本当に可愛い。そんなサーシャに、わたしは尋ねた。

「お母様の具合はどう？」

「だいぶいいみたい。今はお父様が看病してる。ふたりっきりでイチャイチャしたいって追い出されちゃった」

わたしがこの世とあの世をまたいで謎の昏睡状態に陥っていた一週間で、お父様お母様、そしてカイルとサーシャの四人は閉塞感を感じつつもお互いを励まし合い、一気に歩み寄っちゃったらしい。

取り乱し憔悴し、ついに体調を崩したお母様をサーシャが支え、カイルは初めてお父様に刃向かって、なんやかやで腹を割って話したようだ。わたしのベッドを取り囲んで寝食をともにしたこともプラスに働き、四人の間には驚くほど親和的な空気が形成されていた。

この点に関しては、死にかけて本当によかったと思う。瓢箪から駒というか怪我の功名というか、とにかくしみじみと嬉しい。

「あの、これ。お姉様に届けろって言われて」

サーシャの手の中には、リボンで結わえられた小さな包みがあった。ああ、アルフレッド様からの見舞いの品だ。わたしは微笑を浮かべて受け取った。

サーシャが見守る中で包みのリボンをほどくと、サーシャが華やいだ声を上げる。

「わ、すごく可愛い」

出てきたのは、黒くてつやつやした布地で作られたチョーカーだった。デザインはシンプルだが、中央に小さな宝石が嵌(は)まっている。

わたしは机の上の宝石箱を引き寄せ、その大きめの蓋(ふた)を開いた。入っているのは、わたしが倒れた翌日から毎日やってきて、毎日門前払いされているアルフレッド様からもらったものだ。

「わあ、どれも綺麗。これ、全部アルフレッド様からのお見舞い？　でもこれと、これとかは、お姉様が身につけるにはちょっと幼いような気が……」

白いリボン、手袋、ミサンガみたいなブレスレット、小さなオルゴール、アンクレット、イヤリングにネックレス。こっそり胸を熱くしているわたしの横で、サーシャは首をひねっている。

「うん、でもいいの。これは〝まごころ〟だから。たぶん、っていうか、きっと。ほんとは、もらえる立場じゃないんだけど」

わたしはチョーカーの入っていたリボンと包み紙を、そっと指で撫でた。

（まさかアルフレッド様が、わたしを追い込んだ罪を被ることになるなんてー……）

わたしが目覚めてすぐに、お父様とお母様は今回の昏睡状態はただごとではないと、原因を探るべくわたしからあれこれと聞き出そうとした。「恐らく前世の記憶が戻ったからだ」などとは到底言えず、曖昧に誤魔化していたのだけれど、ふたりは諦めなかった。使用人たちに事情聴取をし、何か手がかりはないかと、わたしの部屋もひっくり返されたのだ。まさにお祭り状態だった。そして隠していたいろいろなものが明るみに出て、リズやジャック、それから料理長は、わたしの名誉をぎりぎり守るラインでゴンザレスのことを白状してしまった。いやまあ、たしかに隠しきれんわな。その結果、わたしは現在、軟禁されている。まあ一週間も昏睡状態だったから、そもそも動き回る体力がないんだけど。

そしてわたしの〝奇行〟は、すべて「アルフレッド様との関係に悩んで」のことだと処理された。あながち間違ってはいないが、勝手に結論めいたものを出されたことだけは、ちょっと納得がいかない。それに、直後に我が家で打ち出された「アルフレッド様許すまじ」みたいな新しい基軸には、戸惑うしかなかった。

（このままでは、アルフレッド様が『責任を取る』などと言い出しかねない。いや、責任を取るも何も、わたしはまだ婚約者ではあるのだけれどー……）

アルフレッド様の幸せを願い、わたしという存在から解放してあげないといけないのに。そう考えると、ちくりと胸が痛んだ。

サーシャが出ていってしばらくののち、酷くぶっきらぼうなノックの音が響く。

入ってきたのは、怒ったような顔をしたカイルだった。なんだか頬が引きしまって見えるし、顎もちょっと尖った気がする。なんというか、大人の男になりかけてるって感じだ。

自分に対する自信とか確信とか、若くて荒々しいパワーが発散されているっぽい。でも疲れてもいるっぽい。「疲れてるの？」と尋ねると、カイルは「ま、そんなとこ」と言葉を濁した。それもそうか、とわたしはため息をつく。

「お父様の仕事を肩代わりして、いきなり当主みたいになっちゃったもんねー……」

ずっとお母様の看病を頑張っていたお父様も、寄る年波には勝てないらしく、疲れすぎて当主の仕事がキツイらしい。そこで、カイルが手伝いをかって出たのだ。

「義姉さんは、何も心配しなくていい。不自由しないだけの財産があるんだから、好きに食いつぶしてればいいいさ」

「はい？」

何その、「まったく手のかかるやつだ」みたいな顔。カイルは前髪が目にかかって鬱陶しいのか、指先で忌々しそうに掻き上げた。切ればいいのに。

「小銭、貯めてたみたいだけど。あの程度のはした金じゃ、早晩行き詰まるに決まってる。義姉さんは、贅沢に慣れきってるんだから」

「え？」

「俺なら、出奔したくなるほど追い詰めるようなことは、絶対にしない」

そう呟くカイルの形相は凄まじいというか、とてつもなくおっかなかった。

「ささいなことで腹を立てたり、頻繁に怒鳴ったり。くるくる表情を変化させて、目まぐるしく心を揺らして……この家で、ずっとそうしていればいい。一生しつこく居座ればいい。たかが男につれなくされたくらいで、身も世もなく儚んだりする必要が、どこにあるんだ」

「いや、いやいやいや。べつに儚んでないし。それにいやだよ、そんな図々しい人生。第一、こんな小姑のいる家に嫁に来るなんて、カイルの相手の忍耐力の限界を試しているも同然じゃないの」

カイルの嫁になる娘の気持ちを考えると、いろんな意味で究極すぎた。

「せっかく嫁が来ても、すぐに勘弁してくれって出ていっちゃうよ。そうじゃなかったとしても、同情されたり憐憫の眼差しで見られたりするのは、わたしも勘弁だよ」

はた、と気付いた。もしや、カイルの提案は、ざまぁの新機軸なのでは？

言葉は優しいが、「一生飼い殺しにして、嫁と一緒にいびり倒してやるぞ」という宣言なのでは？

そんな考えが頭をよぎり、胸の中に薄ら寒い風が吹き込んできた。

（いやいやいや、お笑い草だわー。ここまできてざまぁを恐れるなんて、わたしの決意が中途半端な証拠だわー）

カイルは深いため息をつき、かぶりを振った。

「なんかまた、ろくでもないこと考えてそうだけど。とにかく今は、義姉さんは大人しくしていてくれ。アルフレッド様との話し合いは、全部こっちでやるから」

カイルは仔細ありげにうなずく。それから不機嫌そうとも寂しそうとも取れる顔でひとつ笑って、慌ただしい足取りで部屋を出ていった。

目覚めて三日目、リズがそばにいるときに、ジャック、そして料理長がお見舞いに来てくれた。

「いくら外に出たくても、妙案は浮かびませんよねぇ。ゴンザレスも、すっかりバレちゃったしぃ」

「外の警備が思いっきり強化されましたからね。いくら俺でも、あれは突破できないな」

「いや、アタシはカイル様の気持ちわかるわ。お嬢が大人しくさせられているのは、当たり前のど真ん中でしょ」

　この三人は、わたしに脅されていたのだからおとがめなし。そう判断したのはカイルだ。おまけにわたしが退屈するといけないからと、三人一緒の見舞いなら許可されている。カイルはいいやつだ。いいやつすぎて、誰も逆らえない。

「お嬢様が無理をしたのは、厳然たる事実ですからねぇ。特にここしばらくは、寝てなさすぎで食べなさすぎだったしぃ。止められなかったわたしも悪いんだけど、そりゃカイル様でなくても怒りますよぉ」

　リズの言葉にジャックがうなずく。

「カイル様が怒っているといえば、王太子様、毎日門前払いされて驚くほどの無表情で帰っていくよな。カイル様の目にも声にも、凄みがあるし。カイル様が話し合いする気になったとはいえ、揉めるに決まってるよなあ」

「『やんのか、やんのかおい』って睨み合うでしょ、どう考えても。原因はどっちにあるのか、王家側とゲッスール家側とでは意見が大きく違うのは仕方がないだろうし」

　料理長もそう言って目を伏せる。全員で深く長い息を吐き出したあと、リズがお茶のおかわりの準備のために立ち上がった。料理長も「火にかけてる鍋を確認してくるわ」と出ていくと、ジャックが口を開いた。

「ゴ……じゃないユリアンヌお嬢様。王太子様に会いたいですか？」

「いやもうゴンザレスでいいよ。ていうかジャック、そりゃ会いたいけど現状無理でしょう？」

「いや、一回だけならなんとかします。王太子様とカイル様が話し合いする応接室に、こそっと忍び込ませるくらいなら」

「本当にっ⁉」

わたしははっきりと音を立てて唾を呑み込み、ジャックを拝むように両方の手のひらをこすり合わせた。

みんなへの後ろめたさはどっかりと腰を下ろしている。けれど、生きている以上はやはり、ざまぁされるため、そして家族を守るため、自分にできることをひっそりと続けるしかない。だが、わたしの今の状況では今後どう動くべきかがまったくわからず、ほとほと困り果てていたのだ。

アルフレッド様の発言や仕草、ちょっとした表情の変化から、彼のお腹の底にあるものを推し量ることができれば、もしかしたらアマリアの動向までわかるかもしれない。

「任せてください。暗く沈んでるゴンザレス先生を見るのは、きっついですからね」

「あああ、ありがとおぉっ‼」

そしてわたしは翌日、ジャックの手引きで応接室のクローゼットに身を隠した。料理長主催の女子会にも使った、一階の一番奥にある日当たりの悪い部屋だ。

黴くさく埃っぽい空間で膝を抱えて息をひそめ、わたしは気配を殺した。それこそ、自分の鼓動まで聞こえてきそうなくらいに。

クローゼットの扉の下半分は、風通しをよくするため、わずかな隙間をあけて羽板が平行に並べられている。傾斜している羽板の隙間から、ふたりの男の姿が見えた。

「お見舞いありがとうございます。ですが、姉は面会謝絶です」

カイルは顎を少し上げ、不敵というか、不敬というか、堂々たる風情できっぱりと言った。アルフレッド様は、ただ無言で背筋を伸ばしている。

「毎日、毎日、うちまで通って頂いて。姉を放ってまで没頭していた勉学は、執務は、よろしいんですか？」

カイルは腕を組み、はあ、と大げさにため息をついた。

「ユリアンヌに会わせてくれ」

アルフレッド様は痛そうな顔で言う。疼きをこらえているような表情だった。

「無理ですね」

「本当に、申し訳なく思っている」

アルフレッド様の声には張りがなかった。

カイルは「そうでしょうね」とうなずいた。「そりゃそうでしょう」と繰り返し、物言いたげな視線を投げる。

探るような眼差しを受け、アルフレッド様は「すまない」と小声で応じ、わずかに目を細めた。

「これまでそっけなくしておいて、都合のいいときだけ呼び出すなんて。そりゃ、申し訳ない以外の何物でもないですよね」

「その通りだ」

アルフレッド様の目は、月のない夜空のようだった。焦点が定まらず、感情が読み取れない。

「ユリアンヌに会わせてくれ」

再度言うアルフレッド様にカイルは肩をすくめ、呆れてみせた。

「何度も申し上げました。面会謝絶です」

カイルは、顔を歪めて苦笑する。はっきりと苦笑いとわかる笑い方だった。嘲笑っているようにも見えた。

「不敬を承知で言います。あなた、うちの姉を邪険にし続けてきましたよね。周囲から金づるなどと揶揄されてきた姉を、庇うことも、慰めることも、あなたはしてこなかった」

カイルが話している間、アルフレッド様の表情は動かなかった。

「押しても引いてもびくともせず、ひたすら耐えるだけの女だと思いましたか」

ほんとにそんな耐えっぷりをしてたら名横綱級だ、などと、くだらないことが頭をよぎった。

「そりゃたしかに、姉はどう頑張っても、見た目は〝そこそこ〟としか言えないし、愛嬌もないし、ここ一年くらいは太って息づかいは荒いし汗はぬめっとしてましたけど」

おまえ、そんなにはっきり、うっかりしたことを口にしやがって。

わたしは手のひらを握りしめようとして、やめた。ジャックが苦労して、ここに忍び込ませてくれたのだ。バレては元も子もない。

誠意を見せたい、と護衛もなしにこの部屋に入ってきたアルフレッド様と、義が取れてるっぽく姉とわたしを呼ぶカイルの間に、しばしの沈黙が横たわった。

「それでもね。うちの姉は、そんじょそこらの女じゃないんです」

ようやくカイルが口を開いた。いや、どこからどう見てもそんじょそこらの女ですけど？　と内心で首をひねる。

「姉は、自分を〝これくらい〟って見積もるのが、やたら下手で。そりゃ高慢でプライドの塊だったけど、そのくせ自己評価が低い」

カイルは、口の端に陰気な微笑を浮かべた。

「才能っていうか、知的能力や容姿って、ひとりひとりにあらかじめ備わっていますよね。気付きにくいけど、努力ってのも、この中に入ると思うんです。できる人と、できない人がいるでしょう。姉は、とにかく努力できる人だった。頑張れる人だった」

いやいやいや、とわたしは内心で首を振っていた。あくまでも心の中でだが、顔の前で手も振った。

わたしは、何かが飛びぬけて優れていたわけではない。どれも人並みで、誰かから「すごーい」と称賛されるほどのものは、何も持っていない。

「その姉が、あんなに痩せて、やつれて、すり減るみたいに疲れていった。全部あなたのせいです。だから、俺はあなたを許さない。許せない、絶対に」

カイルの声が尖った。表情が、みるみる不機嫌になっていく。なんというか、思い出し怒りに燃えているっぽい。

「元はと言えば、激太りしたのだってあなたのせいなのに」

わたしは困惑した。

なぜだ。なぜいきなり、お姉ちゃんっ子が爆誕したのだ。いくらわたしが死にかけたからって、そんな要素皆無だっただろうに。

「わかっている。今この事態に至った理由は、とどのつまり全部、俺のせいだ。背中に一直線に注がれていたユリアンヌの眼差しを、むげにしてきた。プライドとか、沽券とか、そういうものにこだわりすぎていた」

アルフレッド様がわずかにうつむいた。

なんか、とても困る。どう困るのかというと説明が難しいが、わたしがとても困っているのはたしかだ。

イケメンというひと言には到底おさまりきらないイケメンふたりが、驚くほど真剣な顔でメロドラマっぽいことをしている。その中心人物は、今ここにいない（はずの）わたしである。

なんというか、こっ恥ずかしい。うひゃあ、と叫び出したい気分だった。

（しかしなんだろなー、目頭が熱くなるというか、胸に迫ってくるものがあるというか）

わたしはちょっと唇を噛みしめる。そうしていないと、泣いてしまいそうだった。

彼らはふたりとも、腿の横でこぶしを握りしめていた。指の付け根の四つの山が白くなるほど、きつく握りしめていた。ひと昔前の青春映画のようである。

「痩せて、ちょっと見れるようになったからって、思い出したようにちょっかいかけてくるなんて、恥ずかしくないんですか」

　カイルの声は低かった。ほんのりドスがきいていた。

「それは違う」

　アルフレッド様はきっぱりと言う。ふん、とカイルが鼻を鳴らした。

「まあ、とにかく。どう言われましても、姉に会わせることはできません。一週間も生死の境を彷徨(さまよ)ったんですよ？　意識が戻ったとはいえ、まだ人前に出られる状態ではないんです」

　いや元気ですけど？　とは思うが、もちろん口には出せない。

「……わかった。また明日、出直す」

「何度、足を運んで頂いても――」

　そう一度言葉を切り、カイルが鼻で笑った。

「無理なものは無理ですね。ああ、定例のお茶会とやらも今後はお断りしますので。というか、いっそのこと全部なしにしませんか」

「何を、とは聞かない。それ以上は言わないでおけ」

　アルフレッド様は鋭い視線を放った。カイルはややたじろいだものの、「どの口が」と喉(のど)の奥で少し笑う。いびつに肥大していく謎の圧力に、わたしの方が負けそうだった。ふたりとも、感情の起伏はわりと激しいはずなのに。この静かさが、なんというかリアルに怖い。

　アルフレッド様、続いてカイルが部屋から出ていく。

お義姉(ねえ)ちゃんを心配して激おこの弟と、ただ単に謝罪をしたい誠実な人。

それだけのはずなのに、彼らの間に漂う空気はあまりにも寒すぎて、わたしはぶるっと背筋を震わせる。

（こ、怖かったー……）

音もなく応接室に滑り込んできたジャックの手引きで部屋へ戻った。

（ああ、わたしは待っているしかできないのかー。どうなるにせよ、待っているしかできない）

わたしはベッドにダイブして枕に顔をうずめ、両足をバタバタとさせた。

しかしカイルのやつ、醜く浅ましいこの義姉をあそこまで擁護してくれるとは。こっちが若干戸惑うほど、猛烈な勢いで当主らしくなっちゃって。

（うーん。あの様子だとカイルはもう、わたしをざまぁする気はないと思っていいのだろうかー……）

次の日、一階奥の応接室のクローゼットがカイルの指示で封鎖された。カイルめ、気付いてやがったか。なかなかやりおる。

「薄暗いところにうずくまってたら、身体を冷やすだろう」

というのがカイルの言い分だった。わたしもジャックも怒られなかった。わたしは「ほほう」と感心し、驚いた。

本当にいいやつだ。いいやつなのに、完全無欠のいいやつに見えないのが困る。

お腹の中でよからぬことを考えていそうな顔をするものだから、悪いやつにも見えてしまうのだった。

それからもアルフレッド様は毎日やってきた。

わずか数分だったアルフレッド様の滞在時間は、日を追うごとに長くなっていった。わたしが目覚めて十日を過ぎたころには、カイルと一時間も話し込んでいたと聞いた。

昏睡状態から目覚めてからこっち、わたしは頭痛やだるさなどの小さな不調がずっと続いている。毎日ちゃんと寝ているはずなのに、爽快感などどまるでなかった。この、自分の身体が自分のものではないような感じ。やたら不安になる。

何しろ原因が不明なので、お医者様も特にこれという手を打てずにいた。

(やっぱり、後遺症もちょっとはあるのかな。前世の記憶が蘇っちゃって、脳みそが容量オーバーしちゃって、身体の方まで弱ってるのかなー)

そして目覚めてから二週間が過ぎた。わたしはサーシャと料理長と一緒に、自室でお茶を飲んでいるところだった。ちなみにリズは休憩中だ。

唐突に心臓がきゅーっと痛み始めた。身体が熱っぽい。手からカップが滑り落ちた。頭がぐらぐらと沸騰しているように熱く「これはいよいよ死ぬかな」という二回目の感慨がよぎったが、一回目にお別れめいたことは全部言っちゃったしな、どうすっかな。

「お嬢、やだ大丈夫っ⁉」

「どうしようバートさん、お姉様が天の国に取られちゃうぅぅ‼」

「だ、だいじょうぶ。これはその、あの、ぶっ倒れた後遺症みたいなものだからー」

「後遺症って、そんな、ユリアンヌお嬢様……。さ、さあ、早くベッドに横になってください。

サーシャお嬢様は、こっちに来て介助を」

料理長がいきなり真面目な声になった。唐突にぶんっと針が振れて、真人間モードになった感じだ。どうした料理長、キャラがぶれぶれだぞ。

わたしはサーシャの手を借りてベッドに入る。料理長は廊下に顔を出して「誰か、早くっ！」と医者の手配を頼んでいた。

顔面蒼白（がんめんそうはく）で立ち尽くすサーシャの肩を、料理長がぐっと抱いた。サーシャが料理長の胸に顔をこすりつける。

心臓が握りつぶされているように痛くて、気持ちがくじけそうだった。でも、死ぬ前にきちんと伝えておかなきゃ。このふたりについては、うやむやにしちゃってた自覚があるし。

「えーっと、料理長。サーシャのこと、よろしく頼むね？　いろいろとさ、難しいとは思うけど。せめて、せめてサーシャには幸せになってほしいの。わたしは無理だったけど、好きな人と結ばれてほしいの」

「お嬢……。わかったわ。絶対に、幸せにするから」

料理長はそう言って、力強くうなずく。わっとサーシャが泣き出して、ベッドの前にくずおれた。

「アタシ、お嬢のおかげでたくさん勇気をもらったわ。いざ、がくるまではと思っていたけど。今がその〝いざ〟なのかもしれないわ。ううん、きっとそう。お嬢、アタシなら、お嬢の苦しみも解決してあげられるかもしれない。だからお嬢、元気にならなかったらただじゃおかないんだから」

料理長の声は震え、目には涙までたまっていた。ものすごく重大なことを言われてるっぽいが、まったくもって意味不明である。

よくわからないが、料理長の顔には「しなければならない」という雰囲気が漂っていた。何かを決意した人の顔だった。聞きたいことはいっぱいあったが、頭が重たい。

ついに目の前が真っ暗になり、意識が遠のいていく。廊下から、猛烈な勢いで近づいてくるたくさんの足音が聞こえた。

結局死にはしなかったが、ほとんど気絶しているようにわたしはひたすら眠った。ベッドの周りをいろんな足音が通り過ぎていった、ような気がする。

ひときわ早足で近づいてきては、一目散に去っていく足音があった。のろのろと、緩慢に、迷うように歩く足音もあった。トコトコ、ダンダン、バタバタ、そんな音に包まれていると、真っ暗闇も怖くなかった。

前世で入院していた、ひとりっきりの、海の底のように静かな病室とはえらい違いだ。人の気配は不快ではなかった。むしろ愉快といってもよかった。寂しくない、って感じがして、なんとなく嬉しかった。

時々意識を取り戻しては、誰かの手で経口補水液を飲ませてもらった。熱が相当高いのだろう、足にも手にも、まるで力が入らない。

ほうっと息を吐くと、喉を通過する空気が熱く感じた。自分の浅い呼吸を聞きながら、心中に去来したいろんなことを噛みしめてみる。

まず、最も先行きが案じられるお父様とお母様のこと。

一般的に老後に必要なのは金と人だけど、育毛と美容に夢中になっているおかげで、小銭も稼げるようになったし孤独死もしなそうだし。

何より最近のカイルが、あのふたりに対して懐の深さを見せてくれている。

わたしが生死の境を彷徨った一週間、カイルはしっかりお父様とお母様を支え、励ましてくれていたらしい。あの人たちのどうしようもなさに呆れつつも、慈悲の心で接してくれているようだ。

(やつらも思うところがあったのか、体質変わって性格まで変わったのか、カイルにめっちゃ優しくなったしー。あの様子だと、老後に追い出されるのは回避できそうー……)

次に、目に染みるほど可愛いサーシャの笑顔を思い浮かべた。

残念ながら、サーシャを王太子妃にすることはできなかったけど。料理長と一緒なら、きっとサーシャは緩やかで、あたたかな気持ちで暮らしていける。

(せめて、サーシャだけのプライベートゴンザレスになってやりたかったけど。もう無理っぽいなあ。でも大丈夫だよ、サーシャ。料理長はあんなだけど甲斐性と包容力はありまくりだから)

最後に、急に立派になったカイルのことを思った。

養子という遠慮を脱ぎ去って、お父様やお母様に対して堂々と自分の意見を言えるようになって。

「付け入る隙なんかひとつもありませんけど?」みたいな顔が、小生意気で本当に可愛い。

(いいお嫁さんを見つけてあげられなかったことが、心残りすぎるけど。カイルはとことん立派な領主になるだろうから、いつか素敵なお相手が見つかるに違いない)

せっつかれるようにあれこれ頑張っても、ちっとも思った通りには進まなかったけど。でも、失望する必要なんてないのかもしれない。家族のみんなが、わたしの記憶が戻る前より、ずっとずっと幸せそうじゃないか。

(わたしが死んだら、アルフレッド様とアマリアはざまぁの必要もなく、スムーズに結婚できる。あの、男女交際に慣れてなくて、女の扱いが超下手っくそなアルフレッド様も、ようやく幸せになれるんだわー……)

「よかった」と思うのに。思わなきゃいけないのに。それより先に脳に到達したのは「悔しい」とか「悲しい」とか「つらい」とか、心臓がきゅっと音を立てて縮まるたぐいの感情で。

(はは、この期に及んで王太子妃から王妃へのルートに乗っかれなかったことが、こんなに惜しまれるなんてねー。わたしってば、骨の髄まで悪役だわ)

わたしはひっそりとため息をついた。

(でもなんだろう、この腹の底に渦巻く形容しがたい感情はー……)

わたしはアルフレッド様の顔を思い浮かべながら、唇を開きかけては閉じるということを繰り返した。

自身の内に棲む別の生き物に、死ぬ間際くらい支配されたっていいじゃない。そんなやけっぱちな気分で、わたしは渾身の力を振り絞って素直になってみることにした。

「好き……」

自分の発した声が耳から入り、すとんと胸に落ちた。

(ああそうか。わたしってば、アルフレッド様のことが単純に好きだったんだ)

一度自覚してしまうと心が言葉を連れてきて、わたしは何度も「好き」と繰り返した。それは婚約者の座を金で買ったわたしが、たとえ胸の内にでものぼらせるのは憚（はばか）られると思っていた言葉だった。

（最後にひと目、アルフレッド様に会いたいなあー……）

胸の奥から熱いものが込み上げてくる。顔でも心でも性格でも嫌われていた事実が、いまさらだけど、つらくて苦しくて仕方がない。

すごくはっきりした空耳が聞こえないかなあ。目に見えないものが、見えるようにならないかなあ。

（このくっそ熱の高い、もやがかかる頭でなら、アルフレッド様の幻覚が見える気がするんだけどなー……）

カタ、とか、カサ、というような物音がするたび、もしかしてという期待を抱いてしまう。

（今だよ、出てくるなら今だよー。わたしにも、夢を見させておくれよー……）

未練がましく耳を澄（す）ましていたら、ガンッ、と何やら重たい音がした。廊下がやたら騒がしく、ひっきりなしに何かがぶつかり、部屋が揺れるような感じがする。

（誰か転んだのかなあ。そういや、今は誰が付き添ってくれてるんだっけ。さっき、リズが交代のために出ていったはずだけどー……）

ガタガタと何かが倒れる音や、「うおおおっ」というような声とか、廊下から漏れ聞こえる大運動会みたいなやかましさはまだ続く。

（なんだろなー、ドジッ子の新人でも雇ったのかなー……）

やがて音がやんだ。

ぼんやりとした視界の中で、何かが鈍く光るのが見えた。

わたしは目を細めて焦点を絞った。光を背にして、ゆっくりと部屋に入ってくる人がいた。

「……きたわー、アルフレッド様の幻覚、きたわー……」

幻覚に対するお作法があるのかは知らないが、とりあえず、見えたら大きめに驚こうとは思っていたはずなのに、思わず感心してしきりにうなずいてしまった。

ようこそいらっしゃいました。ご厚情痛み入ります。さすがに笑いが込み上げてきそうになる。

どんだけ見たかったんだよ、幻覚。

「ユリアンヌ」

幻覚のアルフレッド様は、わりとボロボロだった。その姿を、わたしは口を開けて眺めた。

「おかしいなー、我を忘れて見惚れてしまうほどに美しい、夢見るように神秘的なアルフレッド様が見えるはずだったのにー……」

たしかに微笑を刻む唇は品がいいし高潔だし、瞳も吸い込まれそうなほど透き通っているけれど。

「ああ？　ああ、幻覚界にも、通さなきゃならない仁義ってものがあってな」

アルフレッド様はわずかに肩で息をしながら、口の端から零れ出た血を手の甲でぬぐった。

「難儀なやつがいてな。いや、正しすぎるくらい正しくて、いい男というべきかな」

「へー。幻覚界も、いろいろ大変なんですねー……」

アルフレッド様の口元が緩んだ。いや、さっきからずっと緩んではいるのだが、その緩みが一段深まった感じだ。

アルフレッド様の複雑な心情だけは、わからないなりに伝わってきた。

「具合はどうだ」

「ええまあ、ご心配なく。なんていいますか、英気を養っているだけですわ」

わたしはオホホ、の口をしてみせた。オーホッホと笑う元気は、さすがになかった。

「そうか。なら、ちょっと遠慮なくいくぞ」

「はい？」

そこからの〝幻覚アルフレッド様〟の動きはスピーディで、なおかつスムーズだった。

ベッドに乗ってきたと思ったら、背骨がないかのようにだらりとしているわたしを抱え起こす。

そしてあぐらをかいて、その上にわたしのお尻を乗せた。

強い力でぎゅうっと抱きしめられ、「そんないきなり」とやんわり苦情を申し立てたら、さらにぎゅうっと抱きしめられてしまった。

寝汗で湿った布地越しに分厚い胸板を感じて、なんかもう自動的に胸がいっぱいになった。

もう面倒くさいので〝幻覚〟を端折(はしょ)るが、わたしはアルフレッド様の厚い胸に顔を押しつけ、しばらくの間じっとしていた。

アルフレッド様は、うつむくわたしの頭を撫でてくれる。

「痩(や)せたな」

アルフレッド様は細く長い息を漏らした。

「肝心なことは言わないで、一番大事なことは言わないで、放っておいてすまなかった」

さすが幻覚、言ってることの意味がちょっとわからない。

でもなんか、負い目を抱えてるっぽいことだけはわかる。まあ負い目なら、こっちにだってたんとあるんだけど。

（何を言えばいいんだろう。というより、わたしは何を言いたいんだろう……）

せっかく出てきてくれたのに。これを最後に、もう見られないかもしれないのに。

気持ちを告げようと一生懸命（いっしょうけんめい）言葉を探すのだが、なかなか掴（つか）めない。

アルフレッド様の手が、ぐりぐりとわたしの頭を撫でた。うん、乙女の頭を撫でる力加減じゃないね。

「あの、ちょっと痛いです」

「お、すまん」

アルフレッド様が手の力を緩めた。

幻覚なんだから都合がよくて当たり前だけれど、いきなり愛情の欠片（かけら）が込められたような手つきをされたら、わたしの奥深いところが震えてしまうじゃないか。

（ああ、気持ちよさの極みー……）

撫でられるたびに、心がほどけていくのがわかった。

この家には、わたしに寄り添ってくれる人が、わたしのために泣いてくれる人がいる。いっぱいいる。それを知ることができた。

でも、胸の中にひっそりとある寂しさが幅を広げていくのを、感じないわけにはいかなかった。

（ああ、わたしはこんなにも、アルフレッド様に会いたかった……）

わたしは腕を伸ばして、アルフレッド様の背中に触れてみた。抱き合ってるみたいになって、ちょっと照れる。

心の底から待ち望んでいたものが、ここにある。

好かれたいとか、嫌われたくないとか、こうしたいとか、こうなりたいとか。過去に思い悩んだあれこれは、もう、どうでもよかった。

あくまでも幻覚だけれども、案じているような眼差しをくれただけで、もう、どうでもよかった。

「あの。わたし、やさぐれてしまっていた時期を、脱したといいますか。いろんな方面に、謝りたい気持ちがパンパンに膨らんでいるんです」

「そうか」

アルフレッド様が笑った。苦笑ではなかった。あまりに柔らかな微笑だったから、鼻の奥がツンとなる。

「でも、ちょっと改心したくらいでは駄目で。ぜんぜん、駄目で。どんなわたしでも、それはわたしで、なんていうか、いいところなんかひとつもなくて」

にわかにあたりが滲んできた。うるんで揺れて、自分が泣きそうになっていることに気が付く。

「そんなことはない」

うつむいていたら、軽く顎を掴まれる。アルフレッド様は、なんともやるせない表情をしていた。

「あっさり流されない意志の強さがあって、よく口が回って。いきがよくて大胆で、でも細かいところによく気の付く女だ。ぱっと明るい感じがする。誰よりも溌剌としている。ユリアンヌは、極上の女だ」

「わー、この幻覚褒めすぎ……」

「本当のことだ。だから、勝気なおまえがしょんぼりしてるのは、つらい」

脳天にアルフレッド様の声が落ちてくる。また目と目が合う。アルフレッド様の目は、少し濡れていた。

「いや、結構なキンキン声で、こめかみに青筋立ててわめいてたでしょ。お互い悪いところはあった気はするけど、それにしたって、嫌な女すぎたでしょ。幻覚だからって、甘やかしちゃ駄目です。もっとすっぱりと言ってくれた方が、わたしも気が楽になるってものです」

アルフレッド様は受け流すように浅くうなずき、手のひらでわたしの額に滲んだ汗をふいてくれた。盛り上がっていた涙の玉も、人差し指でぬぐってくれた。

「俺の女を甘やかして、何が悪い」

アルフレッド様はわたしを見る。じっと見る。

「いや、俺にそんなことを言う資格はないな。でも、俺はおまえが好きだ、ユリアンヌ。世界で一番、おまえが好きだ」

言葉も態度も、ちっともわざとらしくなかった。幻覚ってすごい。あまりにもよくできていて、わたしは息を呑んだ。ああ、頬が火照る。

「わたしも、好き、です」

それは心からの言葉として、わたしの口から出た。自分でも驚くほど素直に言えた。

またぎゅうっと抱きしめられる。わたしも背中に手を回して、ぎゅっと力を込めた。包まれている。アルフレッド様の鍛えられた身体は硬いのに、柔らかなものの中にいる感覚だった。

「俺が贈ったものは、受け取ってもらえただろうか。あの中に、髪留めがあったはずだが」

「はい、ちゃんと全部受け取りました。髪留めなら、そこの箱の中に……」

わたしがベッドサイドのテーブルを視線で示すと、アルフレッド様はわたしを抱きしめたまま腕を伸ばし、実に器用に箱を引き寄せた。

「まったくプライドってのはしょうもないな。子どものころは、何を贈ってもどうせ馬鹿にされるだろうと思った。そのうち、見返してやろうと思った。いつしか、惚れた女のために金を得たい、得なければと思うようになった」

アルフレッド様は毎日お見舞いの品をくれたから、その箱の中は溢れかえりそうだった。

チョーカーに白いリボン、手袋、ミサンガみたいなブレスレット、小さなオルゴール、アンクレット、イヤリングにネックレス。それから扇子、レースのハンカチ。

アルフレッド様は、ほころんだ花にそっと触れるように、その中から髪留めを取り出した。

「おまえの驚く顔が見たくて、何も言わずに放っておいた。ためにためて、びっくりするくらい豪勢なものを贈ってやろうと。馬鹿だったな。俺が意地を張らなかったら、おまえに毎年どんなものを贈っただろうか、と思いながら選んだんだ」

アルフレッド様はわたしの前髪を集めるように撫でる。額の上の方で、鼈甲の髪留めが嵌まった感触があった。

「家を出て、どこかでひとりでやっていくための準備をしてたんだよな」

「え、ええとー。それは、なんというか、当たらずとも遠からずというかー……」

わたしはぎこちない笑みを浮かべる。

アルフレッド様の目が少しだけ細くなった。静かな眼差しで、わたしを通り越して、どこか遠くを見ているようだった。

「初めて会ったとき、ずいぶん気の強い跳ねっ返りだと思った。それはそれで可愛いな、と思った。それなのに、俺は」

アルフレッド様は手の甲で口を覆う。

「カイルが言っていた。ユリアンヌは、こうなったのは自分のせいだと、いわゆる自己責任だと、そう思っているんだ、と」

わたしの頭のてっぺんに、アルフレッド様が頬を擦りつける。

「でも、違うんだ。すべては俺が悪いんだ。自分のことばかりで、好きな女を放っておく愚かさを重く見ていなかった」

「い、いやあー。そこまで自分を責められると軽く意表を突かれるっていうか、悪いのはわたしもっていうかー」

わたしがモジモジすると、アルフレッド様がハッとした。

「ああ、まだ熱があるおまえに長々とすまなかった。続きは、横になって話そうか」

でも、これだけは言わせてくれ、と耳元で囁（ささや）かれて、ぞぞぞっと背筋が粟立（あわだ）った。くそう、声がよすぎる。

「俺は心を入れ替える。入れ替えた。おまえのためにもっと頑張るから、どこまでも寄りかかってくれ」

「え、いやですそんなの。自分でできることは、自分でします。そんなの、どっちも駄目になっちゃうでしょ。片っぽが重すぎたら、どっちも沈んじゃうでしょ」

「まあ、そうだが。勢いづいて言ってしまったが、つまりは大船に乗った気持ちでいてほしいという意味だ。ああ、なんというか、甘やかすというのは線引きが難しいな」

アルフレッド様はわたしを抱きしめたままベッドに横になった。なんだか、急激に熱が下がっている気がする。幻覚の効果ってすごいなあ。わたしはアルフレッド様の顔を見ながら、ため息とともに言葉を紡ぐ。

「……わたし、痩（や）せたとはいえ中の中あたりで平凡で。ていうか昔から、目つき悪いですよね。自慢ばかりするし、嫌味っぽかったし。いくら幻覚とはいえ、好かれる要素がどこにあるのか、まったくわからないのですがー……」

「そうか？　ユリアンヌは、昔から可愛かったと思うが」

「アルフレッド様って目が悪かったです？」

「単純にそう思ったから言ったまでだが。そうだな、幼いころ、俺が姉に意地悪されたときに怒ってくれたことがあっただろう？　姉たちを蹴散らせる女は初めて見たし、キッと睨む顔が凛として可愛かった。難しい課題にぶち当たって泣くのをこらえてる顔も可愛かったし、できるようになって鼻高々な顔も……」

「あ、あの、もういいです！　もういいですからっ！」

ただでさえ熱があるのに、頬も耳もうなじも、それこそ全身が瞬く間に熱くなった。

「まあ、あれだ」

アルフレッド様が自らの顎に手を当てる。

「恋は思案の外って言うしな。考えたって仕方ないのかもしれない。それに今はわからないことも、ずっと一緒にいたら理解できるようになるだろ」

耳元で声がするのに、耳ではなく、べつのところから入ってくるみたいだった。胸がじんじんする。

息ができないくらいにドキドキした。顔から火の出る思いだった。こっ恥ずかしい。しかしながら、まことに嬉しい。嬉しくて嬉しくて、表情がだらしなく崩れそうになった。

「ユリアンヌ」

酷く愛しい、自分だけの宝物だとでもいうように呼びかけられた。

「は、はい」

「あらためて言わせてくれ。不甲斐ない俺だが、俺はおまえと幸せになりたい。おまえを失いたくない。心の底からおまえが好きだ。だから元気を取り戻して、俺と添い遂げてくれ」

こくん、とうなずいた。アルフレッド様の熱さも、においも、酷く心地よい。わたしは目を閉じて、その悦楽をうっとりと味わった。

そして朝がきた。ひときわ明るい朝だった。閉じたままの瞼を、チクチクと光が刺激してくる。

(幻覚きたわ、きちゃったわー。いやー、くるもんなんだなあ。ああ、いい夢見たわー……)

ゆるゆると意識が浮上すると、まず、異常なまでのぬくもりがわたしを出迎えた。

(あれ？　熱はすっかり下がってるっぽいのに、なんか熱すぎないー？)

むっと鼻にくるわけじゃないけど、じたばたしたくなるくらい心がざわめくにおいがする。

(なんだろう、この青さがまだ勝っているような、高貴でありながらも野蛮って感じのにおいは……)

これは、あれだ。男くさいってやつ？

(いや、いやいや、そんなまさかー……)

反射的に全身の毛が逆立ち、ざわざわと揺れた気がした。そろそろと目を開ける。ど真ん前にアルフレッド様の寝顔があった。どこからどう見ても精悍な、絵に描いたような、なんつーか水もしたたる美しい寝顔だった。

(こ、これはたぶん、要するに、認めたくはないが〝現実〟というやつなのかーっ⁉)

動揺がおさまらず、おっかなびっくり盗み見ていると、アルフレッド様がぱっちりと目を開けた。大きく開いた目はすぐに細められ、「おはよう」と形のいい唇が動く。

「おおお、お、おはようございますっ」

わたしは盛大に戸惑い、ベッドに横になったまま小さく頭を下げた。

「熱が下がったみたいだな。顔色も悪くないし、よかった」

アルフレッド様がわたしの額に手を当て、ほっとした表情を浮かべる。それから照れくさそうに、顎のあたりをポリポリと掻いた。

「その、なんだ。案外、覚えてるもんだろ」

それは問いかけだったが、疑問符はついていないように思えた。これはつまり、あれだ。「自分もそうだった」と言っているのか。言ってるんだな。

「えっと、もしかして、アルフレッド様も、お、覚えてたんです、か？　あの、その、あのときの、幻覚のわたしを……」

わたしは切れ切れに問いかける。声が震えた。

「ああ。なんというか、脳とか目とか手のひらが、勝手に覚えてたって感じだな。朝起きたらいなかったから、一瞬夢かと思ったが。でも、周囲の連中に何言われるまでもなく、俺は覚えてたよ」

アルフレッド様は愉快そうに笑う。

「あれは、人生で最も大きな幸せを得た瞬間だったな。いや、それは昨晩塗り替えられたわけだが」

「あああの。今、わたしのアルフレッド様観が揺れ動いちゃってて。これってほんとのほんとに、現実ですかね？」

気が動転して、いつもの令嬢モードではなく、素のまま尋ねてしまう。けれどアルフレッド様はそれを気にしていないようで、ゆっくりと答えてくれた。

「現実に決まってる」

アルフレッド様は、ちょっと悪戯っぽい顔つきになる。でもあたたかな表情だった。それはすっきりとした顔でもあるように見えた。

（うわー、うわー、どうしようー……）

実は夢オチという、我ながら気持ち悪い妄想の産物なのではなかろうか、と頬の内側の肉を噛んでみたが、ちゃんと痛かった。

「いやでも、アルフレッド様がわたしを好きって。わたしより身分も容姿も、あと認めたくないけど気性も上等な、アマリアのことが好きなんじゃ？　ていうか、そもそもざまぁは？　え、よく考えなくても全部わたしの勘違い!?　わたしは小説世界の悪役令嬢じゃなかったってこと!?」

「アマリア？」

目の前のアルフレッド様が、絵に描いたようにきょとんとした顔になった。

「え、ええっとですね。昔っからわたしへのライバル心をぷんぷんと匂わせてたアマリアが、このところ盛大に王宮に出入りしてましたよね？　アルフレッド様がわたしを嫌ってて、婚約破棄したがってるって噂も出回ってたから、てっきりアマリアを王太子妃にしたいんだとばっかり」

アルフレッド様がぎょっとする。つられてわたしもぎょっとした。

「たしかに、このところアマリアは、妙に頻繁に妹たちのところに遊びに来てたな。他の女もちらほらといたような……。あれ、俺目当てだったのか。でも俺は忙しかったし、それ以前にうざったいしで、ほとんど会話なんかしてないぞ？」

アルフレッド様が首をひねる。政治経済には神経こまやかなくせに、なぜに色恋方面がこうまで鈍感なのか。

「そういえば、面白がってダーヴィットのやつ……グライフ公が追い払ったりしてたような。というか、婚約者がいる俺に他の女を薦めてくるラストン公爵やオルドリッジ公爵は、はっきり言って頭がおかしい」

あからさまに不快の表情を作り、アルフレッド様は深く長い息を吐いた。

「でも、悪かった。それでユリアンヌを不安にさせていたんだな。つけ込まれたのも見くびられたのも、いらない意地を張っていた俺の責任だ。これからは貴族たちの前で態度で示しまくると、約束する」

アルフレッド様がつむじのあたりに鼻を近づけてこようとするので、わたしは思わず身をよじった。

「あ、あのっ！　わたし、すごく汗かいちゃったから。いまさらだけど、全身から野良犬のにおいがしますから！」

「そうか？　ユリアンヌのにおいが濃くて、いいと思うが」

言ってることは若干変態である。なのに、憎らしいくらいカッコイイ顔で言われると、爽やかに聞こえるのが不思議だ。

（でも、心と身体のエネルギータンクが、満タンに補充された気がするー……）

互いの顔を、声を、においを抱きしめ合っているうちに、心の傷も身体の疲れも、すっかり癒えたようだった。

「ところでユリアンヌ。〝ざまぁ〟というのはなんのことだ？　一般的に考えて、ざまあみろってことか？」

「えっ!?　い、いやその、それはちょっと説明が難しいですー……」

わたしはかすかに戸惑いつつ、ふと、ちっぽけな勇気を振り絞るなら今なのでは？　と思った。アルフレッド様と両想いになれて、ただ喜んでるだけじゃ駄目な気がする。微笑ましい恋人同士になるためには、前世の記憶について打ち明けておくべきなのではなかろうか。

「……あの、アルフレッド様。聞いて頂きたいことがあるんです」

重大な秘密を打ち明けるために、わたしは横になったままじっとアルフレッド様の目を見た。アルフレッド様も寝そべったまままわたしの目を見る。

そしてわたしは、アルフレッド様に一切合切をぶちまけた。

唐突に蘇った前世の記憶。かつてわたしはひとりぼっちで、病気で命を落としたこと。

家族の現状を顧みて大々的に反省したこと。

切羽詰まった気持ちで、今までの悪行を償うための方法を考えた日々。

脳みその酷使しすぎによるものと思われる、謎の昏倒や発熱。

逸る気持ちをなんとか抑えながら、それらを端的にまとめて伝えた。わたしは胸に手を置き、ふう、と小さく息を漏らす。

「……あの、どう思いました？」

わたしが恐る恐る尋ねると、アルフレッド様はすこぶるカジュアルに笑った。

「ぎゅうってしてやりたいと思うな。誰にも言わず、よく頑張った」

そう言ってアルフレッド様はわたしの頭に手を伸ばし、髪の毛がくしゃくしゃになるまで撫でまくった。

「ぎゅうってしていいか？」

「え、それはいいですけど。あの、わたし脳みそがこんな状態なのに、アルフレッド様は構わないんですか？　気味が悪くないですか？　わたしがこのまま王太子妃になっても、いいんですか？」

「もちろん、いいに決まっているだろう」

アルフレッド様の目が細められた。それはなんだか、自嘲という笑みに近い気がした。

「ユリアンヌに前世の記憶が戻ったのは、突き詰めれば、俺が愛の言葉を惜しんだせいだと思う。前世のユリアンヌに前世の寂しい気持ちが、今のユリアンヌと重なったんだろうな。ああ、それで責任を取るという意味ではないから、勘違いするなよ？」

アルフレッド様がぱっちりと目を開けた。まさしく愛情がこもった目という感じだった。

「他に誰がいる？　俺の心を強く掴(つか)んで十年も努力させ続けてくれたユリアンヌ以外、俺に相応(ふさわ)しい存在がいるか？」

アルフレッド様は何度も「好きだ」と言いながら、わたしをぎゅうっと胸に抱きしめた。

「おまえはきっと大丈夫だ。だからこれからも、死ぬまでずっと俺のそばにいてくれ」

アルフレッド様がくれる福音のような言葉が、柔らかくて、あたたかくて、優しくて。きっと大丈夫だという気持ちが湧いてきて、気のせいではなく脳みそがすうっと軽くなった。

「これから先も、ずっと一緒に生きていこうな」

「ええと、その。…………はい、喜んで」

わたしたちはおでこをくっつけ、手を握り合った。

「あの、いまさらですけれど。その頬の傷って、もしかしてカイルとこぶしで語っちゃった感じですか？」

恥ずかしいという気持ちは徐々に薄れてきたので、超至近距離でアルフレッド様の顔についた傷が確認できた。わたしが尋ねると、アルフレッド様はこともなげにうなずく。

「まあな。ある意味、最終関門みたいなものだったな。それにしても、あれはいい男だな。ずいぶん姉思いだ。おまえが寝ている間も、外から何度も『手を出したら殺す』みたいなことを言ってたぞ」

次の瞬間、まるで見計らったかのように、どんっと大きな音を立てて扉が開いた。むすっとした顔でカイルが入ってくる。わたしたちはのろのろと身体を起こした。

「姉さん、その顔どうにかしろ。顔の筋肉がだらしない具合に緩みすぎだ」

「んあ？」

思わず顔に触れると、たしかに口の端が上がっていた。カイルは「何やってんだよ」と言わんばかりの鼻息を出した。

「アルフレッド様、ちょっとうちの姉を抱えて一階まで下りてもらっていいですか。〝不測の事態〟が飛び込んできて、うちの居間は混沌に混沌を重ねて佃煮(つくだに)にしたらこんなだろう、みたいな状態になってます」

わたしとアルフレッド様は顔を見合わせた。そして、ハッとして叫ぶ。

「ご、ごめんなんだけど、せめて顔だけ洗わせてくれるかなあ⁉」

「手早くな。病み上がりなんだから、ちゃんと抱っこされてこいよ。ソファに横になれるようにしとくから」

アルフレッド様に抱えられて洗面所に飛び込んだわたしは、冷たい水を両手ですくい、ざぶりと顔を洗った。

お姫様抱っこで居間まで向かう道すがら、アルフレッド様はこれまでのカイルの様子について教えてくれた。

カイルは「自分の都合ばっかり考えやがって」と、アルフレッド様に食ってかかったらしい。

「なんで大事にしてやらないんだ、うちの姉が好きならカッコつけないでくださいよ」とも言ったらしい。

あまつさえ、「途中でほっぽり出すなら、俺が引き取る」とまで宣言したらしい。

いいやつだ。いい弟だ。こんな厄介(やっかい)な義姉(あね)を一生抱える宣言、すごすぎる。強(し)いて言えば同情だろうが、わたしのことなんかずっと苦々しく思ってただろうに。

「いやー、出奔（しゅっぽん）した不肖（ふしょう）の弟が、まさかユリアンヌちゃんのとこで世話になっていたとは！　人生、いたるところにロマンティックありだねえ。ぜひともお礼が言いたくて、早朝からお邪魔してしまったよっ！」

居間で待っていたのは、なんとお茶目な微笑を浮かべた大公様だった。わたしとアルフレッド様は同時に仰天した。軽くめまいがしたんだろう、アルフレッド様がよろけている。

「……お嬢。アタシったらよけいなことしちゃったかもしれない」

おもしろーい、みたいな笑みを浮かべている大公様の横に、憔悴（しょうすい）しきった顔の料理長がいた。

わたしとアルフレッド様にカイルとサーシャ、それから料理長と大公様、ついでにリズとジャックという面子（メンツ）が居間に集結した。わたしは病み上がりだからと、大きなソファに横になってアルフレッド様に膝枕されるという、とんだ羞恥（しゅうち）プレイを食らうことになった。

しかし、あっちを見てもこっちを見ても顔が華やか。モブっぽいジャックでさえ、目とか口元ははっきりしてるし整ってるし。

くっそ、お母様はともかくお父様がいたら下から二番目だったのに。ふたりとも大公様の来訪に度肝抜かれて倒れちゃったらしいしな。

それにしても料理長、なんかワケありっぽいとは思ってたけど、想像より遥かにすごかった。まさか、母親違いとはいえ大公様の弟とは。

「アタシって前大公の子とはいってても庶子だし、母親の身分が低すぎて表舞台にも出してもらったことがなかったの。だから、アルフレッド様とお会いしたことはなかったのよね」

「いや、たしかに知らなかったが。しかしそうか、髪と瞳の色、ちょっと厚めの唇以外は、前大公によく似ている」

ふむ、とアルフレッド様が口元に手を添えた。わたしもうなずいた。

よくよく見れば、稀代の女たらし、歩くわいせつ物（アルフレッド様談）との、たしかな血の繋がりを感じる。

「アタシは単に可愛らしいものが大好きなだけで、ついでに自分も可愛くなりたかった。恋愛対象が男ってわけでも、かといって女ってわけでもなかったの。でも、性のあり方っていうのかしら、それが隠居した父の知るところになっちゃって」

料理長は爽やかに笑ったが、すごく耐えてきた感じがした。きっと、ものすごく不愉快な思いをしてきたのだろう。

「兄は庇ってくれたんだけど、もーなんか、いろいろ鬱憤がたまっちゃって。漠然とした不安はあったものの、好きに生きようと思って。国を飛び出しちゃったのよね」

料理長が肩をすくめた。大公様はリズが淹れたお茶を厳かにひと口飲んだあと、飾り気のない笑みを浮かべる。

「俺、酷く悲しんで、ずいぶん落ち込んだんだけどなあ。捜したいって衝動に駆られることもあったけど、ま、我慢したさ。バートの幸せを思えば、連れ戻すのもどうなのかなって」

実際、料理長はたくましかった。

母譲りの料理スキルと、幼いころに大公様相手に鍛えた腕っぷしで、放浪生活を切り抜けた。そうしてすっかりヤンキーモードを会得し、あちこちに人脈を作り、我が家に落ち着いたのだという。

「アタシ、サーシャちゃんと深く関わって、今まで胸の奥にしまって見ないようにしていたものが、静かに浮かび上がってくるのを感じたの。ずっと恋がしてみたかったんだって気付いたの。魂（たましい）には男も女もないんだって、思い知ったの」

料理長はサーシャに向かって、柔らかな日差しを浴びているような笑みを浮かべた。

「食べる姿がもー可愛くて可愛くて。心がぐらぐらと沸騰（ふっとう）する感覚なんて、初めて知ったわ」

「バートさん……っ！」

サーシャははちきれそうな笑顔で応じた。ふたりは手を取り合って見つめ合い、わたしたちは思いっきり蚊帳（かや）の外になる。しばらくののち、料理長は再び口を開いた。

「ご令嬢が働いてお金を貯めているなんて、何か悩んでいるとしか思えないでしょう？　アタシと同じように鬱屈（うっくつ）した生活から逃げ出したいなら、お嬢を救えるかもしれないと思ったの。なんだったらこっそりひっそりグライフ公国に手引きしてもいいと思ってた。……でも、もうそれは必要なさそうね。それに今は、あのクソ親父に頭を下げてでも、サーシャちゃんを幸せにするって決めたし」

料理長は尻を浮かせたと思ったら、サーシャの足元にためらいもなく膝をついた。驚くサーシャの手を取り、そっと口づける。

「サーシャちゃん、アタシと結婚してくれる？　ちょっと苦労はかけるかもしれないけど、アタシめちゃくちゃ頑張るから」

「は、はい……。はい、喜んで……っ！」

ああ、心が混じりけのない清らかなもので満たされていく。「おめでとう」なムードが高まって、わたしたちは全員で拍手をした。

「うん、父上もだいぶ衰えたし弱ってるし、帰ってくるにはいいタイミングだ。この数年のことは、こっちに遊学してたってことにすればいいしね」

大公様の言葉を受けて、ふむ、とアルフレッド様がうなずく。

「遊学していたということにするなら、バート殿にこちらの舞踏会に出てもらった方がいいな。グライフ公国に戻る前の肩慣らしにもなるだろうし」

「ああ、それはいいね。バートとサーシャちゃんは、ちょっと大変かもしれないけど。でもまあ、それくらいはできなきゃいけないよね」

「え、あの、その。が、頑張ります……っ！」

大公様の言葉に、サーシャは頬を紅潮させて勢い込んだ。

つぶらな目を輝かせ、いつもカサカサだった唇もぴかぴかに光って、眩しいったらない。ぐんっと成長したなあ。恋ってすごいなあ。お姉様は、誇りすら感じるよ。

「えーっと、カイル君だっけ。きみは何をそんなに、難しい顔をしてるのかな？　姉妹がどっちも良縁を掴んで、まさにこの世の春じゃない」

唐突に大公様に話を振られたカイルは口をへの字にして、額を指先で叩いた。

「ご存じでしょうに。健康面で不安のあるうちの姉を排して、べつの王太子妃候補を立てようっていう、いけすかない動きが一部の貴族にあるんですよ。噂では、国王様にも話が届いているとか。そのまま、目障りな我が家をつぶしてしまおうってとこですかね」

「え」

わたしの心臓が強く打った。ざまぁな展開、しっかり残ってるじゃん。

「まあ、アルフレッド様に足繁く通ってもらったのには、それに対抗するための実績作りって側面があったわけですが」

「実績作り？」

アルフレッド様の太腿に頭を置いた状態で、わたしは首をひねった。アルフレッド様のあたたかい声が上から降ってくる。

「倒れたおまえが心配でたまらない、ゲッスール家に毎日通い詰めるほどにベタ惚れだっていう、実績作りだな。もちろん、第一の目的は謝罪だったが」

「え？」

「溺愛ってやつだな」

それって誰も信じないのでは、とわたしは思った。わりと仲悪いっぽい噂だったのに、いきなり溺愛とか唐突すぎる。

「信じるさ」

わたしの心を読んだかのように言い、カイルは鬱陶しげに伸びた髪の左側を耳にかけた。よし、迷惑かけたお詫びにあとで切ってやろう。

「引きこもり気味の王太子様が足繁く通ってるんだ、信じるしかないさ。そのために警備もきつくしたんだし、あれこれ噂も流したし」

「う、噂って……」

「アルフレッド様の心はユリアンヌ嬢でいっぱいだって、ふたりはわかり合ってしまったんだなってな。嘘ではないが、本当でもないやつな。ラリッサ嬢もステファニー嬢も喜んで協力してくれたよ。まあこの一晩で、ちゃんと嘘じゃなくなったみたいだけど」

マジか。うわあ、足の裏がこそばゆい。その手の噂は、光の速さで社交界を駆け巡るもんな。

「でも、まったく安心なんかできないんだからな。ぼーっとしてる場合じゃないんだぞ」

カイルの声からは厚みが感じられた。顔つきにも、風格みたいなものが漂っていた。一晩の間に、さらに一皮剥けちゃったっぽい。

「そもそもアルフレッド様。あなた、すべてにおいてそんなに完璧じゃないんですから、心の底から反省してください。特に恋愛方面は、グズグズの極みだったでしょう。厄介な小姑が腐るほどいるし、舅姑はアレだし。難あり物件だったところがちょっと懐具合が改善して、まとわりついてくるご令嬢もいるようですけど」

アルフレッド様がわずかに顔をしかめた。みなまで言うなの風情だったが、それでもやや上体を倒し、じっとカイルの言葉に聞き入っている。

「ゲッスール家に、これまでの金を返す必要はありません。嫁入り道具も豪勢に持たせます。その代わり、これから直面するであろう事態から、姉を死ぬ気で守ってやってください」

アルフレッド様はゆっくりとまばたきをし、それから深くうなずいた。

「必ず守る」

「……まあうちの姉は、今思い出しても酷いやつで」

カイルはいきなり遠い目をし、言葉と態度でわたしをいじってくる。

「どうしてくれよう、と思う程度には苛められました。トラウマになっちゃって、俺はすっかり女嫌いですよ。血も繋がってませんし、責任取って一生俺の面倒見てほしい感はあるんですよね。だから、アルフレッド様が約束を守れなかったら、速攻で迎えに行きます」

「え、やっぱり一生飼い殺し？　そ、それじゃカイルの人生が罰ゲームになっちゃうよー」

さすがに申し訳なくて問いかけると、カイルは片方の唇を引き上げて苦く笑う。そして「それくらい、俺の傷は深いってことだよ」と呟いた。

「うう、ぐうの音も出ないー。わたしってば本当に意地悪で、いやなやつで。苛めちゃって、ごめんなさい……」

わたしはアルフレッド様に支えられながら身体を起こし、それから深々とカイルに頭を下げた。

「初めて言ったな」

そう言って、カイルは伸びてきた襟足をさすする。

そういえば、と思った。謝る資格すらないと思っていたから、わたしは一度もカイルとサーシャに謝ったことがなかった。

「悪いことをしたら、まずは『ごめんなさい』だろ。ちゃんと謝ってくれるなら、こっちにだって受け入れる準備はあるさ。そういう気分に、姉さんがさせてくれたんだ。だからサーシャにも、ちゃんと言ってやれよ」

「カイル……」

カイルはちょっとした諦念と愛情が入り混じったような、複雑な目でわたしを見た。なんか、泣きそうになった。胸がじんわりとあたたかくなる。

「……サーシャ、ごめんなさい。時間は巻き戻せないから、やってしまったことをなしにはできないけど。本当に、ごめんなさい」

「えっと」

小さく呟(つぶや)いたサーシャは、聖女のような顔でわたしを見た。

「いろいろあったなー、とは思うけど。でもわたし、お姉様のこと、そんなに嫌いじゃなかったです」

わたしは目を見開く。まばたきもせず、サーシャを見つめ続けた。

「どんなにつらくてもくじけず、自分を高めていけるお姉様のこと、尊敬してました」

「サーシャ……」

「えーっと、不断の努力っていうのかな。そういうの、わたしには難しくて。だからすごいなあって、ずっと思ってて。お姉様みたいになりたかったけど、無理で……」

ああ、わたしたちはお互いに、相手にあらかじめ備わっているものを羨(うらや)んでいたのか。

相手のコンプレックスに思いを馳(は)せることさえできていれば、きっと初めから仲のいい姉妹になれただろうに。

「でも、謝ってくれたことは、嬉しい」

サーシャは優しく微笑んだまま、いくどか小さくうなずいた。

「えーっと、お姉様が頑張ってるから、わたしは許されてきたっていう面も結構あって。でも、これからのことを考えると、わたしすごく頑張らなきゃいけなくて。応援っていうかアドバイスとかもらえると、もっと嬉しいなあって」

サーシャの笑みが大きくなった。カイルも笑った。わたしも、穏やかな笑みが顔いっぱいに広がっていくのを感じた。

「つまり、姉さんにとってもサーシャにとっても、決戦は舞踏会ってことだ。そこのスマートに見えて泥臭い王太子様、あなたが姉さんの心労の原因なんですから、責任もって元気にさせてくださいね」

「ああ、任せておけ。もう二度と、ユリアンヌにいらぬ気は遣わせない」

「料理長、いやバート殿か。サーシャがグライフの大公弟に嫁ぐって、すぐに宣伝しまくりますから。サーシャのほやほやの決意を、しっかり後押ししてやってください」

「やだカイル様ったら、ここでは料理長でいいわよ。アタシたち好きが走り出しちゃったから、手を取り合って頑張るわ」

「姉さん、サーシャ。俺も死ぬ気で協力するから、ゲッスール家の娘の底力を見せつけてやれ」

カイルってば、いつの間にかただものではない、何ものかになっちゃって。

（弟がこんなに頑張っているのに、わたしがこんなことでどうする。たとえアマリアに何かされても、ここで勇気を出さないでどうする！）

たしかに、健康面の不安はある。ここのところ社交をサボっていたことで、自信も目減りしている。

（もっと頑張れわたしの身体。期待してるぞわたしの身体。おまえはもっとやれる子だ！）

わたしは脳内で、筋肉自慢の人みたいなポーズを作っていた。むんっ！　ってな感じである。

わたしといると喜んでくれる人がいる。わたしに元気がないと悲しんでくれる人がいる。

それならば、わたしがするべきことは、ざまぁされることじゃない。

家族と、大切な人と、幸せになることだ。

「オーホッホ、誰がかかってこようがしょせんは有象無象、恐るるに足らずよー。成り上がりゲッスール家の底力、見せて差し上げようじゃないの」

わたしは立ち上がりこぶしを握りしめ、応接室をぐるりと見回した。

「幸福も不幸も、運も不運も、どう転がるかわからないのが人生！　先に何があるかは誰も知らないんだから、くよくよ悩むだけ損ってもの。悩む暇はないし、そんな柄でもないし、サーシャやカイルの眼前に何が転がり出てきても、このお姉様が叩きつぶしてあげようじゃないのーっ！」

わたしはツンと顎を上げ、オーホッホと久々の高笑いをした。

「それでこそユリアンヌだ」

すっと立ち上がったアルフレッド様が、わたしの手を掴んだ。真摯に、熱っぽい目で見つめられると、気持ちがふわっと空に浮き上がっていくような気がする。

「口づけくらいしてもいいか？」

「え？　えーと、その。アルフレッド様って、結構大胆なんですねー……」

この程度で？　とアルフレッド様が苦笑した。

「俺はどうにも、直截的な物言いしかできんようだ。気障ったらしい振る舞いは性に合わん。口づけさせてくれ、ユリアンヌ」

「まあわたしも、アルフレッド様のそういうところが好きっていうか。なのでどんとこい、です」

至近距離で見つめ合いながら、同時に噴き出した。

「あー。いちゃつくなら外でやってください」

呆れるのを通り越して沈痛な面持ちのカイルに言われ、ふたり同時にハッと我に返る。

「いやー、ロマンティックでいいねえ。青春だねえ」

大公様がしみじみ、あるいは、ほのぼの呟いた。


サーシャの教育には、ゲッスール家総出で挑むことになった。

わたしたち三人きょうだいは励まし合い、元気づけたり元気づけられたりしながら、舞踏会までの日々を過ごした。お父様やお母様も口を出したり、お金を出したり、えもいわれぬ愛情が滲んだ顔を出したりしてくれた。

そうしていつしか、いびつだった五人家族は、喜びを等しくとまでは言わないが、それなりに分かち合えるようになっていた。

「ついに決戦の日が来たかー……」

およそ一か月半の準備期間は、瞬く間に過ぎた。舞踏会当日、わたしはリズの手でしっかり着飾ってもらう。

「うーむ、めちゃくちゃいい出来栄え。静かで、深い、昭和の大横綱のごとき品格を感じるわー」

緑地に銀糸で刺繍されたドレスは胸元がちょっと開いていて、背中のラインもとても美しく見える。

デザイン自体はシンプルだが、身体の線がほどよく強調されていた。

上品でありながら微量のエロさが香るこのドレスは、お母様自身が物置から探し出してくれた。お父様とデートを重ねていたころの勝負服らしく、家族とリズと使用人総出で手直しした。

アクセサリーはアルフレッド様の瞳と同じ、翡翠色を選んだ。猫足のパンプスも緑で、つま先に小さく蝶の模様が入っている。

昨今はド派手に装うことが主流だが、目の早い一部の淑女の間ではシンプルへの回帰が起きているらしい。そこに目をつけた。

ド派手路線で勝とうとすれば、滑稽になるばかりだ。以前のわたしがそうだったように。

ならば違う土俵で戦っちゃえばいいじゃない、ということに相成った。

わたしは指先で頬に触れた。以前に比べて柔らかで濡れているようだし、何より透明感が増していた。家族一丸となって頑張ってきたおかげで、見た目でいたたまれない思いをすることはないだろう。

「ねえ。カイルはその、気になる人をエスコートしたい、とか思わないの？　せっかくの舞踏会なんだし」

「あー。俺、失恋したばっかりだから、その話題はやめてくれるか」

夜会服の襟元をいじっていたカイルが、口の端を持ち上げて悪戯っぽい笑みを浮かべた。

「ま、ある意味で高嶺の花だったし。告白すらできなかったよ。その人は信じられないくらい鈍感だから、気付くわけもなかったしな」

「そ、そうなんだー……」

失恋をあっさりとそう総括してしまったカイルに、かける言葉が見当たらない。

「姉さんも素晴らしいけど、サーシャも綺麗だな。やっぱ覚悟のほどっていうか、揺るぎなさが違うと、女は変わるんだなあ」

カイルの目尻が酷く優しくなる。目線の先に、薄桃色のドレスをまとうサーシャがいた。物腰が柔らかくて口調も性質も穏やかな、完璧な王子様に化けた料理長と、手を取り合って笑っている。

お父様とお母様はにこにこして、にやにやして、すごく大事そうにわたしたちを眺め回していた。

「オーホッホ、ここが正念場よー。それいけゲッスール家っ！」

絶好調のゲッスール家は、ちょっとやそっとではへこたれない。わたしたちは威勢のいい声を上げ、王宮へと乗り込んだ。

優雅な音楽が流れるきらびやかな大広間は、老若男女がひしめいていた。

星降るように輝くシャンデリアの光が、格調高い調度品や美しく着飾った令嬢たち、談笑する紳士らに降り注ぎ、お伽噺のように幻想的で美しい。

「と、とてもお綺麗ですわ、ユリアンヌ様。わたくし今、感無量ですっ」

「また、またユリアンヌ様のおそばに立てるなんて。こんなに幸せなことはありませんわ！」

おべっかではなく、心からと思われる声を出したのは、ラリッサとステファニーだ。

彼女たちとも入念に打ち合わせをしてきた。舞踏会という場に相応しい豪華さであるものの、清楚でシンプルな装いはふたりによく似合っている。

「ありがとう、心配かけたわね。ふたりとも内側から輝くように綺麗よ。わたくしの左右を固めるのは、あなたたちを置いて他にないわ。よろしく頼むわね」

王族の席にいたアルフレッド様が立ち上がるのが見えた。迷いなく歩き出す。わたしに向かって。

漆黒を基調にして緑を差し色にした衣装は、ベースが軍服なのでかっちりしている。金の肩章や飾緒、銀のサッシュベルトと、まさしく絵に描いたような王子様だ。

「ユリアンヌ」

アルフレッド様がわたしの前で足を止めた。わたしの目を見つめながら、片手を差し出す。わたしはそっと自分の手を乗せた。

「すごいな、みんな度肝を抜かれているぞ」

アルフレッド様が耳打ちしてくる。首筋をあたためるように息がかかり、思わず身をよじりそうになったが、耐えた。

照れくさすぎて、ちょっと寒々しさも感じるけれど、今日は盛大にイチャコラすると決めたのだ。互いに女優、俳優になりきろうと誓い合った。

なのでわたしが微笑みかけると、アルフレッド様は反対の手の親指で、わたしの頬をこするように撫でた。やめてください化粧が剥げてしまいます。

「うわー、すっごいな。みんなぽかーんとしてるぞ」

後ろにいたカイルが、愉快そうに小さく笑う。

たしかに大きなざわめきが起きたあと、大広間は静寂に包まれていた。みんな目を見開き、嘘か冗談か目の錯覚か、とばかりにわたしたちを凝視している。

「そ、そなたまことにハゲーザーか？　まるきり別人ではないか」

上座でラストン公爵やオルドリッジ公爵、その他有力貴族たちに囲まれて酒杯を捧げられていた国王様は、信じられないという目をしてぽかんと口を開けた。

たしかに、育毛に大成功したお父様はまばゆい光を放っていた。いやフサフサだけれども、フサフサだからこそまばゆいという逆転現象。

「ままま、まあ、デビュリアったらすっかり痩せて……。二十代のころに戻ったようだわ」

甘い菓子を口に運んでいた王妃様の手から、木の実の砂糖漬けらしきものがポロリと落ちる。

すっかり美魔女に変貌したお母様のほっそりした身体からは、女の色気がむんむんと漂い、年齢よりも遥かに若く見える。

「おほほ、有意義な体験をいろいろといたしまして。のちほど、皆様にも美容と健康をおすそ分けさせて頂きますわ」

「いや、見せびらかすようで申し訳ないですな。領地を奔走している間に、このようになりましてなあ。ご希望があれば、コツといいますか、秘密を教えて差し上げますぞ」

お父様とお母様が歩くと、左右の人垣が割れて自然と道が開けた。

我に返った老獪な貴族連中が、あっという間にふたりに群がっていく。うん、この人たち、どう転んでも自分たちで生計を立てていけそう。

新しい医療施設を作るために領地に戻った両親は、ついでに自分たちの健康法を領民に広めることにしたのだった。一大ブームが巻き起こったおかげで、隠居後の居場所は問題なく獲得できそうだ。

(うちの領民メッチャ健康になってきてるんだよなー。フサフサの方も、発毛効果が高いことは実証されたしー)

痩せた母とフサフサの父が中高年に囲まれ、今年デビューの娘を持つ人々は、狙い目とばかりに、一気にカイルへと駆けていった。

残った人々の耳目を集めているのは、彗星のごとく現れたバート・グライフ大公弟と婚約者のサーシャ・ゲッスール。大公様はふたりのそばで、得意げな顔つきになっていた。

稀有なほど麗しい彼らは、我が国の筆頭公爵である宰相様と談笑している。

こういうときは楽しい無駄話に終始するものなので、サーシャはきっと大丈夫だ。

(うん、やっぱりサーシャの美貌と存在感には、誰もが目を奪われてるわー)

ほとんどが好意的なものとはいえ、降り注ぐ視線の圧力に負けずに微笑んでいるサーシャは、淑女の概念を形にしたかのように堂々としていた。

よかった、ひと安心だ。

（よし。あとは自分の戦いをするだけだ）

アルフレッド様はわたしの手を引き、紳士淑女の中へと進んでいく。

媚を売る視線、ちくりと刺のある視線、好奇の視線。そこには感嘆の眼差しも混じっていた。

「まあ、なんて滑らかな肌かしら……。それにあの輝く黒髪、まるで東洋のお人形のようね」

「他では見たことのない雰囲気ね、でもすごく魅力的だわ」

「ふむ、あのドレスはどこか懐かしいというか、なかなかに貞淑な装いですな」

「昨今の流行からは、いささか地味に思えますが……。しかし、華やかすぎるのもどうかと思っておったのです。率直に言って素晴らしいですな」

そんな囁きを耳が拾って、かなり勇気づけられた。

「ユリアンヌ様。ラストン公爵家のアマリア様が、あちらに」

ステファニーが苦々しそうに呟く。わたしはうなずいた。目線の先に、ひときわ華やかな雰囲気の一群がいた。

「まあ！　ユリアンヌ様、なんて素敵なお召しものなんでしょう」

そこから、最も見栄えがよく、最も堂々とした女が前に出る。

「あら、アマリア様。嬉しいですわ、ありがとうございます」

アマリア・ラストン公爵令嬢。まばゆいプラチナブロンドの、目鼻立ちのくっきりした美人だ。彼女の脇を固める取り巻きたちも、平均以上に美しかった。

「そうだろう。しとやかで優雅で、誇り高いユリアンヌによく似合う」

アルフレッド様はわたしを見つめ、思わず零れた、というふうに感嘆のため息を漏らした。わたしの肩に落ちかかる黒髪をひと房すくい取り、においを嗅ぐように口づける。

（わー、アルフレッド様めっちゃ頑張ってるー……）

非常にややこしいデザインの、ド派手な深紅のドレスをまとったアマリアが、一気に顔を歪めた。彼女は最初から闘争心を前面に押し出し、わたしを下に見るような目つきを隠そうともしていない。ぎらつく深紅のドレスは流行の最先端で、わたしに女として勝っているという自信が痛々しいほどに見え見えだった。

彼女がアルフレッド様を慕っている、というのは、社交界では有名な話だった。ゲッスール家のせいで婚約者にはなれなかったが。

ラストン公爵は、ゲッスール家の台頭に危機感を覚えたため、わたしとアルフレッド様の不仲説を信じてアマリアを王宮に送り込んでいたようだ。しかし、アマリアのいけいけどんどんなアプローチはアルフレッド様にことごとく無視され、大公様からも盛大に邪魔されていたらしい。

「それにしても、体調不良でずっと社交をお休みされていたのに、いきなり舞踏会だなんて。気鬱というのは、突然不思議なことをやってみたくなるものですの？」

アマリアの声には妙な抑揚がついている。気のせいではなく、はっきりとした悪意が感じられた。

「なんでも、近頃は酷い病で臥せっておられたとか。お気の毒でしたわ。ええ、アルフレッド様もお可哀想」

お可哀想、をいやにはっきりと発音してから、アマリアはあでやかに笑った。取り巻き連中も、一斉に含み笑いを浮かべる。

「心配ですわ。王家の血統を絶やすようなことになれば、ユリアンヌ様の責任問題にもなりますし……」

アマリアの顔には、ざまあみろとか、いい気味だとかが、はっきりと書いてあった。

遠回りしつつも心臓をめがけてくるこの感じ、なかなかやるな。まあ、感情が全部顔に出てるあたり、小物感はぬぐえないけど。

「医者が大丈夫だと言っているというのに、何を心配する必要がある？」

まずは喋りたいだけ喋らせるのが吉、と沈黙を保っていたら、アルフレッド様がいくぶん憤慨した声を上げた。

「子ができるかどうかなど、閨で励んでみなければわからんだろう。多産の家系の娘をもらっても、ひとりの子にも恵まれないこともある。子は授かりものだ。博打を打っても、手堅くいっても未来は誰にもわからんのだ。ならば俺は、心から愛する女と励みたい」

（ね、閨って、励むってーっ！　直截的にもほどがありますアルフレッド様ーっ！）

アマリアは中途半端な表情をしている。恥ずかしさとか、圧倒的な落胆とか、そんなものが混じり合ったような顔だった。

しかし、アマリアの言うこともあながち間違っていないのだった。たしかに血統を継ぐ者を確実に残すためには、安全策を取るべきという考え方もある。

（申し訳ない、という気持ちがあるのも事実。脳だか心だかが限界超えたら、また倒れるかもしれない。わたしはずっと、やましさを心に飼い続けると思う。でも……）

わたしは唇を結び、顎をツンと上げ、アマリアを軽く睨むように目を細めた。

「たしかに、美貌も才覚も、優しさも強さもお持ちのアルフレッド様に、わたくしは相応しくないかもしれません。ですが、アルフレッド様はわたくしを、真実かけがえのないものだとおっしゃいました」

笑みを張りつけたアマリアの顔に、心からじわりと染み出てきたものが見える。それは「好き」という気持ちが醸し出す表情だった。アルフレッド様への恋心が、剥き身のままで垣間見える。

「わたくしは傲慢で、生意気で。嫉妬とか、煩悶とか、憎悪とか、そういうものにまみれてきました。でも、周りにある大切なものに気付いて、印象深い数多くの人に出会って、変わることができました。たくさんの人の悩みや苦しみに触れ、寄り添うことの大切さを知りました」

打ち負かしていい相手なのはわかっていた。

なのに、できない。アマリアが覗かせる諦めきれなさが、びっくりするほど視野狭窄だった昔の自分に似ているからだろうか。

「だから、わたくしはなんでもやります。この国のためになることは、なんでも。そして、わたくし自身がこの国のためにならないときが来れば、そのときは、潔く身を引くわ」

なんでもやるぞの気構えを表明してしまった。

今場所への意気込みを語るかど番力士じゃあるまいし、何やってんだろう、わたし。

アマリアの肩がわずかに震えた。彼女が息を吸い込んで、吐いて、何かを口にしようとした瞬間。

あっはっは、とアルフレッド様が大笑いした。

「いや、潔いのは美点だが、ユリアンヌに身を引かれては困るな。俺の周囲も許さんだろうし、何より、俺が許さない」

アルフレッド様がわたしの肩を抱き込み、面白そうに目をすがめる。

「俺はユリアンヌに首ったけで、おまえなしでは一日たりとも生きられないくらいなんだ」

甘い声音で囁かれて、わたしの顔が身体ごと熱くなった。アルフレッド様、演技がうますぎにもほどがある。

しかし、微笑んではいるが目が笑っていない。まあ、見る人が見ればわかるって程度だけど、この営業用スマイル、さすが王太子様だ。

アマリアは悔しそうな表情を浮かべる。このままこちらが優勢でいられればいいが、懸念があるのも事実だ。

もちろん、政治的な駆け引きというか根回しは、この舞踏会に至るまで十分に行われた。

筆頭公爵である宰相様と、今をときめくマカリスター公爵が味方についてくださったので、ゲッスール家側はかなり優位だ。なんたって、国王様は声の大きい方に弱い。

しかし、アマリアが今も絵空事ではない感じでわたしと入れ替わることを目論んでいるとするなら、それなりの根拠があるはずだ。

(きっと、たぶん、おそらくあれを持ち出してくるだろうなー……)

肩を震わせ、こちらをきゅっと睨んでいたアマリアの、その毒花のような唇がいびつに歪んだ。

「まあ、ユリアンヌ様。先ほどの発言ですと、アルフレッド様の婚約者でありながら社交を疎かにし、あろうことか下々と交流していたことを、お認めになるのね？　ゴンザレス・ゴンザリアーノなどというふざけた名前で、庶民を相手に怪しげな占い師をなさっていたことを」

にやり、と笑うアマリアは悪役百点満点の風情だった。

アマリアは「ご存じ？」と取り巻き連中を眺め、綺麗な呆れ顔を作り、肩をすくめる。

(うーむ、やっぱり。なかなかの情報収集力ねー)

ゴンザレスのときは鼻から下を布で隠し、目には羽のついた仮面をつけてたのに。その上、仕立てる前の毛皮をマタギのごとく羽織ってたのに。よくわかったな。

「しかも、卑しいことに金銭を受け取っていたとか。それが、ユリアンヌ様のおっしゃる『人々の悩みや苦しみに触れ、寄り添うこと』なのかしら？」

アマリアはあでやかに笑いながら「どう？」というふうな、得意げな顔を向けてきた。もちろん、それについての反論というか、言い訳なら用意してある。

アルフレッド様をちらりと見る。ガンガン行け、みたいな顔でうなずかれた。この人もしかして、わたしがよその女を蹴散らすのを見るのが好きなのかな。そんなことを思った、その時。

「お、お姉様を苛めたら、たたじゃおきませんわよっ！」

突然背後から声がして、びっくり驚いて振り返った。

迫力に満ちた、しかし若干震える声を張り上げたのはサーシャだった。いろいろな意味で感慨深かったが、料理長は何してやがるのか。

「サーシャ、あの、お姉様は大丈夫だから。ここは下がっておいてほしいのだけれどー？」

「おおお、お姉様を苛めるなら、わたくしが相手になりますわよっ⁉」

よくぞきっぱりと言いきった。感動した。しかしサーシャの握りしめたこぶしは、生まれたての小鹿さんばりに震えている。

サーシャのうしろで、料理長と大公様はいかにも微笑ましい、というふうに口元を緩めていた。

「まあ。はじめまして、サーシャ様。グライフ公国の大公弟様とのご婚約、おめでとうございます」

一拍の間を置き、アマリアが口を開く。

「苛める、だなんて心外ですわ。わたくしはただ事実を――」

「わあ、本当に目元がゴンザレス先生だわ、間違いないわ！　またお会いできるだなんて、本当に夢のようっ‼」

「まあ、あの方が伝説の占い師、ゴンザレス・ゴンザリアーノ先生⁉」

「ゴンザレス先生、わたくし、頂戴したシュシュを肌身離さず持っておりますの、ああ、また占って頂けないかしらっ⁉」

アマリアの言葉を遮るように、わたしたちのいる一角は、わんわんと響くような声で溢れかえった。

鈴を転がすようなといえば聞こえがいいが、キンキンした悲鳴を上げて集まってきたのは、白いドレスを身にまとった今年デビューの娘たちだ。

（た、たしかに、わたしが作ったショッキングピンクのシュシュだわー……）

声を弾ませ息を弾ませ、湧き上がる興奮に瞳を輝かせている娘たちの中には、たしかにゴンザレスとして占った顔がいくつか交じっていた。

何がすごいって、突拍子のなさがすごい。

「まさかゴンザレス先生が、ユリアンヌ・ゲッスール様だったなんて。ああやって下々の悩みに耳を傾け、未来の王太子妃として見聞を広めておられたのね！」

「ゴンザレス先生の占いは人気すぎて、順番取りが大変でしたわ。だというのにあの良心的な価格設定！　もし無料なんてことになったら、それこそ暴動が起きるところでしたわ」

「ユリアンヌ様、お願いですわ、あちらにいらして？　ゴンザレス先生に心酔している娘が、まだまだたくさんいますのっ！」

娘たちは感動の面持ちで、わたしの腕を引っ張ったり背中を押したりする。

（そっかー、デビュー直前の娘って教育はほとんど終わってるから、舞踏会までわりと暇だもんなあ……。気付かないで占っちゃったのかー……）

一気に増えた取り巻きに、サーシャもラリッサもステファニーも口をぽかんと開いていた。アマリアもだ。アマリア側の取り巻きたちも同様だった。

「羞恥心が邪魔をして勇気が出なかったわたくしも、ゴンザレス先生、いえユリアンヌ様のおかげで強くなれましたの！」

「ゴンザレス先生のお言葉集、わたくし徹夜で並んで入手いたしましたの！　今や若い娘たちのバイブルですのよっ！」

「わかりました、わかりましたから、ちょっと静かにしましょう」

自称〝ゴンザレスファンクラブ〟の連中の勢いに負けて、わたしはついに歩き出した。アマリアとの対決の途中だが、まずはこの、はちきれそうな娘たちを鎮めなければ。

わたしはアマリアを見た。しかし、呆然と驚愕が入り混じった顔のアマリアは、唇を噛んでわたしから目をそらす。

「すごいね。こんなに人気があるなら、王太子妃の兼業を認めちゃった方がいいんじゃない？」

振り返ると、大公様がアルフレッド様の肩に肘を置き、にやつくのが見えた。

複雑な表情をするアルフレッド様を眺めながら、わたしは娘たちに連行されたのだった。


舞踏会のあと、アルフレッド様とわたしは定例のお茶会で使っていた部屋に向かっていた。

「いや、面白かった。やっぱりユリアンヌはすごいな」

部屋に入り、まだ扉が閉まりきらないうちに、アルフレッド様が上半身を倒して笑い始める。常夏の太陽みたいな大笑いは気持ちがいいが、いささか笑いすぎではないだろうか。

「あー、爽快だった。あれだな、熱狂と狂乱のるつぼってやつだったな。ゴンザレス先生は、一世を風靡しちゃってたんだな」

「いやいや、人とちょっと違う格好で人生相談をしてただけで。奇抜なおまけがつくからお得感があったとは思うけどー。でも、そんなご大層なものではー……」

「そう謙遜するな。おまえの発案した病のときに飲む水もマスクとやらも、ルデルヴァの医療を変えると大評判になっていたしな。カイルにだって、宝くじの仕組みを聞きたいと行列ができてたじゃないか」

「いやまあ、それは実力というより前世の記憶があったおかげでー……」

ソファに身体を沈めたアルフレッド様が、手招きをする。わたしはめいっぱい平静を装って、隣に腰を下ろした。肩を掴まれ、ぐっと引き寄せられる。

いつかここで泣いた日みたいに、アルフレッド様の肩に頬を押しつけ、抱きしめられる格好になった。

「いや、何もかもがいい方に転がったな。ユリアンヌ様は淑女の鑑だって、あの娘たちが思いっきり肩入れしてくれたのが大きかった」

「用意してた反論、全部あの娘たちが言っちゃいましたからねー。ゴンザレスにある種のタフさがあったせいか、向かうところ敵なしみたいに思われててびっくりしましたけどー……」

今ごろになって、面はゆい気持ちが湧いてきてしまった。わたしはアルフレッド様の腕の中で身をよじり、人差し指で頬を掻く。

「際立ったファッションセンスの持ち主でもないのに、洗練されてるって評価も頂いちゃいましたしねー……」

「まあ、作戦勝ちだな」

「いや、面はゆくて面はゆくて、正直死にそうです」

アルフレッド様の身体が強張ったのを感じ、わたしは慌てて付け加えた。

「ああ、いや、死なないですけども。アルフレッド様と一緒に、どこへでもどこまでも、行けるところまで行くって決めてますし」

「そうでなくては困る。おまえにはここで、しわくちゃになるまで生きてもらわねば」

ここ、と言いながら、アルフレッド様が包み込むように抱きしめてきた。

「これからは、俺の胸の中で未来だけを考えろ」

「は、はいー……」

こういうセリフは何度言われても、もどかしいほどときめいてしまう。恥ずかしくて顔が火照った。そうしたらもっと恥ずかしくなるという悪循環だったが、甘ったるくて糖度の高い幸福に、わたしはしばし酔いしれる。

「ここから忙しくなるぞ。まず、可能な限り最短で結婚式を挙げる。父上を宥めたりすかしたり脅したりして、とっとと即位式に持っていく。ユリアンヌが王太子妃でいられるのは、ほんの短い間だけだ」

アルフレッド様はとても張りきっていた。張りきりつつも、緊張している様子も伝わってきた。

「俺はユリアンヌから、耳に心地いい言葉が聞きたいわけじゃない。いやそりゃちょっとは聞きたいし、閨（ねや）では積極的に聞きたいけど、とにかく俺が道を間違えそうなときは、厳しく叱責（しっせき）してほしい」

「えっとー……。がっかりさせないよう、頑張ります。いろんな意味で」

アルフレッド様の唇が降ってきた。唇を重ねたら、吸いつき合うようだった。

鼓動が大きくなる。一度唇が離れたが、またすぐにしたくなった。そう思った矢先に、また唇が降ってくる。

「俺は今、ものすごくおまえを甘やかしたい。こう、門のようなものが開いて、ため込んでいた愛情が一気に流れ出した感じなんだ。手始めに、あれだ。今日の記念に贈りものをしたいのだが、ほしいものはないか？」

「え、えっとー。もうたくさん頂きましたし、ちょっと思いつかないというか」

「あるだろう、いろいろと。今度こそ大きな宝石とか……いや、前世のおまえがほしかったものとか、そういうのでもいいぞ」

「前世の、ですかー……」

前世の自分を思えば、わたしは今、素晴らしい状態にある。経済力や社会的地位とか、そういったことではなく。

「前世のおまえは、何が好きだった？」

「うーん。手芸とか読書とか、いろいろありましたけどー……。一番はやっぱり〝オオズモウ〟ですねー」

アルフレッド様が首をひねった。

わたしは「ちょっといいですか」とアルフレッド様の手をほどき、すっと立ち上がる。

「ほぼ裸の男たちがバチンバチンと肉をぶつけ合い、筋肉を躍動させて戦うんです。ものすごいおデブさんなんですけど、冗談みたいに腿にも背中にも筋肉がついてるんです。こう、腰を落としてですね、見てるだけで痛いっ！　って勢いでぶつかり合うんですよ。小兵でも、丸々と太ってお腹の出た相手に勝ったりとかして。細身で筋肉質な、そりゃあ美形の人もいたりして。最終日に出待ちするのが夢だったんですけど、その前に死んじゃったからなー」

力士、千秋楽、アンコ型やソップ型といった専門用語は、さすがにこっちの言葉にできなかったから、わたしは大げさな身振りつきで説明した。

「ほぼ裸……」

「あ、大事なところは隠してますから。えーっと、こう長い布でですね、こっからこういうふうにー」

廻しの締め方をレクチャーしている途中で、かなりこっ恥ずかしいことをしていると気が付いた。

しかしまあ、アルフレッド様はわたしのそこがいいって断言しちゃう人だからな。問題ないところが問題、という気もするけど、まあいいや。

「何しろみんな、体積がデカいじゃないですか。えーっと、前世にはかなり遠くの〝向こう側〟を見られる魔法のような箱があって、それで見てたんですけど、温度や質感すら感じられる気がして。病室でひとりっきりの虚しさとか、寂しさとか、そういうものがほんの一時、忘れられたっていうか」

「……俺も、太った方がいいだろうか」

「あっ！　いや違いますそうじゃなくてっ！　あれは遠くからワクワクしながら見るものですから！　だからその、騎士団の体術の訓練とか、たまに見られたら嬉しいかなーとか思ったりして」

「そりゃ士気は高まるだろうが、俺が嫉妬で死にそうだな。うん、ならば俺も参加して『ユリアンヌ杯』でも開催するか。新しい王太子妃、王妃の誕生の祝いにもなるし」

「ちょっと冷静になりましょう。誰が得するんですか、それ」

立ち上がったアルフレッド様が「俺」と耳元で囁く。鼓膜にそっと触れるような声だった。

そのまま耳たぶを噛まれて、さすがに身体が浮き上がりそうになる。わたしは大いにはにかんで、アルフレッド様の背中に腕を回した。

「ユリアンヌの評判は、瞬く間に広がるだろうからな。おまえのそのさっぱりとした気性は騎士団の連中にも好かれるだろうし。元から可愛いのに、さらに可愛くっていうか綺麗になったし。舞踏会でだって、若い男はみんなチラチラ見てたしな。正直、おまえが死ぬほど鈍感で助かった」

「アルフレッド様って、やっぱり目が悪かったんですね……」

「そういうとこだぞ。あー、早く結婚したい」

いつか聞いたのと同じぼやきを聞きながら、わたしは忍び笑いを漏らした。

アルフレッド様が悪趣味でよかった。わたしに夢中で本当によかった。おかげ様で、こうして抱きしめたり、抱きしめられたりすることができている。

〝恋は盲目〟という格言を思い浮かべていたら、また唇を塞がれた。

アルフレッド様の唇の感触は、なんだか永遠みたいな感じだった。永遠というものがあるならば、きっとこんな熱さであるに違いない。

「生涯俺のそばで、たくさんの笑顔を見せてくれ」

瞼の裏側で、前世のわたしが「お幸せに」と手を振ってくれた気がした。

わたしは返事をする代わりに、アルフレッド様の背中に回した手に、ぎゅっと力を込めた。

終章

「よかった、晴れてるぅー。ユリアンヌ様ぁ、第三回ゴンザレス杯は無事に開催できますよぉ」

リズが立ち上がって窓を開け、柔らかな笑顔が見えるような声を上げる。わたしはその背中を眺め、小さくため息をついた。

「いやだから、第二回ユリアンヌ王妃杯な。王太子妃杯が一回で終わっちゃったからって、ゴンザレスで通算するのやめてくれるー？」

「だって、みんなそう呼んでますものぉ。ゴンザレスって響きが強そうだし、国一番の猛者を決める戦いにぴったりだって」

「ゴンザレスは神秘的で厳かな雰囲気の占い師ですから！　格闘家とかじゃありませんから！」

やれやれ、と深いため息をつくと、かつてアルフレッド様付きで、今ではわたし付きとなった年かさの侍女が、くわっと目を見開いた。

「まあユリアンヌ様、お加減が悪いのですかっ！　それなら今日のゴンザレス杯へのお出ましは、おやめになった方がよろしいのではっ!?」

「だからユリアンヌ王妃杯だってばー。あと体調の方は心配いらないよ、今日はだいぶ調子がいいから」

「えー。でもなんか、心配になってきましたぁ。大切な時期ですしぃ」

「必要以上に身構えなくてもいいとは思いますが、やっぱり心配ですわねえ」

リズと年かさの侍女は顔を見合わせ、うなずき合う。

「そうかなあー。心配してくれるのはまあ、嬉しいけどさー。騎士団のみんながこの日のために一年頑張ってきたんだし、ちょっとくらいは無理しなくちゃ」

「無理は駄目ですぅ」

「無理はいけません」

年かさの侍女とリズが揃って首を横に振った。

「ところでアルフレッド様、もう朝の身支度（みじたく）は終わりましたでしょう？　王妃杯は午後からなのですから、そろそろ公務に勤（いそ）しまれた方がよろしいのではー？」

長い脚をソファの座面に投げ出し、頭をわたしの太腿（ふともも）の上に置いたアルフレッド様に、わたしは苦みを含んだ声で言う。

「んー。離れるのがつらい、悲しい。ユリアンヌのにおいがするところで、息づかいが感じられるところで仕事がしたい」

「振りきってくださいそんなもの。もう国王様になったんですから、イチャイチャは脳内の娯楽に留めましょう」

アルフレッド様の頭を、よしよしとお母さんみたいに撫でてやる。

これはもう毎朝のお約束みたいなもので、あと五分もしないうちにアルフレッド様が立ち上がるのはわかっていた。

わたしのお腹に遠慮がちに頬をくっつけて、アルフレッド様は甘い笑みを広げる。

「なあ、これから頑張るお父様のために、お母様は口づけをするべきだよな。おまえもそう思うよな」

まだ薄いままのお腹に耳を押し当てて、アルフレッド様は一瞬、整った顔立ちを悪戯っぽく歪めた。

「いや、まだ耳が聞こえるほど大きくなってないと思いますけど」

「そんなことはない。俺とユリアンヌの子なんだから、もうがんがん聞こえているはずだ。お、今喋ったぞ。お父様に口づけしてあげてくださいお母様、だそうだ」

(もうー。公私はきちんと分けたいのになあ。ほんと困っちゃうし、恥ずかしいしー……)

まあ、使用人たちは見て見ぬふりが上手なので、いくらいちゃついても大丈夫っちゃ大丈夫なんだけど。

「仕事に臨む前にはリラックスしておいた方がいいだろ？　結婚以来、それが信条になったんだ」

「えーっと、初耳なんですけど」

わたしがもじもじしていると、起き上がったアルフレッド様が素早くわたしに口づけをした。身を引く暇もなかった。

羽毛のように軽くて、柔らかであたたかいキスに、どきんと心臓が波打つ。

結婚から三年近くが過ぎても、まだ新婚気分から抜け出せずにいるわたしたちに、ふたりでつくった新しい命は、きっと肩をすくめているに違いない。

「じゃあ、お父様は仕事に行ってくるからな。おまえはしっかり育つんだぞ。お母様をあんまり困らせるんじゃないぞ」

アルフレッド様はそう言って、わたしのお腹にそっと口づけを落とす。

病めるときも健やかなるときも、とにかくどんなときも、ひたすら互いを愛すると誓って始まった夢の結婚生活は、目が回るほど忙しくてドラマチックだった。

ゆっくりとお腹を撫でながら思い出に浸っているわたしの周囲では、リズや侍女たちが慌ただしく動き回っている。

第三回ゴンザレス杯こと第二回ユリアンヌ王妃杯の今日は、王都の民総出の祭りの日だ。飲んだり食べたり、歌ったり踊ったりと、刺激的な宴が朝まで続く。わたしは妊娠以来初めて、広場に面したバルコニーへのお出ましをすることになっていた。

たっぷり時間をかけてわたしが準備を終えると、アルフレッド様が戻ってきた。

「おお、離れていた間に、一段と綺麗になったな」

「数時間執務してきただけですよね。わたしもちょっと離れるだけでめちゃくちゃ寂しかったけど。こんなんじゃ、親としての威厳なんて醸し出せませんよねー……」

「なあに。ふたり助け合って、仲よく国を切り盛りしている姿を見せてやれば十分だ」

普段はぶっきらぼうにさえ聞こえるアルフレッド様の声は、わたしと、そしてお腹の子どもに対してはべらぼうに甘い。

一抹のこっ恥ずかしさを覚え、わたしは照れ笑いを浮かべた。

「ユリアンヌがユリアンヌなら、どんなユリアンヌでも俺は一緒になったと思うが、痩せて引き締まったユリアンヌはやっぱり美しいな。でも、これからは腹の子を育てるために太らなきゃならんしな。久しぶりに、ぽっちゃりした可愛いユリアンヌが見られるな」

「いや、だから妊娠中の太りすぎはよくないんですって。この三年でざっくばらんに語り合いまくって、アルフレッド様の目が悪いのは理解しましたけどー。ぽっちゃりっていうか、デブなユリアンヌにはわたし、戻りませんからね？」

結婚してから、というか両想いだと判明してから、わたしたちは褒める係と褒められる係を順番こでやっている。容姿とか性格とか日々の振る舞いとか、現状では互いにけなす要素がないのだ。

「野暮を承知で言いますが、人前でいちゃつくのはどうかと思います」

うしろに控えていたカイルが、人差し指で額をこつこつと叩く。

今やアルフレッド様の側近として辣腕をふるうカイルは、若い娘たちの間で人気が拡大し、私設ファンクラブがいくつかできた。ぬるいファンまで勘定に入れると、この国の若い娘の半分くらいはカイルに夢中になっている。華とスター性を兼ね備えた、どこに出しても恥ずかしくない貴公子なのだが、なぜかいまだに婚約者すら決まっていない。

「いや、しかし晴れてよかった。俺が二回優勝して殿堂入りしちゃったから、今回のゴンザレス杯は波乱が起きそうですねえ。俺もまだ出たかったのにー」

礼儀の中に能天気がほどよくブレンドされた声を上げたのは、騎士団の制服に身を包んだジャックだ。相変わらずのモブ顔で、頬をぷぅと膨らませている。

三年前にこの能天気な男から、「実は俺、王宮の騎士団員なんですよね」と告白されたときは、すごくはっきりした空耳かな？　と思った。

なんと未来の王太子妃であるわたしの警護と、王宮への連絡係として、定期的に騎士団員が派遣されていたのだそうだ。

それを知っていたのはお父様だけで、愛娘（まなむすめ）によけいなストレスはかけたくない、という謎の配慮で秘密にされていたらしい。わりと浅慮で軽薄で迷惑な親心である。

『ゲッスール家は警備が万全すぎてですね。やることないし、うかつに近づいてクビにされちゃった仲間が何人もいるしで、手詰まりだったんですよ。で、なんだかんだでリズと出会って恋に落ちちゃって。結果的にユリアンヌ様の懐（ふところ）に入り込めてラッキーでしたっ！』

そうかつてのジャックは語った。

その上、わたしが以前見つけ次第クビにしてきた絶好調の恋人たちの中に、騎士団員が数人交じっていたそうだ。彼らが我が家をクビになった侍女を連れ帰って嫁にしたため、騎士団員たちの中で、ゲッスール家への派遣イコール嫁が見つかる、という図式ができ上がったらしい。

『だって手当てが安いんですもん。それくらいのご褒美があったっていいじゃないですかー。それに俺、ユリアンヌ様に近づけてからは超真面目に仕事しましたよ。ものすごく悩んだけど、ゴンザレスの件は王宮には報告しなかったし』

わたしがのほほんと街に繰り出せていたのは、つまりジャックが安全を確認してくれていたからなのだった。

『ユリアンヌ様と、あとリズは、死んでも守ろうって思ってましたから。なんか、ユリアンヌ様がいい方に変わっていくのを見るのが嬉しくて。だから、好きにさせてあげたいなって』

そういうわけで、のんびりとした性質のこの若者は、実はものすごく強かったのである。

わたし同様まったく知らなかったらしいリズは、第一回ゴンザレス杯（もうめんどくさいので統一）で優勝したジャックにプロポーズされて、思いきりよく嫁に行った。

「国王様、王妃様。そろそろお時間ですよぉ」

わたしのそばに控えていたリズの目が、とろけるように緩んだ。

不安や恐れや、期待や希望。そんなものに背中を押されて、あれもしなきゃこれもしなきゃ、とせっつかれるように生きていたゴンザレス時代、リズとジャックには本当に助けてもらった。

わたしはかたわらのリズにうなずき、振り向いてカイルとジャックにうなずき、それから真横のアルフレッド様を見てうなずいた。

「ゴンザレス杯、俺が出たら絶対に優勝できるのになあ。国王が国一番の猛者とか、カッコよくないか？」

「もう、またそんなこと言ってー。これは年に一度の騎士団の晴れ舞台なんですからね？」

わかってる、とうなずいて、アルフレッド様がわたしの手を取った。

バルコニーへと続く大きな扉が開く。足を踏み出すと、大歓声が響き渡った。

国民の前に出る瞬間は、緊張とか気恥ずかしさで、いまだに油断すると泣きそうになってしまう。だから、繋いだ手に力を込めた。

アルフレッド様がすぐに力強く握り返してくれたから、わたしは微笑を深くした。国王様万歳、王妃様万歳と、たくさんの笑顔がこちらを見上げている。

「いやあ、この国の王様と王妃様は、すごい人気だねえ」

わたしたちと同じ貴賓席に並ぶ予定の大公様が、斜め後ろから苦笑いといった感じで呟いた。

「悔しかったら、あなたも早く結婚したらどうです。俺はユリアンヌとなら、いつだって幸せでいられます。この上ない宝物を手に入れたら、よそ見なんてしてる暇はない」

「うーん、ユリアンヌちゃんくらい妙に面白くて、興味が湧いて、引っ張られる女の子って、なかなかいないいんだよねえ」

「そりゃそうでしょう、ユリアンヌは唯一無二です。いいかげん、違う視点を持ってください」

国民に向かって手を振りながらそんなことを言うアルフレッド様に、大公様は「変われば変わるなあ」と、こらえきれないとばかりに笑みを漏らした。

（もうアルフレッド様ったら、気恥ずかしくてたまらない甘い言葉を、さらっと言えるようになっちゃってー……）

前世の命が終わる間際に、わりと虚ろな胸の内で「幸せになりたかったなあ」と思ったことを覚えている。

幸せがどんなものかはわからなかったけれど。そんなものが、本当にあるのかどうかもわからなかったけれど。

それでも、わたしはたどり着いた。わたしがわたしでいられる場所に。許されて、受け入れられて、満たされる幸せに。

こんなに幸せになれるとは思っていなかった。本当に、思っていなかった。

これから先の幸せは、この世の喜びをそっくり集めたようなものではないかもしれない。艱難辛苦ってほどじゃなくても、きっといろんなことがあるだろう。

「ねえアルフレッド様。取るに足りない頑張りも、塵も積もればなんとやらですよね。わたしたち、これからもずっと頑張っていきましょうね」

「おお、もちろんだ！　ユリアンヌとなら、俺はどれだけでも、どこまででも頑張れるぞ」

アルフレッド様はわたしをやや乱暴に抱き寄せ、こつんとおでこをくっつけてくる。ぐりぐりと擦りつけられ、わたしは悲鳴を上げた。

「やめてください化粧が剥げてしまいますー」

「ユリアンヌは化粧なしでも十分可愛いぞ！」

国民の歓声が大きくなる。背後からは、カイルの盛大なため息が聞こえた。

今日はサーシャも料理長も来ている。一緒に貴賓席には並べないけれど、ゴンザレス杯が終わったら、わたしたちは互いの近況を根掘り葉掘り聞き合って、たくさん笑うだろう。

ちなみに一昨年カイルに侯爵位を譲ったお父様、そしてお母様は領地に戻り、育毛と美容という第二の人生に打ち込んでいる。領民たちとの関係も、おおむね良好だそうだ。

わたしも家族も、みんな幸せだ。こんなに素晴らしいことが、他にあるだろうか。

「ユリアンヌ」

はい、と答えたわたしの手を、アルフレッド様がぎゅっと握った。

ゴンザレス杯の開幕を、アルフレッド様が高らかに宣言する。地響きのような歓声が響き渡った。

たくさんの尊い人たちに手を振りながら、わたしたちは笑みを広げる。

綺麗なもの、汚いもの、どんなものを心や身体に詰め込んでも、わたしたちはそれを分かち合える。

わたしは、わたしだけで成り立っているんじゃない。

わたしとアルフレッド様と、カイルやサーシャや、大切な人たちや国民みんなでひとかたまりなのだ。

「こうしていられる幸福に、口づけしたい気分なんだが。国民へのサービスにもなるし」

「うーん、それはちょっと照れるというかー」

わたしは照れ笑いを浮かべた。

でもきっと、もうちょっとしたらアルフレッド様の唇が降ってくる。
手で触って確かめられる幸せを、わたしは受け入れるに決まっていた。

新＊感＊覚ファンタジー！

Regina レジーナブックス

異世界隠れ家カフェ
オープン！

令嬢はまったりをご所望。1〜4

三月（みつき）べに
イラスト：RAHWIA

過労により命を落とし、とある小説の世界に悪役令嬢として転生してしまったローニャ。この先、待っているのは破滅の道——だけど、今世でこそ、ゆっくり過ごしたい！　そこでローニャは、夢のまったりライフを送ることを決意。ロトと呼ばれるちび妖精達の力を借りつつ、田舎街に小さな喫茶店をオープンしたところ、個性的な獣人達が次々やってきて……？

詳しくは公式サイトにてご確認ください。

http://www.regina-books.com/

携帯サイトはこちらから！ 

新＊感＊覚 ファンタジー！

レジーナブックス
Regina

便利なアイテム
作ります♪

リエラの素材回収所
1〜2

霧聖羅（きりせいら）
イラスト：こよいみつき

リエラ12歳。孤児院出身。学校での適性診断の結果は……錬金術師？　なんだかすごそうなお仕事に適性があるなんて！　それなら錬金術師になって、たくさん稼いで、孤児院のみんなに仕送りできるようになる♪　そんなこんなでリエラが弟子入りした先は、迷宮都市として有名な町で——？　Webで大人気のほんわかお仕事ファンタジー！

詳しくは公式サイトにてご確認ください。

http://www.regina-books.com/

携帯サイトはこちらから！ 

待望のコミカライズ！

故郷を滅ぼされて以来、魔女一族の生き残りとして、ひっそり隠れて暮らしていたエレニー。彼女はある日、魔女の討伐を命じられたという騎士・ヴァルフェンに剣を突きつけられてしまう。だが、彼はエレニーに惚れたと言い出し、彼女を担ぎ上げて仲間の騎士達から逃げ出した！　訳がわからないながらも、家に戻ることもできず、エレニーは彼と逃亡生活を送ることになって——!?

＊B6判 ＊定価：本体680円＋税 ＊ISBN978-4-434-26561-7

アルファポリス 漫画　検索

この作品に対する皆様のご意見・ご感想をお待ちしております。

おハガキ・お手紙は以下の宛先にお送りください。

【宛先】

〒150-6005 東京都渋谷区恵比寿4-20-3 恵比寿ガーデンプレイスタワー5F
（株）アルファポリス　書籍感想係

メールフォームでのご意見・ご感想は右のQRコードから、
あるいは以下のワードで検索をかけてください。

アルファポリス　書籍の感想

ご感想はこちらから

本書は、Webサイト「アルファポリス」（https://www.alphapolis.co.jp/）に掲載されていたものを、改稿、加筆のうえ、書籍化したものです。

転生侯爵令嬢奮闘記
わたし、立派にざまぁされてみせます！

志野田みかん（しのだ みかん）

2019年 11月 5日初版発行

編集－中山楓子・宮田可南子
編集長－太田鉄平
発行者－梶本雄介
発行所－株式会社アルファポリス
〒150-6005 東京都渋谷区恵比寿4-20-3 恵比寿ガーデンプレイスタワー5F
TEL 03-6277-1601（営業） 03-6277-1602（編集）
URL https://www.alphapolis.co.jp/
発売元－株式会社星雲社
〒112-0005 東京都文京区水道1-3-30
TEL 03-3868-3275
装丁・本文イラスト－昌未
装丁デザイン－AFTERGLOW
（レーベルフォーマットデザイン―ansyyqdesign）
印刷－図書印刷株式会社

価格はカバーに表示されてあります。

落丁乱丁の場合はアルファポリスまでご連絡ください。

送料は小社負担でお取り替えします。


ISBN978-4-434-26652-2 C0093